絶対レンアイ包囲網

1

『──以上、よろしくお願いします。

望月綾香《もちづきあやか》』

タン、とパソコンのエンターキーを押し、私はメールを送信した。それから凝《こ》り固まった背中をほぐすべく、両手をググッと上げて伸びをする。すると、そんな私の様子を見ていたらしい先輩から、早速声がかかった。

「どう？　望月さん終わった？」

「あ、はーい！　先輩、確認お願いします」

私は提出書類をまとめ、先輩に渡した。四歳年上の綿貫郁美《わたぬきいくみ》先輩は、私の指導をしてくれる人で、とても頼りになる。彼女は机に並べた書類をザッと見てから、にっこり笑って、ある一部分に指先をトン、と付けた。

「ここ、去年の数字」

「あっ！」

「あとは大丈夫よ。それを直したら、今日はもう仕事上がりましょうね」

「はい！　ありがとうございます、先輩！」

急いで直し、保存する。これでいまやっている仕事の、一応の区切りはついた。また次の嵐が来るまで小休止できそうだ。

いま、私が作っていた資料は、来週から行われる『リーダー研修会』のためのもの。

リーダー研修会とは、新規事業計画を立てるにあたり、全国の支店でアイデアをまとめ、代表者を一名ずつ選出して本社で実施される社内コンペのことを言う。そしてそれは、二週間の短期決戦で行われる。前半の一週間は講師を招いて研修が、後半の一週間は研修参加者と審査員である本社の重役のみが出席できる極秘プレゼンが予定されている。

これは二年に一度行われるもので、コンペの優勝者には金一封が出るし、昇進の確約ももらえるそうだ。そして翌年度から本社勤務となり、先頭に立ってその企画を進めていくこととなる。更に、その企画者を送り出した支社にも、大きな恩恵《おんけい》があるようだ。だから研修期間中は、本社全体がピリピリしていて緊張感に包まれている。

本社勤務の私は、その研修会の運営メンバーの一員に選ばれて以来、かなり神経をすり減らしながら仕事をしていた。

……といっても、私は事務というか、裏方の一員なのだけれど。私は関係各所への連絡、日程の調整や宿泊場所、会議室の使用予約、講師や食事の手配などを担っている。

大学を卒業して以来、もう六年近く同じ部署にいるけれど、この研修会に直接関わるのは初めてだ。以前行われた時に、先輩の仕事を手伝い、それなりに手法は学んでいたからなんとかなっているけれど、無事最後まで乗り切れるか少々不安が残る。

「望月さん、変更できた？」

「はい、終わりました」

机の上に雑然と置かれた書類やカタログなどを片付けていたら、帰り支度《じたく》を済ませた綿貫先輩が声をかけてきた。

「これから他部署の人と女子会があるんだけど、一緒に行かない？　来週から忙しくなるから、その前に呑もうよ」

綿貫先輩は私が入社して以来、公私ともにとてもよくしてくれている。地方から出てきた私にとってお姉さんのような存在で、仕事をする上での目標でもある。でも――

「ごめんなさい！　今日は『てまり』に行く約束をしてるんです」

「ああ、『てまり』に？」

「それに、明日はいつものトコに行くので、支度《したく》しないと」

「あー、あそこね、了解。それだけ気に入ってもらえたなんて紹介者冥利《みょうり》に尽きるわ。うん、わかった、また今度ね。それにしても望月さん、今回の仕事、ほんとよく捌《さば》けてるよ。今度、成長のお祝いとして美味《おい》しいお酒を奢《おご》るね！」

「ありがとうございます！」

手放しで褒《ほ》められて、なんだかこそばゆい。

じゃあね、と先輩は手をヒラヒラさせながらフロアをあとにした。私も机を整頓《せいとん》し終えたので立ち上がる。そして忘れ物がないか確認したあとバッグを肩にかけ、会社のエントランスに向かう。周りにはちらほらと残業する人たちがいるため、小声で「お先に失礼します」と挨拶《あいさつ》をして歩き出した。

いまから行く『てまり』は、会社の最寄り駅近くの、行きつけの小料理屋だ。入社当時、へとへとになりながら立ち寄ったところ、そこの店主と年齢が近いこともあって意気投合。以来仲良くさせてもらっている。店主は一人暮らしの私のために、作り置きできる料理のレシピを教えてくれたり、お弁当作りのアドバイスをくれたり、野菜をちゃんと食べなさいよと惣菜《そうざい》を持ち帰らせてくれたりする。

たまに綿貫先輩と行くこともあるけれど、一人で行くのが常《つね》だ。

すっかり通いなれた道を歩く。帰宅ラッシュの時間帯より少し遅いので、人の波は食事や呑みに行くのだろうか、賑《にぎ》やかな雰囲気になっていた。

少し歩くと、小さな看板《かんばん》が見えてくる。カフェを目印に大通りから脇道へと曲がり、数十メートル行った先の、一階に雑貨屋が入っている建物で——その脇にある細い階段を上《のぼ》ったところ。言葉で伝えるには少々ややこしい場所に、『てまり』はある。

濃紺《のうこん》の暖簾《のれん》をくぐり、引き戸をカラカラと開ける。すると、甘辛いたれの焦《こ》げる香りが漂い空腹を刺激する。その途端《とたん》、お腹がきゅうっと小さく鳴った。

「綾ちゃん！　待ってたよ～！」

私が店内に入ると、カウンターの中にいた店主がパッと顔を輝かせた。

「万理《まり》さん、こんばんは」

勝手知ったるなんとやらで、出入り口付近にあるレジ横のハンガーにコートを掛け、カウンターの一番端に腰掛ける。ここは私の定位置で、カウンターの中にいる万理さんと話がしやすいのだ。

カウンターの上にある大鉢《おおばち》には、里芋の煮っ転がし、鯖《さば》の煮つけ、肉じゃが、ほうれん草としめじの胡麻和《ごまあ》えなど、定番ものから季節のものまでずらりと料理が並ぶ。

「とりあえず生《なま》！　それから、そこにある胡麻和《ごまあ》えと、秋刀魚《さんま》の梅煮と、桜海老《さくらえび》入りの出し巻き卵が食べたいです！」

「あら珍しい。いつもだったら最初は『ガッツリ肉食べたい～』って注文するのに」

店の壁に貼られたメニューの短冊を見ながら注文する私に、おしぼりを持ってきた万理さんは目を丸くする。

「へへ。だって明日から一人慰安《いあん》旅行ですもん。だから今日はちょっと軽めで」

「そうなの？」

「大きな仕事の準備がようやく終わったから、自分にご褒美《ほうび》ですよ」

話しながらも、万理さんはこんもりときめ細かな泡が載ったビールのジョッキと、秋茄子《あきなす》とシラスを煮た小鉢《こばち》を私の前に並べる。今日のお通しは私の大好物で早速手を伸ばしたいところだけど、まずは――

「いただきます！」

ジョッキを持ち、ふわふわの泡に口を付けて黄金色《こがねいろ》の酒で喉を潤《うるお》す。あっという間に半分まで呑んでしまい、喉越しの素晴らしさにふぅぅっと息をついた。

「相変わらず、いい呑みっぷりね」

「ええ、このためだけに生きていますから！」

お酒を呑み始めた当初は、ビールなんて苦くてまずい！　と思っていたのに、いまでは欠かせないものになっている。

嬉々《きき》として呑む私に、万理さんは苦笑しながらキッチンに戻る。

私はいったんジョッキを置いて、箸《はし》を手に取り秋茄子《あきなす》をつまみつつ、明日のことを考えた。

一人慰安《いあん》旅行——

行き先は綿貫先輩に紹介された民宿だ。数年前までは友人たちと行っていたのだけれど、そのうち彼ができた、結婚した、と一人ずつ都合が付きづらくなり、とうとう一緒に行けるメンバーがいなくなってしまった。しかし定宿《じょうやど》にしていたそこの温泉と料理が大変好みで、えいっと勇気を出して一人で宿泊してみたら……ゆっくりと羽を伸ばせて快適だった。

それに気をよくして、思わず翌月の予約をその場で取ったほどだ。

それからは一人カフェ、一人ファミレス、一人ラーメン、などを次々と攻略し、行動範囲が広がっていった。いまでは一人居酒屋も行けるようになったので、日常が充実している。

やがて一人での行動は、時間の自由がとてもきくことに気付いた。

友人と過ごすのは楽しいけれど、日時をすり合わせ、食事などの場所もお互いの好みを探り……

などは、一人での行動に慣れてくると正直ちょっと億劫《おっくう》だ。

とはいえ付き合いも大事にしたい、とランチやお茶など短時間で、友人と会うようにしていた。けれども最近では話題すら合わなくなってしまっている。

彼が、と言われても、私にはいない。

夫が、と言われても、私にはいない。

たとえば彼との結婚話が話題に出たとする。そんな時は既婚者に相談したいだろうし、既婚者も経験談を話せる。けれども私には、すごいね、おめでとう、と言う以外、出る幕がないのだ。

だから友人たちとは徐々に距離を取りつつ、代わりに一人での生活をどんどん充実させていった。

仕事もやりがいがあるし、早く終わる日はジムに行ったり、『てまり』で食事をしたり、万理さんに教わったレシピで常備菜を作ったり——という毎日を送っている。

一応、友人たちの動向を把握《はあく》するため……というか、付き合いの一環としてSNSを眺める。けれども私は取り立てて書くことがないし、書いたところで「いいね、独身貴族は」「ほんと！　私なんて一人の自由な時間がなくて」——と余計な刺激を与えるだけなので、もっぱら読む専門となっていた。

ビールを呑みながら、スマートフォンを弄《いじ》って日課のSNSサイト巡りをする。

それぞれの日常を切り取った写真と、それに続くどこまで本音かわからない賞賛コメントの数々。

それらを、なかば義務的に追い、一通り読み終わるとスマートフォンをバッグにしまった。

常にテーブルに置いておくほど急ぎの用事はないし、SNSでの繋がりからは、できるだけ離れていたいのだ。

「いらっしゃいませ！」

「いらっしゃいませ！　何名様ですか？　はい、ではコートをこちらでお預かりしますね！」

店は路地裏の二階というわかりにくい場所なのに、口コミで評判が広まっているのか、あっという間に席が埋《う》まる。店主の万理さんはテキパキと配膳《はいぜん》や調理をこなし、アルバイトの子も店内を行ったり来たりと大忙しだ。

そんな中、私は骨まで柔《やわ》らかくなった秋刀魚《さんま》の梅煮を堪能《たんのう》する。ついでに日本酒を注文し、どんどん盃《さかずき》を空《あ》けていく。

そうこうしているうちに店内の賑《にぎ》わいは落ち着き、何組かが退店していった。『てまり』は終電時間近くまでの営業なので、もう少しで閉店だ。

私が一人暮らしをするアパートはこの店から徒歩圏内《けんない》だけど、明日もあることだし、そろそろここを出なければ。

そう思いつつ、やっぱりあと一本いこうかな、とお酒を注文する。すると、万理さんがクスクス笑いながらキッチンから出てきた。

「綾ちゃん、駄目じゃない。軽く呑むって言ってたのに、これじゃいつもと変わらないわ」

「あれ、そうでした？」

「お酒好きだし、強いよね～。私、綾ちゃんが前後不覚になるところ見てみたいわ」

「家に帰らなきゃ、って時はそれほど酔わないですね。でも、家呑みとか旅行先とか、寝る場所がちゃんとそこにあるって時は……うっ、頭が！　思い出したくないって言ってる！」

いまでこそザルと呼ばれる私だけど、お酒を嗜《たしな》み始めた頃は潰《つぶ》れることが多々あった。いまでも布団などすぐに寝られる支度《したく》ができていると、かなり深酒をして、判断が鈍くなってしまう、そこは気を付けたいところだ。

幸か不幸かわからないけれど、私は記憶をなくさないタイプだ。お陰で、それはそれは思い出したくもない黒歴史がずらずらと頭の中のアルバムに収められている。

しかも初対面の相手にはそれほど絡まないが、こと気を許した相手だと……うん。

地元の友達や会社の綿貫先輩は、私の酒癖を知っている。万理さんとは二度ほどお店の仕入れを兼《か》ねた一泊旅行をしたけれど、この酒癖が発動するより早く万理さんが潰《つぶ》れたので知られていない。

……というか、万理さんと私は、いまだにお互いの苗字や住んでいるところを知らない。けれど不思議なことに、それがまったく気にならない。つまりそれらは、仲良くなる上で、どうしても必要な情報ではないのだ。こういうお付き合いは、気が楽なものである。

会社からも自宅からも近くて、私好みの料理を提供してくれるこの店を、私は第二の故郷のように思っている。だからこれからも足繁《あししげ》く通いたい。

「私は自力で帰らなきゃいけないから、外ではそれほど酔えないですけど、万理さんはいいですよね～。いざとなれば、白馬の王子が来てくれるから」

「あははっ！　白馬の王子って！」

万理さんは食器を片付けながら笑った。

その万理さんには、高校時代から付き合っている彼氏がいる。彼女は私より一つ上の二十九歳だから、もう十二年付き合っているらしい。ここに通うようになってから、私も何度かお会いしたことがある。仲睦《なかむつ》まじい様子を見ているので、そんな相手がいるのっていいな、とちょっとうらやましく思っていた。

「ありがとうございました、またお越しください！　……でもさ、彼が白馬の王子だったら、私はとっくに結婚しているんだけどな～」

会計を終えた客を送り出し、テーブルの上を片付けながら、万理さんはそうぼやく。

万理さんが結婚できないのには、彼女のお兄さんが独身であることが関係している。

万理さんの家はなかなか古風な考えをお持ちのようで、『妹が年長者の兄より先に結婚してはならない』と、ご両親からお許しが出ないらしいのだ。

「古いのよね、うちの親って。あーあ、はやく兄貴が結婚しないかなぁ」

溜息《ためいき》を零《こぼ》しながら、万理さんは店の外の看板《かんばん》をしまう。店内に残る客はいつの間にか私だけ。アルバイトの子も洗い物を終え、私にも一声掛けてから帰宅した。

「ねえ綾ちゃん、あとちょっとだけ呑も？」

「んー……一杯だけなら付き合う」

こうして、私的な飲み会へと移行した。口調もだいぶ砕けたものとなる。

「明日も彼の家に行くんだけどね～……。むこうのご両親に、またせっつかれるのかなって、ちょっと憂鬱《ゆううつ》なの」

「結婚？」

「そう。すごくいい人たちで、私のことをもう家族の一員のように思ってくれているのはわかっているんだけど……」

万理さんは冷蔵庫の奥から取り出した特製の漬物を皿に盛り、店には出さない自分用の一升瓶《いっしょうびん》をコップと一緒に持ってきた。お客さんに出す時は素敵な食器におしゃれに盛り付けるのに、自分のこととなると実用性重視になるのが面白い。

そうして万理さんはトクトクとコップに酒を注《つ》ぎ、「いただきます」と手を合わせて一口、二口と呑む。

「んん、おいっしい!!　綾ちゃんもどうぞ～」

明日があるから、と控《ひか》えていたけれど、なんだかんだでいつもと変わらぬ酒量になっている。気にするのもいまさらなので、お言葉に甘えて一杯いただく。やはり――美味《おい》しい。

「彼にね、『もういい大人なんだから自己責任ってことで、うちの親には黙って籍入れちゃう？』って私が言っても、ご両親にちゃんと認めてもらいたい、って言われちゃってさ～」

万理さんはよく漬かったきゅうりをコリコリと食べながら愚痴《ぐち》を零《こぼ》す。

「結婚するのも大変なんですね」

彼氏すらいない私には、当たり障《さわ》りのない相槌《あいづち》しか打てない。しかし万理さんは愚痴《ぐち》を言えば少しスッキリするようなので、聞き役にまわって盃《さかずき》を重ねた。

2

……呑み過ぎたかな。

翌日、目覚めた私はやや重い頭を抱えながら、家を出発した。

そして宿へと向かうべく、バス停で睨《にら》むように時刻表を眺める。

十一月ともなれば、そろそろ冷たい風が冬の訪れを知らせる頃だというのに、降り注《そそ》ぐ太陽の光は、まるで夏の日差しのようだ。

昨夜は結局、夜遅くまで『てまり』にいて、いつもよりほんの少し多く呑んだ。

ほんの少し……うん、ほんの少しよね。ビールを三杯と、日本酒二合、ワインを一本……くらいだから、ね。

アルコールには強いが、旅行前日に呑む量ではない自覚はある。でも今日はバス移動だから、着くまでの間に少し寝れば大丈夫だろう。

これから向かう先は、同じ市内にあるけれど、ここよりうんと奥地にある温泉付きの民宿だ。一部屋ごとに離れになっていて、部屋専用の源泉かけ流し温泉もある。

綿貫先輩に紹介されて以来、一人慰安《いあん》旅行の定宿《じょうやど》となった。初めの頃は女一人だと傷心旅行に来て、なにかするんじゃないかと警戒されていた。でも、いまではすっかり顔なじみで、予約の時も名前を言えばすぐに応じてもらえるのもうれしい。

　市街地からバスで一時間ほど揺られていると、窓の外には田畑が広がり緑も濃くなる。徐々に道路も細くなり、のしかかるような木々の木漏《こも》れ日《び》がキラキラと私を照らした。

　行き交う車もまばらになり、くねくねと曲がる道に差し掛かる頃には昨夜の酒も抜け、今夜の食事に思いを馳《は》せるまでに回復した。その土地の飾らない美味《おい》しさが楽しめる季節の料理に、また酒が進むのだ。

　女将《おかみ》さんが漬けた自家製果実酒が美味《おい》しくて、それも楽しみにしている。

　この道の途中に、地元の人たちから教わったパワースポットがある。いつもはそこに寄っていくのだけれど、今日はとてもそこまで体力が回復していないので、途中下車しないことにした。

　やがて川端にあるバス停に着く。降りる客は私一人だけで、バスは地元の住人らしき二人を乗せて終点に向かって出発した。

　あたりを見渡すとそこは道路と木と川だけ――つまり目印もなにもない場所だ。初めてここに来た時はかなり不安を覚えたけれど、慣れたいまでは迷いなく歩ける。

　着替え一式と洗面道具、それと部屋で呑む分のお酒と、簡単な化粧ポーチと文庫本一冊だけ入った小さめのボストンバッグを肩にかける。あとは財布しか入れていないショルダーバッグが私の持ち物のすべてだ。

　川のせせらぎと、さわさわと耳に心地よい葉擦《はず》れの音を楽しみながら、私は胸いっぱいに山の空気を吸う。五分ほど歩くと、舗装《ほそう》された道路から砂利道《じゃりみち》へ続く分岐《ぶんき》があり、そこへ足を踏み入れる。

砂利道《じゃりみち》を踏む音も仲間に加わり、一人でも賑《にぎ》やかな道中となった。

私を歓迎するように、秋の花々――コスモスやリンドウ、足元にはツワブキ、そして鼻をくすぐるこの特徴ある香りは金木犀《きんもくせい》だろう――が咲き誇《ほこ》っている。目や鼻でそれらを楽しんでいるうちに宿に到着した。

「こんにちは！」

古民家を改築したこの民宿は、引き戸を入ると土間が広くとられ、天井を仰《あお》げば梁《はり》がどっしりと横たわっている。どこかホッとする佇《たたず》まいだ。

「いらっしゃいませ。望月様、お待ちしておりました。いいお天気でよかったですね」

「本当です！　紅葉はどうですか？」

「山の上のほうは、だいぶ色付いてきたのですが、このあたりは来週……か、再来週くらいになると思います」

「残念です。またその頃、見に来ようかなあ」

「ぜひいらしてください。もう少し下《くだ》った滝のあたりがおすすめですよ」

「わ！　いいですね、楽しみ！」

にこやかに出迎えてくれた女将《おかみ》さんから鍵を受け取り、いったん母屋《おもや》を出て離れへ向かう。今日泊まるのは、六棟ある離れの中で一番奥の、私の一番好きな部屋だ。

部屋に着くと、備え付けの冷蔵庫に持参したお酒を次々に入れていく。料理とともに酒を呑むのも好きだけれど、温泉に入ったあとで文庫本片手に酒を呑むのは最高の贅沢《ぜいたく》だ。

夕飯の時間までまだ充分時間がある。私は浴衣《ゆかた》を手に取り、まずは温泉に入ることにした。この部屋には、とても眺めのいい露天温泉が専用で付いているのだ。

いつでも入れるという気安さから、ひとまず汗を流す程度に風呂を終え、浴衣《ゆかた》に着替えて髪を乾かした。それからくるりと髪留めのスティックでひとまとめにし、ポイントメイクだけ施《ほどこ》す。

のんびり過ごしていたら、夕食開始の時間が近付いていたので、自室を出て大広間へ向かう。食事は部屋食ではなく、大広間で取る。囲炉裏《いろり》のようなものが付いたテーブルが部屋数だけあり、それを囲んで鍋や焼き魚を楽しむのだ。

私は一人なので、自在鉤《じざいかぎ》に鍋は吊るさず、鋳物《いもの》でできた卓上コンロの一人鍋が用意された。夕食開始の時間早々に席へ着くと、次々と目の前に料理が並べられていく。女将《おかみ》さん手作りの胡麻《ごま》豆腐や里芋の田楽《でんがく》、鴨《かも》とキノコの鍋に、ムカゴとキノコの天ぷら、冬瓜《とうがん》と鶏《とり》だんごのスープ、銀杏《ぎんなん》のおこわなどなど、どれから手を付けようか悩むほどだ。

まずは食前酒として女将《おかみ》さんの漬けた夏ミカンの酒を頼み、鍋が煮えるまで天ぷらに手を伸ばす。ムカゴの天ぷらは、ほくほくとしている。一方のキノコの天ぷらは、噛《か》む度《たび》にじゅわっと旨みが口いっぱいに広がった。

夏ミカンの果実酒は、爽《さわ》やかな柑橘《かんきつ》の味と苦味が癖になる美味《おい》しさだが、ビールがやっぱり呑みたくなり、二杯目に頼む。

そうこうしているうちに、宿泊客がぞくぞくと囲炉裏《いろり》を囲み始めた。

女性グループや夫婦などで席は占《し》められ、一人客は私以外いない……かと思ったら——

最後に大広間へやってきたのは、背の高い一人の男性だった。鴨居《かもい》をくぐって部屋へ入ってきた彼の顔は、ここが山奥というのを忘れるくらい、都会的でとても整っていて、私好みの面立ちをしている。私と同世代に見えるその男は、ここの浴衣《ゆかた》を着ていた。連れを待っている様子もないので、私と同じように一人で宿泊する客らしい。

彼は奥まった席へどっかりと腰を下ろし、用意された料理を食べ始める。

そこで、男がふっと私のほうに顔を向けたので、慌《あわ》てて顔を伏《ふ》せた。無意識に男を凝視《ぎょうし》していたようだ。そんな姿に気付かれたようで私は急に恥ずかしくなり、目の前の料理を平らげることに専念した。

数十分後、食事を終えたグループが次々と大広間をあとにする中、私はまだまだ呑み続けていた。だって一人慰安《いあん》旅行なのだ。呑まないでどうする。

女将《おかみ》さんも私が酒好きと知っているので、新作の果実酒や酒に合う漬物などを薦《すす》めてくれ、それがまた美味《おい》しくて更に酒量が増えた。

ここ最近は、ものすごくがんばった。あちこち駆けずり回ったお陰でリーダー研修会の準備も一応の形が整い、直属の上司である鷹森《たかもり》部長の決裁《けっさい》も下りた。あとは週明けから始まる研修会が滞《とどこお》りなく進行するようフォローし、最後にレポートを書けば私の仕事は終わる。ちなみにレポートは、二年後にまた行われる研修会のための、引継ぎ資料だ。

週明け――つまり、明後日《あさって》の月曜日から始まる研修会。それに立ち向かう英気《えいき》を養《やしな》うべく、存分に楽しもうと思う。

ムカゴがもう少し食べたくなったので、素揚げに塩を振ってもらうか、それとも茹《ゆ》でただけのものをもらおうかと考えていたら、なにやら部屋の外が騒がしいことに気付いた。あの方向は玄関……かな？

よくわからないけれど、まあいいや。とりあえずお手洗いに行くついでに厨房《ちゅうぼう》で注文してこようっと。

よいしょと立ち上がったその拍子《ひょうし》に、テーブルのあたりでコツンと硬い音がした。なんだろうと腕を上げると、着物の袂《たもと》に入れておいた部屋の鍵が当たったことに気付く。うっかり落としたら困るし、他のお客さんもほとんどいないから取られる心配はないので、まだここにいるよというアピールのため、鍵はテーブルに置いて席を立った。

そうして用を済ませ大広間に戻ってきたら、なにやら女の人の怒る声が聞こえてきた。

先ほど玄関のほうから聞こえた声の主かな、と察したが、できれば面倒事に関わりたくないので部屋の手前で止まり、こっそりと大広間を覗《のぞ》き見る。

するとそこには、囲炉裏《いろり》のテーブル席に座る男と、その傍《そば》で腰に手を当てて立ち男を糾弾《きゅうだん》する女がいた……なぜか、私の席に。

え、どういうこと？

私の席に座る人物は、大広間の端にいたはずの、顔がとても好みな男だ。

いやそれは置いておいて、その男が本来座っていたはずの場所を見ると、なぜか綺麗《きれい》に片付けられている。そして私の席に「最初から一緒に、ここにいましたよ」といった感じで男の皿や酒が移動していた。

なぜわざわざここに移ったのかわからないが、とにかく痴話喧嘩《ちわげんか》に巻き込まれるのは御免《ごめん》である。せっかくいい気分で呑んでいたのに台なしじゃないか。早くここから出て行こう。

残っていた人も私と同じ思いのようで、巻き込まれるのは勘弁《かんべん》とばかりに退散《たいさん》していく。

しかし私は一歩出遅れてしまい……男と、女と、私の三人だけが残った。

部屋の鍵をテーブルに置いたままだったから、こっそり取って自分の部屋に逃げようと心に決め、大広間に足を踏み入れる。鍵さえ取り戻せばもういい。部屋で本でも読みながら呑み直そうかと思ったその時、ふと聞き慣れた声に気付いた。

「だから！　なんで急にいなくなったのって聞いてるのよ！」

この声は……

女はずっと男を責め続けていた。

「今日こそはって言ったじゃない！　折角《せっかく》、候補を集めたのに見もしないの？　ああもう！　私には時間がないのよ。お願いだから、ねえ！」

「無理なものは無理だ」

「なんですって!?」

一方的に女が責めているかのように見えたけれど、どうやらそうでもないらしい。男の声に誠意がまったく感じられないからだ。

女性のほうは、どことなく私が知っている人物に雰囲気が似て――

「あれ……もしかして、万理……さん？」

「……っ！　あっ、えと、ええ？　綾ちゃん？　どうしてここに⁉」

思ったことをそのまま口にしたら、それを聞いた女が弾かれたように顔を上げた。

声の主は、昨夜一緒に呑んでいた『てまり』の店主、万理さんだった。山奥のこの民宿にいるとは予想外だけれど、それは万理さんも同じな様子。

なぜか男のほうも唖然《あぜん》としていたが、万理さんと私を交互に見比べて一人なにか納得している。

「今日から旅行って、昨日万理さんに言ったじゃないですか」

「えー！　綾ちゃん、ここの民宿に来るつもりだったの？」

「前に話したことありませんでした？　私、いつもここに来てるんですよ」

きゃっきゃと話し始める私たちに、男がゴホンと咳払《せきばら》いをした。

あっ、そうだった。二人の話を邪魔《じゃま》してはいけない。

「それじゃ私はこれで――」

その場を離れようとしたところ、がしっと手首を掴《つか》まれた。やけに無骨《ぶこつ》な指だなと思いながらその先を辿《たど》ると、男が私の手首を握《にぎ》っている。

「望月さん、折角《せっかく》だから妹と一緒に呑まないか」

「えっ！　兄貴いったいどういうこと？」

手を掴《つか》まれたまま名前を呼ばれ、更に妹と一緒に、と言われて私は混乱した。

どなたですか、この方は。

状況から察するに、とりあえず男は万理さんの兄らしい。ということはこの二人は兄と妹――ということになるのかな。

それはかろうじて理解した。だけど、なぜ私の名前を知っている？　万理さんのお兄さんとは初対面なのに、突然一緒に呑もうと言われても警戒しかできない。

「万理、この人は俺と同じ会社の望月綾香さんだ」

「はっ？」

「えっ？」

目を丸くする私と万理さんを無視して、男は話し続ける。

「まだバスの時間あるだろう？　万理も折角《せっかく》だから一緒に呑もう。今夜はそれで勘弁《かんべん》してくれ」

朗《ほが》らかな笑みを浮かべ、お兄さんは万理さんを誘う……私、込みで。

「一緒って、ちょっと――」

抗議《こうぎ》の声を上げかけたけれど、万理さんは「いいの？　やったあ！」と声を上げた。

「綾ちゃんがいるなら、私も呑もっかな。もちろん兄貴の奢《おご》りで！」

私は断りたい気持ちでいっぱいだった。しかし楽しそうに同席の準備を始めている万理さんを見たら、いまさら断りづらくなる。だから、少しだけなら……と観念《かんねん》して、しぶしぶ彼の隣に座る。

それを見て、お兄さんはようやく私の手を離してくれた。

私の内心を知らない万理さんは、ニコニコとメニューを取り出して選んでいく。

「それにしても綾ちゃんてば兄貴と同じ会社だったのね、知らなかった～」

そう言って首を捻《ひね》りながらも、呑むことと食べることが大好きな万理さんの意識は、すっかり宴《えん》会《かい》モードに切り替わっている。厨房《ちゅうぼう》にいる女将《おかみ》さんに注文を伝えるため席を立った。

「ま、万理さん、待って」

そんな彼女の様子は微笑《ほほえ》ましいけれど、私はそれを黙って見送っている場合ではない。万理さんがこの場からいなくなると、二人きりになってしまうのだ。この、よく知らない男性と。

しかし万理さんには聞こえなかったようで、さっさと部屋を出て厨房《ちゅうぼう》に行ってしまった。

気まずいながらも、顔を上げて恐る恐る疑問を口にした。

「あの！　どうして私の名前を」

「しーっ！　万理に聞かれるとマズい。……悪いけど、俺の話に合わせてくれないか」

猛然《もうぜん》と抗議《こうぎ》しようとしたら、私のほうに身を寄せ、こそこそと話してきた。

「話を合わせるって……。あの、あなたが万理さんのお兄さんというのはわかりましたが、いったいどういうことですか」

話がまったく見えない。

「俺は紅林《くればやし》――紅林哲也《てつや》だ。同じ会社の支社に勤務していて、今度本社の研修会に参加する――」

「あっ！　……もしかして、主任の紅林さんですか」

彼のフルネームを聞き、ようやく私の記憶のページが開いた。

来週から開かれるリーダー研修会のために、紅林さんとは幾度《いくど》となくメールや電話をしてきた。

そうとわかると、確かにこの声には聞き覚えがある気がしてくる。

低めのバリトンボイスで艶《つや》があり、電話の度《たび》に耳がくすぐったくて。電話を取り次《つ》ぐ女性たちからもときめきの声が上がり、非常に人気が高かった。

二年前も研修会に参加していたらしいけど、私は綿貫先輩の代わりに社外へ出ることが多く、出席者の顔を見る機会がほとんどなくて覚えていないのだ。

ともあれ、二回連続で研修会に参加できる人はなかなかいない。とても優秀な人物にのみ、特例として認められていることだと聞いたことがある。つまり、紅林さんもそうなのだろう。

そんな紅林さんがどうしてこの場所にいるのか、そしてどうして私に話を合わせてほしいなんて言ってくるのか……訳がわからない。

「明後日《あさって》からの研修よろしく。……ま、つまりその研修のために実家に戻ったら、万理が見合いしろって煩《うるさ》くてね」

「あぁ……」

万理さんが親から結婚を許してもらえない原因になっているあの兄か。

「だからここへ？」

「そう。逃げ出すなんて格好悪いけど」

ふ、と目尻を下げて笑う。

……そんなこと言って。めちゃめちゃ格好いい人が、こんな笑い方するなんてずるい。

それを見て私は、胸が甘く騒《ざわ》めくのを感じた。

「研修期間は忙しくて結婚の話なんて聞いていられない、って突っぱねてたんだけど、その前ならいいと思ったんだろうな。家に帰ってすぐ、見合い写真やら釣書《つりがき》を持ってくると言い出したから隙《すき》をついて家を出た」

「でも見つかってしまいましたね」

「おかしいな、まいたつもりだったんだが」

難しい顔をして首を捻《ひね》る紅林さんだけど、あ、と気付いたように声を上げる。それから、ふたたび声を潜《ひそ》めた。

「そこで君に頼みたいのは、もともと俺と知人だということにしてほしいんだ」

意外な申し出に、私はなんと答えたらいいかわからない。知人だとして、どういう意味があるのだろうか。不審《ふしん》な顔をする私に、彼は更に顔を近付ける。

「そうだな……共通の友人を巻き込もう。――綿貫からこの宿を紹介され、お互い同時期に泊まったに過ぎない。だけどこの大広間で会って、知らぬ仲ではないから研修会の話をしながら一緒に呑んでいた、ということでどうだ」

突然、綿貫先輩の名前が出てきたことに驚きつつも、確かに私は先輩からこの宿を紹介されたので嘘ではないな、と考える。それに紅林さんとは、業務上だけどメールも電話もしたから、広い意味で知人……でもある。

「まあ……そのくらいならいいですけど」

いまさら無理だと言いづらく、知人程度ならと受け入れた。研修会の前に、変な揉《も》めごとを起こしたくないという社会人としての意識も働いた結果だ。

「よかった、ありがとう」

紅林さんは心底ほっとした顔を見せる。その表情は、まるで身内に見せるように気を抜いたもので、一瞬見惚《みと》れてしまった。慌《あわ》てて「ど、どういたしまして」と言い、焦《あせ》りながら、腿《もも》に置いていた手をもじもじと動かす。

そこへ、「おまたせー」と言いながら、万理さんが戻ってきた。手には複数の酒瓶《さかびん》、そして腕に載せたトレイには、コップや氷が山盛りのアイスペールが置かれている。

「あと私たちだけだし、適当にしていいっていうから借りてきちゃった。あ、この古漬けはサービスだって！　ささ、呑も呑も！」

女将《おかみ》さんと色々話を付けたらしく、万理さんはてきぱきと場を整えていく。

タンタンと囲炉裏《いろり》テーブルに酒瓶《さかびん》などを並べ、反す手で空《あ》いた皿をトレイに載せる。そしてそれらをまた厨房《ちゅうぼう》に運び、戻る時には今度はスパークリングワインを持ってきた。

「これ最初に呑もうよ。兄貴、支払いよろしくね！」

「お前……まあいい、好きにしろ」

二人の気安い口調に、なぜか私の頬《ほお》は緩んだ。なんか、いいな。私は一人っ子だから、兄妹のこういう関係に少し憧《あこが》れていた。

「さ、それでは改めて！　乾杯！」

注《つ》がれたワインをそれぞれ手に持ち、万理さんの音頭《おんど》で乾杯する。

それからは、あっという間だった。瞬《また》く間にワインの瓶《びん》が空《あ》き、一升瓶《いっしょうびん》が空《あ》く。

三人とも酒に強く、最近の仕事についてや万理さんののろけ話で会話が弾んだ。

しかし、二本目の一升瓶《いっしょうびん》の栓を開けたところで、万理さんが「あっ！」と言い立ち上がる。

「バス……」

その一言に、私も紅林さんも同時に壁掛け時計に視線をやる。時刻はバスの最終便をとうに過ぎていた。

あまりにも楽しくて、時間を忘れてしまったのだ。

「ごめんなさい万理さん。気付かなくて……」

「すっかり忘れてた……でもまあいっか。兄貴、泊めてくれるでしょ？」

「……わかった」

しぶしぶといった様子だけど、彼は泊まることを了承《りょうしょう》した。万理さんは兄と一緒だからと親と彼氏に電話し、紅林さんも電話を代わって説明する。嫁入り前なので、心配をかけないためだろう。

優しい兄の心遣いを見て、私は密かに感動していた。

「じゃ、これで心置きなく呑めるね！」

そんな兄の気持ちなど露知《つゆし》らずといった様子で、万理さんはニコニコと新しい酒瓶《さかびん》を持ってきた。

「呆《あき》れたやつだな」

と言いつつも、コップを差し出す紅林さん。私もまだこの時間が続くことをうれしく思い、同じくコップを差し出した。

そして――

二本目の一升瓶《いっしょうびん》を空《あ》けたところで、万理さんの目が据《す》わりだした。かなり酔いが回っているらしい。

「だから～……兄貴は、さっさとぉ、結婚しろ～！」

「はいはい」

「ハイハイじゃなーい！　あたしは～、二十代のうちに、結婚したいわけよ！　博《ひろし》さんてば転勤になるって言うじゃない？　あたしは結婚して付いていきたいの！」

「はいはい」

「もー、すぐそうやって流そうとする～！　あたしはぁ～時間がなくなったのー！　兄貴、誰かいないの～？　せめて付き合っている人とかさ～、いい感じの人とかぁ……ね～」

囲炉裏《いろり》テーブルに突っ伏《つぷ》しながら、万理さんはぼやき始めた。博さん、とは万理さんが十二年付き合っている彼氏で、フルネームは杉山《すぎやま》博という。

そろそろ引き上げ時かな。時計を見ると、二十二時を回ったところだ。

――夕食は早めの十七時からだから、えーと……五時間ほど、ずーっと呑み続けていたってことよね。我ながら、よく呑んだと思うわ。

普段はふわふわと気持ちいい程度だけど、さすがに私も酔いを自覚し、眠くなってきた。

紅林さんもお酒は強いようだけど、あくびしている。

「さあ、そろそろ部屋に行こう」

空《から》の酒瓶《さかびん》をつついていた万理さんは、紅林さんの声を聞いた途端《とたん》、がばっと身を起こす。

「そうだ！」

突然大きな声を上げた万理さんは、なにか思いついたらしく、そうだ、そうだ、と何遍《なんべん》も繰り返しながら、にんまりと口角を上げる。

そして、私と紅林さんを交互に見比べ、うんうんと頷《うなず》いた。

「兄貴と綾ちゃん。今日から婚約者ね～。きーまりっ！」

「えっ」

「待て、どういうことだ」

万理さんは、それがいい～！　と膝《ひざ》を叩く。

「だ～からさ～、兄貴と綾ちゃんが婚約者ってことになれば～、あたしね～、あたし～……、結婚できると思うの～」

「ちょっと、万理さん？　婚約者って……あの……」

「二人が知人だーってことはさー。だからね～、いーこと思いついちゃったの～」

万理さんは、ぺちぺちとやる気のない拍手をしながら、ケラケラと笑い出した。

「博さん、転勤になるって。……これ本当のことだし……アハハ」

「いつだっけ、その転勤まで」

「うん……三ケ月後にね。あたしは彼に付いていきたいんだけど……兄貴の結婚を待ってたら～、あたしは三十歳になっちゃう。それどころかさー、このままできない可能性だってあるよね……

でも、あたしは彼と結婚したい……せめて、せめて三十歳までには、籍を入れたいの！　だ・か・ら！　兄貴に婚約者よ！」

ちょっと静かに聞いてて、と釘《くぎ》を刺されたので、私も紅林さんも黙って次の言葉を待った。

「二人を婚約者ってことにしておけば、うちの親は渋るだろうけどあたしの結婚を許してくれると思うの。長く延ばしてきた負い目があるだけにね。――兄貴も」

万理さんは紅林さんに対して、自分のためにいい加減な結婚をして欲しくないと思いつつ、だけど早く相手を見つけて欲しいと願っていた。私はその気持ちを知っているだけに、胸の痛む話だ。

はぁ、と深い溜息《ためいき》をつきつつ、次の言葉を万理さんは口にする。

「こんなこと頼むの、申し訳ないと思うけれど……綾ちゃん、うちの馬鹿兄貴と婚約して！」

「ちょ、ちょっと！　こ、こん……婚約⁉」

「あ、ちょっと違うわ。ええと、婚約者のふりをして！　お願い！」

婚約者のふり？

唐突《とうとつ》な申し出に、まるで意識がついていかない。なぜ私が紅林さんと婚約者のふりをしなければならないのか……

混乱する私の隣で、紅林さんは腕を組んで難しい顔をしながら要点をまとめた。

「つまり俺は、つい最近付き合い始め、結婚を約束した婚約者がいる。いずれ結婚するつもりだが、仕事の都合もありいますぐにというわけにはいかない。けれど、万理の年齢もあるし、俺に決まった相手もできたことだし先に結婚させてやってくれ……と、口添えしろということだな」

「さっすが兄貴！　話が早いわ！　ねえ綾ちゃんお願い、しばらくの間……ううん、あたしが籍を入れるまで婚約者のふりをして！　彼の転勤先での任期は五年……しかも遠距離って、つまりもう付いていくか別れるかになると思わない？　あたし、彼の転勤にどうしても付いていきたいの。こう言っちゃなんだけど、兄貴ってばそれなりにスペックは高いと思う。おんなじ会社ならわかるかな？　主任クラスから、お給料がドーンと増えていくのよね～。それに優しいしー、嫁姑《よめしゅうとめ》問題もないと思う。あたし調べでは、それなりにモテてたはずなんだけど、この年まで結婚に至らなかった兄を、どうせならもらってちょーだい、綾ちゃん！」

「なっ！　なにを!!」

立て板に水、といったようにズラズラズラっと勢いよく言われ、思わずのけぞった。

「おっと、あたしの希望を言っちゃった。ええと、ふりね、婚約者の、ふり！　ほんのちょっとの間だから！　ね、お願い！」

「万理……俺が研修でここにいるのは二週間だぞ」

「あっ、そうか。じゃあ、あたしのほうを二週間でなんとかするから！　お願い！」

二週間でなんとかなるものなの？　いままでずーっと兄のために結婚の許可を出さなかったご両親が、そんな短期間で首を縦に振るとは思えないんだけど……

助けを求めるように紅林さんへ顔を向けると、心底弱り切った表情で頭のうしろをガリガリ搔《か》いている。

「俺は待たせて悪いと思っているし……頭ごなしに拒否しづらいな」

紅林さんは、高校時代からずっと妹が一人の男性と付き合ってきたのを知っている。結婚の話も出ているのに、自分のせいで結婚を随分《ずいぶん》待たせてきた自覚もある。それを心苦しく思う気持ちはあるけれど、かといって適当な相手と結婚することはできない。だから――賛成はできないけど、反対もできない、といったところだ。

「私は……」

正直な気持ちを言えば、断りたい。しかし、普段から世話になっている万理さんだ。一人暮らしの私の体調を気遣って、栄養満点な惣菜を持ち帰らせてくれたり、こちらでの生活や仕事の愚痴《ぐち》を聞いてくれたりと親身になってくれた。

断りづらい……というか、ほんの二週間だけなら、恩返しのつもりで受けてもいいかな、と思い始めた。なにより、杉山さんに転勤の辞令が下りてしまったいま、時間がない。

紅林さんとは、社内で連絡を取り合う仲で、まったく知らない人ではない。なにより万理さんのお兄さんで、今日初対面にもかかわらず、とても楽しくお酒が呑めた。

ほんの二週間だけなら……大丈夫よね？

「……わかりました」

決意を胸に、万理さんに伝える。

「たいしてお役に立てないかもしれないけど、よろしくお願いします」

すると、万理さんは突然涙をぼろぼろっと零《こぼ》した。

「あー！　綾ちゃん～！　うれしい、うれしい～！」

「ちょ、ま、万理さんっ」

「兄貴の婚約者ぁぁ〜」

「ふりですから！　あくまで!!」

「うわぁ〜〜ん！」

それまでの苦労が蘇《よみがえ》ったのか、万理さんは泣きじゃくりながら私に抱き付いてきた。私より一つ年上で、普段はキリッとしていて姉御肌《あねごはだ》だけど、かなり溜め込んでいたのだろう。子供のように感情を露《あら》わにしている。

私もぎゅっと抱き返し、万理さんの結婚がうまくいくように願った。


大広間の片付けはそのままでいい、とは言われていたけれど、囲炉裏《いろり》テーブルの上は綺麗《きれい》に片付け、食器などはすべて調理場に下げておいた。

そうして私と紅林さんは、酔いつぶれた万理さんを間に挟《はさ》み、よたよたと紅林さんの部屋を目指す。万理さんを早く布団に寝かせてあげたい。

幸《さいわ》いにも彼の部屋は大広間から一番近い離れの間だったので、すぐに到着した。

「万理、着いたぞ」

「ん〜？」

ぼやんとした顔で、それでも頬《ほお》は緩んだまま万里さんは返事をした。紅林さんは、浴衣《ゆかた》の袂《たもと》から部屋の鍵を取り出す。すると、それを万理さんが手を伸ばして奪う。

「あたしが〜あけちゃうよ〜」

万理さんは私たちから体を離すと、部屋の鍵を開け、引き戸の中に体を滑《すべ》り込ませた。万理さんに続いて紅林さんも入ろうとしたところ——鼻先で戸が閉まり、ガチャッと音がした。

「えっ」と、私と紅林さんは顔を見合わせる。

万理さんは、酔っているように見えてそこそこ意識がしっかりしてるのかなと思っていた。だから私は彼女の行動をただ見守っていたのだけれど、いまの遮断《しゃだん》された音は……。わかったけど、わかりたくない事態に気付く。

「お、おい、万理！　万理、これはなんの真似《まね》だ！」

紅林さんが、戸を開けようと試《こころ》みるが、ビクともしない。

すると内側からあくび混じりの声が聞こえた。

「兄貴〜、あたしは〜自分の部屋で寝るね〜……」

「待て、違うぞ、ここは俺の部屋だ！　おい万理!!」

「おやすみ〜」

と声が聞こえたのを最後に、もう部屋の中から返事がない。

あれだけ酔っ払っていたので、あっという間に夢の中へ旅立ったに違いない。

「万理！」

それでもなんとか開けさせようと紅林さんは戸に手をかけるが、私はそれを止めた。

「紅林さん、もう遅い時間なので他のお客さんの迷惑になりますよ」

「いや、しかし……」

困るのには理由がある。まず第一に、紅林さんはこの部屋に荷物があるということ。財布だけは持っていたものの、着替えなど入れたバッグをすべて置いている。そして二つ目に、この民宿が今日は満室だということ……新たにもう一室借りて泊まることはできないのだ。

事情を話せば、この部屋の予備の鍵を使って開けてくれるかもしれないけれど、私たちが大広間にいた時から、女将《おかみ》さんは奥の部屋に引っ込んでいた。

こんな酔っ払いの失態《しったい》に付き合わせるのは気が引ける。

かといって、アルコールが入っているので車の運転はできないし、タクシーや代行は、ここはかなりの山奥な上に、今日は週末だから「みんな出払っている」など適当な理由をつけて体《てい》よくお断りされるだろう。

二人でああでもないこうでもないと話してみたけれど、解決の糸口は掴《つか》めない。

「万理さんが自発的に起きてくるのを待つしかないですね……」

「そうだな」

紅林さんは、はぁ、と眉間を押さえながら溜息《ためいき》を一つ零《こぼ》す。それから、くるりとうしろに身をひるがえし、歩き出した。

「えっ、あの、紅林さんどちらへ」

慌《あわ》てて声をかけると、いったん立ち止まって首だけ振り向く。

「仕方がないので、大広間の片隅にいさせてもらおうかと」

あの大広間ならいることは可能だけれど、囲炉裏《いろり》テーブルだから寝るのにはまったく適さない。徹夜するにしても、秋とはいえ山奥はとても冷え込むのだ。つい心配になって引き留める。

「もし……あの、もしよろしかったら私の部屋にいらっしゃいませんか」

「ん？」

「ええと、その、私の部屋なら暖房器具がありますし、お布団も一応二組……」

見ず知らずの男性——ではないが、自分一人だけが泊まる部屋に誘うのはどうかと思う。ただ、このまま知らないふりもできない。

そう申し出ると、彼は最初、いや、でも、と遠慮《えんりょ》していた。けれど、私が更に強く誘うと、ようやく首を縦に振った。

「じゃあ……すまない、お邪魔《じゃま》させてもらうよ」

私が先導し、飛び石が程よく配置された渡り廊下を歩いていく。あたりはとっぷりと闇《やみ》に包まれていて、足元の電燈《でんとう》が温かく道を照らしている。

一番奥の部屋に着き、鍵を開けて部屋に入ると、畳《たたみ》の匂いが体を包んだ。

「適当に座っていてください。——あ、もう少し呑みますか？」

備え付けの冷蔵庫に、持ち込んだお酒がある。食事が終わったら部屋に戻って、本を読みながら呑もうと思っていたのだ。

まさか大広間であれほど呑むとは思ってもみなかったので、持ち込んだお酒はそっくりそのまま残っている。

「そうだな、ちょっと呑み直したい」

「はーい、じゃあちょっとお待ちくださいね」

棚の上には小さめのコップが二つ、お盆に伏《ふ》せて置かれている。冷蔵庫から缶ビールを一缶取り出し、いったんひっこめた手をもう一度冷蔵庫に入れて、もう一缶お盆に載せた。だって紅林さんと一緒なら、一缶なんて瞬殺《しゅんさつ》だろうから。

なんで部屋に入るなり呑もうと誘ったかというと——間《ま》が持ちそうにないから。

男女二人きり、それも今日初めて対面したばかりなのに、いきなりこんな展開になってしまったのだ。素面《しらふ》では気まずい。酒を呑んでいれば、それなりに会話を進めることができそうだと思った。

お盆を持って座卓まで運ぶと、コップをそれぞれの前に置いて缶を開け、二つのコップに注《つ》いでいく。

「じゃ、乾杯ということで」

「二次会だな」

「ふふっ、そうですね」

触れるだけに留《とど》めたコップが、コチ、と鈍く鳴る。私の視線はその振動を感じた途端《とたん》、紅林さんのコップを持つ手に吸い込まれた。

小さめのコップが、更に小さく見えるほど大きな手——

ゴツゴツと骨張り、指の先までいかにも男らしさを感じる。

「——どうした?」

先にビールを呑み干した紅林さんが、コップを持ったまま動きを止めた私を訝《いぶか》しみ声をかける。

その言葉に、はっと我に返った私は、「い、いいえ、なんでもありません！」と手に持ったビールを一気に呷《あお》った。

「ハイハイ、次！　コップこっちに置いてください！」

二缶目のビールを慌《あわ》てて開け、空《あ》いたコップ二つに注《つ》いでいく。

――彼の手を見て、男の人だ、って意識してしまったなんて、言えない。

改めて正面に座るこの人が、万理さんの兄とか同じ会社の人とかという以前に、眉目秀麗《びもくしゅうれい》で……

そして『やたらと声が腰にくる』と会社で噂になっていた男性なのだと思い知った。

その人が、目の前にいる。

「く、紅林さんてお酒強いんですね。びっくりしちゃった」

私は注《つ》いだばかりのビールをまたも一気に呷《あお》り、立ち上がって冷蔵庫からワインを持ち出した。

部屋に着くなり冷やしておいたので、やけに火照《ほて》っているいまの体にはちょうどいい。

「それを言うなら望月さんこそ。あ、俺がやるよ」

ワインのコルクがうまく抜けなくて、紅林さんにお任せする。

「でも、わりと酔っているかもです。ほら、現に力が入らなくて」

「それでもすごいと思うよ。女性でこれだけ呑める人、初めてだ」

「呑める女は、お嫌いですか？」

「いや、むしろ好きだよ」

ハハハ、と笑ってワインを注《つ》いだコップを持ち上げる。しかし私は、どうにも動悸《どうき》が治まらない。

――むしろ好きだよ。

――好きだよ。

呑める女が好きかどうかと聞いたことに答えただけで、深い意味はない。

そう自分に言い聞かせるものの、男性とのお付き合いに枯《か》れて久しい独身女には、その言葉は刺激が強かった。

深い意味はない。もう一度そう胸に刻みながら私もワインを呑んだ。

「話が合って、食の好みが似てて、一人を謳歌《おうか》している。そういう人が好みだからな」

……ん？

「丁寧に書類を整え、資料にはわかりやすく図をつけるなど気配りができ、更にはとてもかわいらしい声ではきはきと話す。そんな彼女に会ってみたかったし、こうして実現できたのはうれしい」

……え？　なんだろう、急に、なにか、雰囲気が……

「その上、妹の頼みを聞いてくれて。……期間限定とはいえ婚約者になれたのは光栄だな」

……あの？

勘違いしないようにと必死に考えるけれど、どうしても私のことに聞こえて仕方がない。

いやいや、まさかまさか。

「だいぶ酔っておられますね。私はまだまだですよ！」

タン、とふたたびコップを空《から》にしてテーブルに置き、紅林さんにワインを注《つ》ぐよう促《うなが》した。

目の前の色男が、突然自分を褒《ほ》め出し、あまつさえ婚約者になれて光栄だとか、なんの冗談だろう。彼は、平気なふりしてだいぶ酔いが回っているようだ。これ以上、惑《まど》わされるのは嫌なので、ここは潰《つぶ》すに限る。

紅林さんは私のコップに、トクトクと音を立てながらワインを注《つ》いだ。

「酔ってなんかいないよ。俺は綾香に興味があったから」

「あの、いきなり名前で、しかも呼び捨てはやめていただけませんか」

「婚約者だからいいだろう」

「紅林家の御両親の前だけだと認識しておりますが！」

「俺はこれが本当になってくれるとうれしい」

「……はっ？」

持っていたコップを危《あや》うく取り落とすところだった。

いま、なんて言った？

「本当って……」

「結婚しよう」

「……っ!?　あ、の……？　婚約するふりなら、しますよ」

「だから、本当に……年前からずっと……」

「え？」

あまりよく聞こえなかったけれど、これは駄目だ、紅林さんは相当酔っていらっしゃる。

顔色一つ変えず冗談が言えるなど、タチの悪い酒癖だ。

もうここはさっさと布団を敷いて寝てしまうべきか。

「理由ならある。綾香の仕事の誠実さと、万理から聞いていた可愛い常連さんの情報と、あとは……前に食べた――」

「はいはい。それじゃ、お布団敷きますので支度《したく》済ませてくださいね。洗面所に予備の歯磨《はみが》きセットがありますから」

適当に返事をしつつ寝る準備をさせようと声をかける。それから私はコップ一杯分のワインを、ごくごくと水のように呑み干した。

紅林さんはブツブツ言いながらも洗面所に行ったので、その隙《すき》にと布団を敷き始める。

一組はもう宿の人が敷いてくれていたけれど、紅林さんの分は自分で敷かなければならない。

使っていた座卓を移動させて二組の布団の間に置き、仕切り代わりとする。それから敷布団、シーツなどテキパキと準備した。そして紅林さんが戻ってきたのと入れ替わりに、私も洗面所へ行く。

顔を洗ったり歯を磨《みが》いたりと寝支度《ねじたく》を整え部屋に戻ると、すでに部屋は暗くなり、枕元に置かれた小さなライトのみが灯っていたが、紅林さんは座卓の前に座っていた。

「もう一杯だけ呑みたい」

あれだけ呑んでまだ呑むか、と一瞬思ったけれど、呑んで潰れてくれたら助かる。

「……じゃあ、少しだけ」

一応渋るふりを見せながら、しかし結局自分ももう一杯呑もうとしているのもたいがいだと思う。

冷蔵庫に置いてあるのは、もう日本酒のワンカップ利《き》き酒三本セットだけだった。これなら少量でちょうどいいかなと手に持ち、座卓に並べる。

「隣、座らないか」

「いえ、こちらで」

隣に座るのは危険な気がする。しかし対面になるのもあからさま過ぎかと思い、机の角を挟《はさ》んではす向かいに座ることにした。

「改めまして、乾杯」

一つを紅林さんへ、もう一つは自分の前に置き、ワンカップのふたを開けて乾杯する。最初の一口はすぐに呑み込まず、鼻に抜ける匂いを楽しんでから喉に流した。

「んー、これ好みですね。キツさがなくて」

「こっちも割と尖《とが》りが少ない気がする」

「味見させてください」

そう言って交換し、呑む。うん、これも大変美味《おい》しい。

……って、あれっ？　なんで私はこんなことをしているんだろう。ついさっき、危険過ぎるとか思ったばかりなのに、回し呑みするなんてこの警戒心のなさはなんだ。

「あ～こっちも好みです。一升瓶《いっしょうびん》で欲しくなっちゃった」

「蔵元《くらもと》は県内にあるから今度連れて行こうか？」

「わっ、うれしいです！　ぜひお願いします！」

ちょっと待って、なんで私はこんな約束しているの？

「それにしても、どうしていままで結婚しなかったんですか？　万理さん可哀想」

待って待って、なんで私……！

頭の片隅で必死に制止するものの、滑《すべ》る口は止まらない。

「こんなかっこいいんだから、モテてモテてよりどりみどりだろうし。それなのに万理さんを十二年も待たせて。……その間に、なんとかならなかったんですか？」

止まらない私は、つい疑問に思っていたことを直接本人に問いただす。理性はどこへ行った⁉

すると酒を呑んでいた紅林さんは、私を見ながら片眉を上げた。

「適当な相手じゃ不幸だろ。どちらにとっても」

「適当？」

「気持ちもないのに結婚しても、ということ」

ムスッと口をへの字に曲げて、ふいっと横を見た。

つまり、形式だけの結婚は嫌で、ちゃんと好きな人をと思ったけれど、その相手に巡り合わなかった、ということか。

「父親は企業の役員をやっててね。いまでこそ会社は軌道《きどう》に乗っているけれど、俺たちが幼い頃は倒産しかかっていて、気持ちも家計もギリギリで苦労したんだ。そんな中でもきちんと育て上げてくれた両親に、一人前になって結婚しましたよ、って言って安心させてやりたい。けれど、だからこそいい加減な気持ちではいけない気がして」

結果、妹に悪いことをしているけどな、と紅林さんは苦笑いした。

私は、自分一人の力でどうにもならないことだから仕方がないとは思いつつ、だからって偽《にせ》の婚約者を仕立てるのも騙《だま》すようなものじゃないかと考えてしまう。

私がそう言うと、紅林さんは図星なのかわざとらしい咳払《せきばら》いをした。

「騙《だま》すって人聞き悪いな。たとえ嘘だとしても、それを胸の内に収めておけば、誰も傷付かない」

「詭弁《きべん》じゃないですか」

「まあな。だが、万理はもうじき三十になる。俺が結婚しないことは俺個人の自由だが、それによって長いこと待たせた負い目もある。だから、この案に乗る――が」

「が？」

座卓にコップを置く、たん、という音が、やけに耳に響く。

紅林さんは、それまでの爽《さわ》やかな雰囲気から打って変わって、黒い笑みを浮かべて身を乗り出した。

「俺にとって、渡りに船だった」

「……はっ？」

俺にとって、とはなんだ。疑問符しか浮かばない。

紅林さんは私との間にあった座卓を、ずずっと横によけ、二人の空間を一瞬で詰めてきた。

「綾香、俺と付き合って」

正面から向き合うと、その目力に屈して頷《うなず》いてしまいそうだ。わずかにのけぞりながら、なんとかかわそうと明後日《あさって》の方向を見る。

「またその冗談ですか。お酒呑み過ぎましたね、もう寝ましょう」

ハハハ、と乾いた笑いを漏《も》らしながら立ち上がろうとすると、グッと手首を掴《つか》まれ引き留められた。

「ちょ、ちょっと！」

「結婚するなら綾香がいい」

「酩酊《めいてい》状態の口説き文句《もんく》なんて、誰が信じられるものですか」

「ほろ酔い程度だし、俺、本気だから」

「酔ってる人ほど酔ってないって言うんですよ！」

「綾香」

引っ張られる力に、酔った体が抵抗できるわけもなく、あっさりと紅林さんの胸元へ倒れ込んでしまった。

思った以上に厚くて硬い胸板に、どきりとする。

「やめて……ください」

「綾香」

電話を受けた時に感じた腰にくるあのバリトンボイスが、耳を直撃した。

鼓膜《こまく》にじわっと広がる甘い声は、無意識に体を震《ふる》わせる。

「くればやし、さん……」

抵抗する力は、ない。いまのでまさに腰砕けになり、堪《たま》らず縋《すが》るように紅林さんの浴衣《ゆかた》を掴《つか》んだ。

「駄目です」

「俺では駄目か？」

駄目ではない。むしろ好条件の申し出だからこそ、うっかり乗るわけにはいかない。

そもそも、「万理さんのお兄さん」であり「会社の人」だけど、今日が初対面なのだ。いきなり付き合ってくれ、結婚してくれって言われても、その前に考えなければならないことは山積みである。だいたい、好きとか、そういう感情は――と、思っていたんだけど。

「……ふりをする……間に……」

めったにない酩酊《めいてい》状態の私の口は、頭で考えていることとは違う言葉を吐き出した。

「婚約者のふりをする間に、私が紅林さんを好きになれたら……付き合ってもいいです」

ちょっと待ってよ!!　言葉と気持ちが真逆を行き、かろうじて残っている理性がパニックを起こした。

どうしてこうなったんだ。付き合ってもいいとか、どの口が言う！

そこで、ふと視線の先にある物が目に入った。

布団。

あ、と私は口をぽかんと開ける。

そして、昨日『てまり』で万理さんに言った自分の言葉を思い出す。

――『家に帰らなきゃ、って時はそれほど酔わないですね。でも、家呑みとか旅行先とか、寝る場所がちゃんとそこにあるって時は……』

そうだ。私は、寝る場所がそこにあるとわかっていると、安心感から――確実に、酔う。

駄目じゃないか、そんな時にこんな約束しては！

しかし私の内心とは裏腹に、なぜか笑顔を紅林さんに向けてしまっていた。

「その笑顔、挑戦的だね」

「自信がないのですか？」

「いや、受けて立つよ」

紅林さんもにっこりと笑い、私の手を持ち上げ、掌《てのひら》にくちづけた。

「俺のものってことで、予約ね」

こちらを見上げながら、唇を落とされる。その場所が、火傷《やけど》したかのように熱くなった。その熱が全身にじわじわと広がり、恥ずかしさが込み上げてきて、とてもいたたまれない。

「じゃ、そ、そういうことで！」

寝てしまえば、じきに朝が来る。朝が来たら万理さんも起きる。そこまでやり過ごせれば、何事もなかったように帰り、何事もなかったかのように明後日《あさって》からの研修会で振る舞えるだろう。

「おやすみなさい」

そう言って体を離そうとしたけれど、いまだに手を掴《つか》まれたままなので動けない。これ以上触れていたらよくない気がして、早く離してほしかった。

「もう寝ましょう」

そう言っても手を掴《つか》まれたままで、どうしていいか途方に暮れる。やたらと密着するこの体勢も非常によろしくないから、距離を取りたいのに。

「ちょ、ちょっと、紅林さん」

「哲也」

「え？」

「お互い名前呼びじゃないと婚約者として格好付かないだろ？　それに、ある程度、名前を呼び慣れてもらわなきゃ。もし街でばったり両親に会ったら、ぎこちなさばかりが目立つじゃないか」

そんなばったり会う機会なんてあるもんか……と思いつつ、口は「わかった」と答えていた。

「哲也、さん」

「呼び捨てがいいな」

「哲也……さん。うう、呼び捨ては、ちょっと……」

「まあいいか。でも、すごく親密さを感じるよ」

そういって、紅林さん……もとい、哲也さんは私の腰に手を回し、ぐっと抱き寄せた。体中が密着しているこの距離に、心臓が早鐘《はやがね》を打つ。恥ずかしくて体を離したいけど、なぜか力が入らない……これは、酔いのためか、それとも？

哲也さんは握《にぎ》った手を離し、今度は私の頬《ほお》を包むように当てた。

「じゃあ、大人だしもっとわかり合おうか」

え、と思った時には、もう距離がゼロに詰められていた。

「あっ！　……ん、う……」

私の唇に触れたのは、私と同じか、それより少し硬い唇だった。少し斜めに触れ、また角度を変えて触れる。

キス。

私はいま、キスをされている。

脳裏《のうり》には、その事実がぐるぐると回って焦《あせ》ってるのに、それに対して抵抗らしきものを一切できずにいた。

それどころか触れられた直後には硬直していた体が、やがて火で炙《あぶ》られた蝋《ろう》のようにドロドロに溶かされていく。

「んんっ……くれば……っ、ん、哲也さ……！」

何度も角度を変え、柔《やわ》らかく食《は》むように唇が重ねられ、堪《たま》らず声を上げる。すると、開いた私の口の中に、ぬめるなにかが滑《すべ》り込んできた。

「っ、は、ぁ……！」

あまりのことに驚いた私は、歯を食いしばってしまい、ガチッと音がしてお互いの歯が当たる。不意打ちだったので、どうしていいのかわからなかったからだ。

「……っ」

これは哲也さんも想定外だった上に痛かったらしく、顔を離した。

「ご、ごめ……」

とっさに謝ろうと思ったけれど、いやいや先に無礼をしてきたのはそちらじゃないか。そう思ったら、自分が謝る必要はない気がして口を噤《つぐ》んだ。

「綾香ごめん。口、怪我してない？」

心配そうに私の唇へ親指を当てて傷がないかチェックしてくる。が、その指はなにかのスイッチかと思うくらい、心臓がバクバクする。

「大丈夫です。……でも、なんで……なんで私なんかに……」

キスを。

その言葉すら恥ずかしくて口に出せない。かあぁっと頬《ほお》に熱が集まるのを感じた。

しかし哲也さんは、なんの躊躇《ちゅうちょ》もせず、さらりと口に出す。

「キスしたこと？　それは綾香とキスしたいと思ったからだし、他には……うーん、相性を確かめるため、かな？」

「相性？」

「そう、体のね」

「かっ……！」

あけすけに言われ、ひっくり返りそうになった。こんな簡単なことなの？　こんな当たり前の行為なの？

「それって、普通？」

あまりに驚き過ぎて、つい口走った。

するとと哲也さんは、顎《あご》に手を当てながら、「う～ん」と首をかしげる。

「普通かどうかって言ったら……どうだろうね。もうそれなりにいい年だし、ある程度年齢が上がるとただ恋愛を楽しむってことより、結婚という目的あっての付き合いになる。となると、体の相性って大事じゃないか？」

「相性……って聞かれても、わからないわ」

「え？　肌に馴染《なじ》むとか、生理的にやっぱり無理、とか……本能で感じる部分があるだろ」

「馴染《なじ》む……？　本能……？」

「綾香」

「……ごめんなさい、私にはわからないです」

肌に馴染《なじ》むとか言われてもさっぱりわからない。だって——

じわりと瞼《まぶた》が熱くなる。目が潤《うる》みだした私に、哲也さんは目を見開き、おろおろと慌《あわ》て始めた。

「ごめん。嫌だったか」

強引にことを進めた自覚はあるのだろう。私が涙ぐんだ理由をそう受け取ったらしい哲也さんは、抱き寄せた腰を離して体を引く。しかし私は、哲也さんの腿《もも》に手を当てて引き留めた。

「違うんです」

そう、違う。私がいま、こんな顔をしているのは、決して彼のことが本能的に嫌だからとか、そういう理由ではない。

「私が悪いんです」

「綾香が？　どうして」

「………私、男性と……そういうことしたこと、なくて……」

恥じらいで一瞬言葉が喉につかえたけど、酔いのせいで堪《こら》え切れない。

処女。

二十八歳で、処女。

決して守ってきたわけでも、誰かに捧《ささ》げるために取っておいているわけでもなく。

「誰かと付き合ったことある？」

「あります。大学生の頃、ですが……」

あの頃でも、私の周りで処女らしき人はいなかったように思う。

女友達同士で旅行に行くと、きわどい話がよく飛び交っていたが、私には未知の分野過ぎて、ただ聞き役に徹していた。面白がって詳細に語る友人らの話を聞いていて理解したのは、恋人との付き合いに『行為』は当然ついて回るもの、という認識だけ――

怖かった。

すごく気持ちがいい、と言われても、処女を失う時がとても痛いなどの話を同時にされ、マイナス面ばかりが印象に残った。

当時の彼氏は同い年で、男性にも女性にも人気があり、大変モテていた人だ。そんな人から告白され、舞い上がって付き合い始めたけれど、行為を怖がってプラトニックな関係を一ヶ月、三ヶ月、半年と続けるうちに、とうとう言われた。

『なんでヤらせてくれないの？』

『は？　処女？　いまどきそんな化石みたいなやつ、いんの？』

『随分《ずいぶん》我慢したけど、もう限界』

彼氏にとって当たり前だった行為なのに、それをさせない私に苛立《いらだ》ちが募《つの》り、別れを切り出された――

それきり、新しく彼氏を作ることもなく、そんな雰囲気が出たらスッと身を引いていた。

お付き合いしたくないわけでも、結婚したくないわけでもない。

ただ「して当然」と、求められるのがすごく嫌だったのだ。

そんな思いを口にすることができず、処女なことをまた面倒そうに言われるのが怖くなって男性とはどんどん疎遠《そえん》になっていった。

その当時の思いを、俯《うつむ》きながらぽつぽつと話す。アルコールの力があってこそ、過去の恥部《ちぶ》をさらけ出せたのだと思う。

私が語り終えると、哲也さんは自分の腿《もも》に置かれた私の手に手を重ねる。

「綾香は、これからどうしたらいいと思う？」

「え……？」

洗いざらい喋《しゃべ》ったので、はい解散、朝までぐっすり寝ましょうね、という流れかと思ったけど、そうではないようだ。

どうしたらいい、と言われても、なにに対してかさっぱり見当がつかない。

「してみたいか、したくないか、どっちだ」

「えっ……」

ストレートに質問され、一瞬言葉に詰まる。

「体の、関係……ですか？」

「そう。興味は？」

「それは、まあ……もう二十八歳なので、若干《じゃっかん》あり、ます……けど……」

「じゃあ、してみればいいじゃないか。前の彼氏のことを気にしているんだったら、なおさらどんなものか知ってみてもいいだろ？　そんな風に、二十八歳で処女だって気に病《や》むんならさ」

「ちょ、ちょっと！　紅林さん！」

「哲也だよ、綾香」

名前呼びと言われていたのに、すっかり苗字に戻っていた私に釘《くぎ》をさす。

「あっ……。えっと……、て、哲也さん、そんな……」

「一人で思い悩んだところで結論は出ないし、だったら経験の一つもしてみないか？　相手が俺では不満というなら仕方がないけど」

彼の膝《ひざ》に置いていた私の手を取り、哲也さんは気障《きざ》に手の甲へくちづけを落とした。

——それが熱情の導火線に火をつける。

その炎は、あっという間に熱を全身へ広げていく。熱くて、ドキドキして、なんだか……ムズムズする。

「単純に考えろ。――綾香はセックス、したい？」

耳から伝わった声に頭が判断を下す前に、気付いたらこくりと頷《うなず》いていた。

ああ、熱に浮かされたみたいだ。

アルコールのせいもあるけれど、やたらと思考がふわふわして、通常の思考回路を保てていない。

とろんとした、だらしのない顔をしている自覚はある。

そんな私を見て、紅林さ……ううん、てつや……哲也さんは、口の端をクッと上げて意地悪な笑みを浮かべた。

「了解した。俺に任せろ」

ずしん、と下腹に響く声が耳元でしたと思ったら、あっという間に敷かれた布団の上へ運ばれる。

え、え、と目を瞬《しばた》かせていると、浴衣《ゆかた》の袷《あわせ》から左右にがばりと剥《む》かれ、両肩が露《あら》わとなった。

「わっ……！　あれっ、あの、えっ、いまから、ですかっ」

「もちろんだよ」

「心の準備が！」

「心の準備を何年してた？　先でも後でも変わらないよ。もう腹を括《くく》れ」

彼の手が背に回り、肩をトンと押されて布団に転がされた。そこへ哲也さんが覆《おお》いかぶさり、身動きできなくなる。

「どうしても嫌ならやめる」

とても近い距離で、哲也さんと視線がぶつかる。熱を持ったその瞳は、私の凝《こご》った気持ちを溶かしてしまいそうだ。

でも、今日、会ったばかり……！

「い……いや……」

「うん？　その反応は、どうしても嫌って程じゃないようだな。じゃ、しようか」

「えええええっ！」

嫌、と一応伝えてみたものの、あっさりとかわされてしまう。

でも。正直な気持ちは……してみたい。

もしかして、それが透けて見えてしまったのか。

——メールと電話だけで交流のあった会社の人で、今日ほぼ初対面で、万理さんのお兄さん。

理性は、これらの情報を盾《たて》にやめておけ、とブレーキをかけている。けれど、自分でも気付かない本能の部分が、哲也さんに手を伸ばしたのだ。

哲也さんは、私のおでこに掛かる髪をサラッと掻《か》き上げ、ちゅっと音を立ててキスをする。

「わっ！　……ね、哲也さん、私それ恥ずかしい」

「どうして？」

「おでこ……広いから」

子どもの頃からのコンプレックスで、普段からちょっと厚めに前髪を作ってあるのに、いきなりキスとか！　と顔に火がついたように熱くなる。

そんな抗議《こうぎ》の声を上げると、哲也さんは目を丸くし、次いでぷっと噴き出した。

「つるんとしてて、剥《む》きたての卵みたくて可愛いよ、綾香」

その顔で、その声で、その笑顔で、その台詞《せりふ》はずるい。

「いつかは、と言っているうちに結婚どころか恋愛できなくなるぞ。ずっと処女でいることにコンプレックスあるなら、俺に託《たく》せ」

……そっか。『処女である重荷』を抱えたままより、いまここで卒業してしまったほうが、これからの人生、よっぽど前を向けるんじゃないかな。いつまでも『二十八歳でハジメテナノ』と言い出せないよりかは、いいかもしれない。

って、あれ？　流されてない私!?

酔っぱらった上に布団がある安心感で、理性が揺らいでいる私は、哲也さんの言葉を受け入れそうになっていた。

わずかに残る正気の部分がとめようとするが、時すでに遅しで――

「怖いの、いや」

「わかった」

「痛いの、いや」

「……善処《ぜんしょ》する」

「また日を改めて」

「それは却下」

にっこりと笑みを浮かべ、哲也さんの顔が降りてきた。一瞬だけ、吐息が唇に掛かり、すぐに柔《やわ》らかい唇の感触へと変わる。

「ん、ぅ……」

唇で私の唇を食《は》むようにしたり、何度も角度を変えて重ねたり、ちゅう、と音を立てて吸われたり……

なにこれ。こんなキスの仕方、知らない……！

目を伏《ふ》せることを忘れ、どうしていいかわからずもがく。そうして声を上げた隙《すき》に、ぬるっとして熱いものが口腔内《こうこうない》に侵入する。

「……っ、んっ！」

彼の舌が歯列《しれつ》に割り込んだ。深いキスは初めてで、体がこわばる。怯《おび》えて竦《すく》む私の舌を誘い出すように、哲也さんは舌先でつついたり、絡めたりしてきた。そして口蓋《こうがい》や歯の裏側にもまんべんなく舌を這《は》わせた。そのざらついた感触に、わけのわからない疼《うず》きが体中を駆け巡る。

思わず縋《すが》るように哲也さんの背に手を回したら、よりいっそう激しく口内を暴《あば》れ回ってきた。ぴちゃぴちゃと、わずかな隙間から唾液が絡まる音がする。

息が苦しいのか、胸が苦しいのか、そのどちらもなのか、もうわからない。

甘く、熱く感じるそのキスの感触には、時折男の匂いが混じった。

気持ちよくなる成分でも入っているのか、喉の奥に流れた唾液は、淫《みだ》らな気持ちを掻《か》きたててくる。

しばらく深いキスを交わしていたが、唇が離れ、今度は私の頬《ほお》へ哲也さんの顔が寄せられた。

「綾香、可愛い」

耳元でささやかれ、ぶわっと体中が粟立《あわだ》つような感覚に襲われた。会社でほかの女性社員たちが言っていた腰にくる、とはまさにこれかと身をもって知る――

一瞬、意識が飛んでしまうかと思った。

いまはもう耳元から唇を離しているのに、余韻《よいん》が耳の奥の鼓膜《こまく》をザワザワと揺らしている気がする。

「顔が赤い」

誰のせいよと言いたいけれど、とても言える状態じゃない。艶《つや》のあるバリトンボイスは、私の抵抗する気力を徐々に削《そ》いでいく。

かぷっと耳朶《じだ》を食《は》まれ、吐息をかけられると、普段意識することのないこの場所が、こうも全身に影響を及ぼすものかと実感する。体が熱くて仕方ない。

耳から首筋へキスが降りてくる度《たび》に、その一ヶ所ずつに火を点《つ》けられたかのように熱をもつ。

「あっ……ん……」

首筋をぺろりと舐《な》められ、顎《あご》が上がる。その隙《すき》に、哲也さんは私の浴衣《ゆかた》の帯をほどいた。次いで、袷《あわせ》も簡単に開かれる。

「っ、やぁ……」

身を捩《よじ》ろうとしても、足の間に哲也さんの足が置かれて身動きができない。

無駄な抵抗とは思いつつ、それでも初めての経験に怯《おび》える自分の体は、一つ一つに大きく反応してしまう。

肩口から鎖骨沿いに舌先でなぞられ、そのまま下へと下りてくる。

「そ、こ……やぁっ……」

浴衣《ゆかた》の下はカップ付きのキャミソールを着ていた。哲也さんは私の胸の谷間に吸い付いては、時折チクッと少しだけ痛みを感じるキスをした。

哲也さんの手はキャミソールの裾《すそ》を掴《つか》み、カップごと胸の上まで持ち上げる。突如《とつじょ》無防備に晒《さら》された乳房を手で隠そうとしたけれど、その前に哲也さんは顔を近付け、先端をぱくりと咥《くわ》えた。

「きゃ……っ！」

びくりと身を震《ふる》わせ、その拍子《ひょうし》に胸元を見る。すると、哲也さんの口の中に納められた自分の胸の様子がハッキリと目に飛び込んできた。

「……ひ、……くっ、んっ」

男の口の中に自分の乳房が……！　もうそれを見ただけで気持ちがどこか遠くへ飛び出していきそうだった。

それなのに哲也さんは更に空《あ》いている反対の手で胸に触れてくる。ゆっくりと円を描きながら、その頂《いただき》を指の間に挟《はさ》み、くにくにと柔《やわ》らかく捏《こ》ねた。

たった……たったそれだけなのに、ビクンと背中が跳ね、シーツを握《にぎ》りしめてしまう。敷布団の上には、まるで波紋《はもん》のように皺《しわ》が寄った。

口の中に納められた胸は熱い空間に閉じ込められ、舌先でつつかれたり転がされたりする。それから舌全体を使って、ぺろんと舐《な》められた。

「んあっ！」

普段まったく意識していない先端は、弄《いじ》られるうちに硬くしこる。

「や、んん……っ」

「いい反応だ。でもこういうの、嫌いか？」

嫌いかと言われれば、どうだろうと自分の体を確かめてみる。体にわずかでも触れられれば、寒気《さむけ》とは違う震《ふる》えが走り、胸が苦しい。この苦しさは痛いとかそういうことではなく、解放できないでいることの苦しみなのかもしれない。この強過ぎる刺激と異性に初めて素肌を晒《さら》しているという羞恥《しゅうち》は、嫌な感覚というよりも――

「……ん……っ、わからな……」

意地悪な質問をするな、と言外に込めて言う。すると、哲也さんは私にわざと見せつけるように、大きな手で乳房の付け根を挟《はさ》み、ふるふると揺らした。

「柔《やわ》らかくて、吸い付くような肌……俺は好きだよ」

「やっ！」

こんな風に触れながら、わざと意識させるように言葉にするなんて。彼の卑猥《ひわい》な行動に、かあっと頬《ほお》に熱が集まる。

「恥ずかし……やだぁ……」

「どうして？　すごく可愛いのに」

今度は反対の胸も口に尖《とが》りを含まれ、愛撫《あいぶ》された。

それだけで頭がいっぱいでどうしようもないのに、哲也さんの手は胸から徐々に下がっていく。

そして露《あら》わになっていた下着に手がかけられた。薄くて頼りないけれど、唯一《ゆいいつ》私の秘所を守っている布地は、哲也さんの指の感触どころか温度まで伝えてくる。

「そこ……や……」

「怖がらないで、大丈夫だから」

怯《おび》える私を落ち着かせるようささやく哲也さんだけど、その声は私にとってとんでもない攻撃だ。

ぞくっと背筋に震《ふる》えが走り、哲也さんが触れている下腹部の奥がきゅうっとした。

下腹とショーツの境目《さかいめ》から少し下り、布越しにかさこそと指先でくすぐられる。本来ならくすぐられたら笑ってしまうのに、それすらも淫《みだ》らな疼《うず》きとなってしまう。

本当に自分の体はどうなってしまったのか。怯《おび》えは更に深まるが、しかし哲也さんは待ってくれなかった。

一本の指の腹が、柔肉に囲われた秘裂に沿ってゆっくりと下りてくる。

「んんっ！」

哲也さんは私の反応を見ながら、指を慎重《しんちょう》に往復させる。ショーツの脇から侵入してきた指は、くちゅ、と水音を立てた。

「な、に……？」

「綾香が気持ちいいと出てくるよ、ほら」

哲也さんの指が、わざと音を立てるようにトントンと当てる度に、くちゅ、にちゃ、という粘液の音がいやらしく響いた。

「や、やだっ……！　いや！」

堪《たま》らず目を閉じると、哲也さんは艶気《つやけ》を含んだ声でクスクスと笑う。

「恥ずかしいから？」

「……ん」

当然、恥ずかしいからに決まってる。だって、誰にも触れられたことのない場所だ。自分の体を洗う時でさえ、それほど注意せずさっと洗っておしまいにしている。そこを、今日初めて会った男に、直接触られているのだから。

「恥ずかしいのは仕方がない。それは普通の反応だから。でも素直に、もっと感じて」

哲也さんの指が、溢《あふ》れる蜜を掬《すく》い絡めながら、更に動きを速める。

「ああああっ、ん、あっ！　やっ、あ……っ！」

ビクビクと体が勝手に跳ね、声も抑えたいのに堪《こら》え切れない。

しばらくすると、ふと、指がぴたりと止まり、ほっと息を吐こうとした瞬間、秘裂のぬかるみに指が埋《う》められた。

「……っ！」

声にならない叫びが喉元できゅうっと止まる。

ぐにぐにと狭い膣口へ指が侵入してきた。明らかな異物感に全神経がそこに集中する。乱れて火照《ほて》った体に、冷水を掛けられた気分だ。

「い、た……っ」

「悪い。でも少し我慢してくれ」

悪いと言いつつも手を緩めるつもりはないらしい。更にぐい、と奥へ侵入してきた。

異物感がすごくて、胸が苦しくて仕方ない。心臓がどくどくと激しく脈打ち、呼吸が浅くなる。

ぐじゅぐじゅと粘膜に囲われた狭筒をほぐすように根気よく指を動かされると、次第に痛みとは少し違うなにかを感じるようになる。

指の腹が肉壁を擦《こす》る度に、意味のない上擦《うわず》った声が口から溢《あふ》れた。頭の中は痛いのか気持ちがいいのか処理しきれず混乱を極めている。

「ふ……っ、あ、あっ……て、つや……さ……っ」

風船が割れる寸前のように、私の気持ちもギリギリ踏み止まっているみたいだ。その圧力を逃すために涙が眦《まなじり》からポロポロと零《こぼ》れる。私は目をぎゅっと瞑《つむ》った。

シーツを掴《つか》んでいないと大きな波に流されてしまいそうだ。

「んっ……く……」

ナカに入る感触が、更に増えた気がする。

「まだキツいか……？」

聞かれたって困る。

「綾香、見てみろ」

攻撃の手が止まる。声に従って目を開くと、哲也さんはくっつけた中指と人差し指を見せながら、「ほら」と二つの指を広げた。ぬらぬらと妖《あや》しく光に反射する粘液が、広がると同時に糸となって指の間を繋げる。

「綾香を助けるものだよ」

指と指を繋いだ細い糸はゆっくりと弧《こ》を描き、切れた。

「でも、もう少し多めのほうがいいかな」

哲也さんはそう独りごちると、たったいま、私に見せていた手をふたたび下腹部に向かわせ——

「っあ！　あ、あ、あっ、あ！」

目の前が、火花が散ったかのようにチカチカと激しく瞬《また》いた。哲也さんが、秘裂の上部にある敏《びん》感《かん》な芽を、いま見せつけた二本の指で挟《はさ》んだのだ。

いまだかつてないほどビクンと体が跳ね、シーツの海で溺《おぼ》れそうになる。思わずシーツから離した手で、藁《わら》を掴《つか》むように哲也さんの背に縋《すが》る。

「やあ……っ！」

すべての神経がここにあるといっても過言ではないほど、少し動かされる度にビクンビクンと無意識に体が動いてしまう。

哲也さんはトロトロと溢《あふ》れ出る蜜を指に絡めては、執拗《しつよう》に肉芽を弄《もてあそ》ぶ。

指で挟《はさ》んでくにくにと、指の腹で小さく円を描くようにグリグリと。そのどれもが強烈な刺激で、痛いでも気持ちいいでもなく、すべての感覚を超えてきた。

次第に感情の逃げ場がなくなってきて、爪先が突っ張るように上がる。

早く解放されたいけれど、怖い。

いっぱいに膨《ふく》れ上がった風船が割れる。そんな恐怖で、あと少しが進めない。

「ふ……っ、んんっ……んあっ！」

もっと高みに昇《のぼ》ってみたいけれど、どうしたらいいか掴《つか》めずにいた。

「苛《いじ》めるのはこのくらいにしようか。綾香は初めてだからね」

苛《いじ》めてるっていう自覚はあるのね。浅く呼吸を整えながら、声にできない突っ込みを頭の中で入れた。

「このくらいに」と言っていたから、楽にしてもらえるのかも。

そう思いホッとして呼吸を整えていると、哲也さんはおもむろに浴衣《ゆかた》を脱ぎだした。筋肉に包まれた厚みのある肩が、次いで硬そうな胸板が露《あら》わとなる。思わず見惚《みと》れていたら、帯をほどいてすべて取り払い、それから私の下着に手をかけたので「えっ」と声を上げた。

「おしまいじゃ、ないの!?」

「前戯《ぜんぎ》はな」

「ぜっ……！」

私の下着を取りさったあと、なんの躊躇《ためら》いもなくボクサーパンツを脱ぐので、慌《あわ》てて私は天を仰《あお》ぐ。とてもじゃないが直視できない。ただ、一瞬視界を掠《かす》めた『あれ』は、私の少ない知識で得たその姿より、その……

「怖い」

素直に本音を漏《も》らすと、哲也さんは私の膝頭《ひざがしら》を軽くたたく。

「……やめるか？」

やめる？　やめていいの？

反射的に、うんと頷《うなず》いてしまいそうになる。

私の答え次第で、これは終わるのだろう。けれど、本当にそれでいいのか。

男性とこういうことをしたことがない私にとって、未知の体験だし、今後あるとも限らない。思い切っていま、経験してしまおうか……

でも、哲也さんは私に付き合って欲しいと言ってくれたけれど、私の気持ちはまだ好きも嫌いもない状態だ。

そんなことをグルグルと考えているうちに、昔の振られた時の気持ちが心の奥からせり上がってくる――

『なんでヤらせてくれないの？』

性行為をして当然と思っていた元カレと、興味がない訳じゃないけれど、心の繋がりを重視して、しなくてもいいと思っていた私。

いま思えば、性欲を剥《む》き出しにして迫られるのが本能的に怖かったのかもしれない。

「哲也さん……」

いきなり目の前に現れ、いきなり婚約者のふりをすることになり、いきなり行為をすることになった。そんな相手なのに、いまの私は哲也さんに直接的な言葉で誘われても、怖いとは思っていない。

「どうする？」

哲也さんは優しい。

直接会うのは初めてなのに、どうしてこんなに甘やかしてくれるんだろうか。

身に余る好意に申し訳なくなる。私は哲也さんに自分が相応《ふさわ》しいと思えなくて、卑屈《ひくつ》な気持ちが胸を重くした。

けれど——二十八歳、ここで変わらなきゃいつ変わる！

自分を変えたい。そう決意を新たにして、哲也さんと目を合わせた。

「……お、ねがい」

いつか大事な人に捧《ささ》げられたらな、と思っていたハジメテだけど、いまさら取っておいても仕方ない。そもそも二十八歳の処女をありがたがる人がいるとも思えない。

哲也さんとならきっと、大丈夫。

根拠はどこにもないけれど、会ってからいままで不快《ふかい》に思うことが一つもなかった。その直感を信じてみよう。

心の負担にもなっていた処女を、いま——

決意が伝わったのか、哲也さんはふ、と笑って私の頭をぽんぽんと撫《な》でた。

「そんなに緊張するな。大丈夫、俺に任せて」

「う、うん……」

「この瞬間だけでもいいから、俺のことを好きになって？　あ、口に出さないで、思うだけでいいから」

ね？　と言われ、心の中だけならと私はゆっくり息を吸いながら……

哲也さんが好き。哲也さんが好き。哲也さんが好き。

と、三回繰り返した。

「深呼吸して」

そう言いながら哲也さんは私の膝小僧《ひざこぞう》にかけていた手を膝裏《ひざうら》に回して、ひょいと肩に担《かつ》ぎ、大きく左右に足を割り開いた。秘された場所が思った以上に露《あら》わになり、私は慌《あわ》てる。哲也さんは身を乗り出して覆《おお》いかぶさり、私の唇にキスをした。

「堪《こら》えるんだ。でも辛かったら、俺にしがみついて」

見えないところで、ピッとパッケージが破られる音がする。哲也さんは、ごそごそと下のほうでなにかしていた。そして、散々かき混ぜられた蜜口へ、硬いものが押し当てられる。

「綾香」

まっすぐに、哲也さんの視線が私に向けられた。

「好きだよ」

真摯《しんし》なその瞳と声色《こわね》に、私はこの時この瞬間だけ、身も心もすべてを彼に委《ゆだ》ねることにした。

「哲也さん……」

「挿《い》れるぞ」

溢《あふ》れた蜜を絡め取るようにぐちぐちと秘裂を上下させ、そのうち一点で止まったかと思うと、ぐぐ、ぐぐぐ、とゆっくり押し入ってくる。

「……ん、ん……んあっ！　あああっ!!」

先ほどの指とは比較にならないほどの圧倒的な質量。私は堪《こら》え切れず、哲也さんの背中にぎゅうっとしがみ付く。

ありえないほどの痛みが、繋がる一点から全身へと駆け巡る。すべての神経がそこに集中し、皮膚という皮膚から汗がどっと噴き出てきた。

「いた……痛い、痛いの、哲也さん！　てつ……いたっ！　やああっ！」

「……っ、キツ……。綾香、綾香……」

哲也さんからも苦しそうな声が漏《も》れ聞こえてくる。私が処女なために大変な思いをさせてしまい、申し訳ないような気がしてきた。この痛みも辛く、早く終わることを願う。

「んぅ……っ！」

ぐ、ぐ、と楔《くさび》が埋《う》められていく度《たび》に、涙がボロボロと眦《まなじり》から零《こぼ》れ、私は浅く呼吸を繰り返す。

意識を手放せたら楽なのに、痛みが強烈過ぎてそれもできない。

「……っ、はい、っ、た」

そこで、ようやく私の秘部に哲也さんの腹部が触れた。

ふー……、と息を吐きながら、哲也さんは私の顔の横に頬《ほお》を寄せた。

「綾香、全部入ったよ」

「……」

声は聞こえているけれど、答える余裕がない私は、ぎこちなく頷《うなず》く。

脱処女だ……と感慨《かんがい》に浸《ひた》るどころではないのだ。繋がった場所が、まるで心臓のようにドクドクと激しく脈打ち、胎内《たいない》に収まったものを否《いや》が応《おう》にも意識させられてしまうから。

ほんのわずかな揺れでも、そこはじんじんと痛む。

少しでも痛みを逃そうと、深く深呼吸をした。

みんな……こんな痛い思いをしているの？

「哲也さん……」

「体、辛くないか？」

「痛い……です。こんなに、痛いなんて……」

「ごめん。でも――」

哲也さんはそう言いかけて口元を緩め、次いで軽く合わせるだけのくちづけを落とした。

「俺はうれしい。綾香の、初めての男になれたことがね」

「そういう……ものなの？」

「そりゃそうだろう？　記憶は一生ものだからさ。もちろん一生俺だけしか知らなくていいけどね」

まるで生涯《しょうがい》連れ添うかのような台詞《せりふ》にドキリとしながらも、それに対して返事はしなかった。

哲也さんは苦笑して、「ま、ゆっくりとね」と、私の頭を撫《な》でた。

「けど、悪い……もう少しだけ、我慢してくれるか」

ああ……自分のことに必死で、哲也さんに気を配れていなかったわ。

わずかに掠《かす》れた声に、視線を上げる。すると哲也さんは切ない溜息《ためいき》を零《こぼ》し、ただでさえ整った顔に更に色香を漂《ただよ》わせて私を見た。

見た瞬間、どくん、と心臓が跳ね上がる。

こんな素敵な人に付き合おうと言われ、その上いま性的に繋がっている――

そう考えたら、下腹部が、きゅんと切なくなる。すると、哲也さんが苦しそうに呻《うめ》く。

「こら、そこ締《し》めるな。わざとか？」

「えっ……？」

「……追々教えていくから、とにかく……っ、堪《こら》えてくれっ」

「堪《こら》えてって、それ、……っ！　やあああっ！」

絞り出すように言ってくる哲也さんに疑問を投げようとしたけれど、引き裂かれるような痛みに頭が弾けた。

たったいま純潔の証《あかし》に楔《くさび》を打ち込んだばかりなのに、哲也さんはそれを引き抜くと見せかけ、しかしギリギリのところでふたたび私の膣穴にずぶっと埋《う》めたのだ。

抽送《ちゅうそう》を助ける蜜液が充分あることは、卑猥《ひわい》な音から嫌でもわかるけれど、それでも痛いものは痛い。

堪《こら》え切れず漏《も》れた悲鳴《ひめい》に似た声と、振り落とされないように力を込めてしがみ付く手は、無意識に哲也さんを求めていた。

「あっ、あ、んっ……！　んぅっ……！　あんっ！」

狭い膣道を、雄の猛《たけ》りが出入りする。

少し前までは指一本の圧迫でさえ辛かったのに、丁寧に慣らされ、ほぐされた体は、あっという間に私を女にした。

あんなに痛かったのに、緩急をつけてナカをずんずん突かれると、別のなにかが背骨を伝って頭の片隅がきゅうっと切なくなる。

結合部からぐちゅぐちゅに溢《あふ》れ出すこれは、ほぐす時に反応して滴《したた》ったもの――更に哲也さんを受け入れてからのものだ。

少しずつ私の体は慣れてきて、次第に痛みとは別の感覚が生まれてきた。

「……っ、ふ、ぁ……あっ、ああっ！」

上下に揺さぶられ、その反動で私の胸がふるふると震《ふる》えた。卑猥《ひわい》な自分の姿を見てしまったことで、より高まっていく。

「やっ……！　て、つや、さ、あ……っ、あっ、あ……」

ジェットコースターにも似た動きに、振り落とされないよう必死で哲也さんにしがみつく。

肌同士が当たる音と、じゅぶ、ぐちゅ、と結合部から聞こえる粘液の絡む音が、静かな部屋に響く。室内に淫靡《いんび》な雰囲気が満ちる。

いよいよ勢いを増し、激しく突かれると、もう他になにも考えられないほど、この行為に集中し、快楽に夢中になる。いつの間にか自分の腰も揺れ動いていた。

「綾香……綾香……！　くっ！」

「てつ……、んんっ！」

最奥に打ち付けられた哲也さんの雄茎が、ぐぐ、と硬く張りつめたかと思うと、どくんと震《ふる》え、薄い膜越しに熱いなにかが放たれた。

3

……離れの部屋でよかった。

ようやく周りの状況を気にすることができたのは、ふと目を覚ました朝方のことだった。

意識が浮上し目を開けると、ぼんやりと天井が目に入る。それを見て、ああここは自宅ではなく宿だったな、とゆっくりと自分のいる場所を確認する。

いつ布団に入ったんだっけ、と考えたところで、急に昨夜の痴態《ちたい》を思い出してしまった。

くわっと目を見開き、飛び起きようと体を横にしたら、すぐそこに男性の顔があって、思わず息を呑んだ。大声を上げなかった自分を褒《ほ》めてやりたい。

哲也さんだ。

その端整な顔は、起きている時は凛々《りり》しいのに寝顔はどこか幼く見えた。

ぐっすりと寝入っている姿に、胸をほっと撫《な》で下ろす。

あのあと……私はお酒をかなり呑んでいたし、更に初体験という尋常《じんじょう》ならざる行為の後だったこともあり、あっという間に寝入ったようだ。

記憶は行為の直後でスッパリ途切れているけれど、いまの私は温かい布団にしっかり入っているし、浴衣《ゆかた》をきちんと身に着けている。コトが終わったあと、哲也さんが私の身支度《みじたく》を整えてくれたのだろうと予想できる。だって、自分で浴衣《ゆかた》を着直したり、しっかり布団をかけて寝た記憶はないもの。

……とてつもなく、恥ずかしいのですが。

どんなにお酒を呑んでも記憶をなくさない自分の体質を、たったいま恨《うら》んだ。

そんな風に悶絶《もんぜつ》しながらも、私は哲也さんが寝入っているのをいいことに、じっくりと顔を眺める。

あ、意外に睫毛《まつげ》が長い。

この人は、万理さんのお兄さん……。起きている時の彼は落ち着いていて、三十二歳という実年齢よりも若干《じゃっかん》上に見える。

私は音を立てないよう慎重《しんちょう》に身を起こし、布団からそっと抜け出す。

この宿は、客に時間を忘れてゆっくりしてもらいたいという方針から、部屋に時計を置いていないので、時間がわからない。バッグに入れっぱなしだったスマートフォンで確認しようと思ったら、電源が切れていた。……最近バッテリーの持ちが悪くて、帰宅後すぐに充電しないと切れてしまうのだ。昨夜はあんな事態になって、挙句《あげく》寝落ちしてしまったため、充電どころではなかった。私は時間のかかる充電を諦《あきら》め、ふたたびバッグにスマートフォンをしまう。

そして、服に着替え、ボストンバッグに洗面用具や文庫本などをざっと詰め込んで、そろりそろりと足音を忍ばせ部屋を出た。

だって、哲也さんにどんな顔して挨拶《あいさつ》すればいいか、想像もできなかったから……

恥を忍んで『ハジメテ』だって告白した上、その場の勢いで最後までしてしまったのだ。

裸を異性に見られて、しかも、あの、その、自分ですらまじまじと見たことのないところを晒《さら》したのは初めてなわけで……

それに、着替えた時に気付いたが、胸のあたりを中心に、小さな鬱血痕《うっけつこん》が散らばっている。あのチリッとした痛みはそのせいか！　と頬《ほお》が熱くなった。

服で隠れる場所にのみ集中しているから、一応配慮《はいりょ》してくれたようだけど、明らかに情事を思わせる印が恥ずかしくて仕方がない。

と、いうことで、私は哲也さんが目を覚ます前に宿を出ようと思う。

幸《さいわ》い、バスはこの地域の人が生活の足としてよく利用することもあり、朝早くから運行している。外の明るさからして、もう動いている頃だろう。宿の人たちも、朝食の準備を始めていると思うから、声をかけてチェックアウトさせてもらおう。

そう考え、私は足早にフロントを目指して歩き出した。

＊＊＊

「――え？」

「ええ、ですからお連れ様がもう支払われましたよ」

フロントに着いて宿泊代を支払おうとしたら、宿の女将《おかみ》さんにそう言われ、一瞬固まる。

自分が代金を支払っていないことは確実だ。お連れ様って……？

「あ……そ、そうでした！　すみません」

もしかして、万理さんか哲也さんが先に支払ったのだろうか。だとしたら、後日改めて二人のどちらかに聞いてお支払いしよう。ここで揉《も》めて宿の人に余計な詮索《せんさく》をされるのは気まずい。

私は、言葉少なに昨夜の礼と早くに出立する詫《わ》びをし、ボストンバッグを持って玄関へと急ぐ。

女将《おかみ》さんは私の思惑に気付いた風もなく、残念そうに宿の外まで見送ってくれた。

「先に言っておいてくだされば朝食を用意しましたのに」

「いえ、あの急に用事が入ってしまったので……こちらこそごめんなさい！」

「かしこまりました。また是非《ぜひ》いらしてくださいね」

「ありがとうございます」

女将《おかみ》さんの優しさに若干《じゃっかん》申し訳なく思いつつも、足早にバス停を目指した。

ざくざくと音がする砂利道《じゃりみち》からアスファルトで舗装《ほそう》された車道に出たところで、バスが少し遠くのカーブを曲がってこちらへ来たのが見えた。

慌《あわ》てて停留所に駆け寄るのと、バスが到着するのは同時ぐらいだった。

乗り込んで奥の座席に座ると、先客のおばあさんが三人乗っていた。週末なので、駅近くの繁華街で買い物をするのかもしれない。

おばあさんたちの矍鑠《かくしゃく》としたおしゃべりを聞くともなしに聞きながら、私はシートに背中を預けて車窓を眺める。

行きの道中は、緑の濃さと光の煌《きら》めきに目を奪われて、一人慰安《いあん》旅行に心を浮き立たせていた。けれど、いまの私に景色を楽しむ余裕はなく、ただ昨夜の記憶を繰り返しなぞるだけ。

心ここにあらずだけど、明日からまた一週間が始まる。私は週末に家事や買い物を済ませる習慣があるので、いったん気持ちを切り替えてそれらに集中しなくては。

一人暮らしの私は、通勤しやすく、かつ商店街が充実している、会社の最寄駅から徒歩二十分ほどの1DKアパートに住んでいる。

八畳のフローリングの部屋には、ベッドと折り畳《たた》みができる小さなテーブルを置いていた。クローゼットがそこそこ広くて、扉を閉めれば部屋がスッキリ見えるのが気に入っている。一番にこだわったのは、バストイレ別というところで、築年数は若干《じゃっかん》いっているけどリフォームしてあるから、そこまで古さを感じない。

バスも近くを巡回するので、案外どこへでも行きやすくて助かる。通勤は徒歩だけど、運動不足の体にちょうどいいから、会社までスニーカーで元気に歩き、会社でパンプスに履《は》き替え、帰りはまたスニーカーで帰宅する毎日だ。

＊＊＊

宿から帰宅した私は、部屋中の窓を開けて換気をし、ボストンバッグから使用済みの衣服など取り出して、洗濯機のスイッチを押す。そして冷蔵庫の在庫をチェックし、常温の食料品が置いてあるストッカーも眺め、ふたたび窓を施錠《せじょう》してエコバッグを玄関の棚から取り出した。

そこで、昨夜から充電しそこねたままのスマートフォンの存在を思い出してしまう。普段だったら、バスに乗っている時など手持《ても》ち無沙汰《ぶさた》な時につらつら眺めているけれど、今日はいっぱいいっぱいで、存在すら忘れていたのだ。

うう……少し、電源を入れるのが怖い。

万理さんから、そろそろメールなり着信なりが入っているかもしれないから……

先に帰った詫《わ》びなど、こちらも伝えたいことがある。だからもし連絡があったら折り返さないといけない……というのが、少し憂鬱《ゆううつ》だった。

たっぷり三十秒ほど、真っ黒な画面を前にうーんと唸《うな》ったのち、問題を先送りにすることにする。

とりあえず充電器に繋いで、私はそのまま買い出しに出た。

路地をてくてく歩き、曲がり角を二つ過ぎたところに商店街がある。ここは昔ながらの個人商店が立ち並び、いつも人で賑《にぎ》わっているのだ。

家に着いたのが昼前ということもあり、混雑はピークを迎えている。八百屋さんや魚屋さんの威《い》勢《せい》のいい声が飛び交うのを聞いていると、なんだか気持ちが高揚《こうよう》してきた。

まずは八百屋さんでカボチャとゴボウ、ニンジン、それから……と物色していたら、八百屋のおじさんがキノコをお薦《すす》めしてくれた。

ちょうど特売で、かご盛りにしてあり、かなりお手頃価格なので二つ買う。会計をしていると、おまけだよって新物のサツマイモを二本くれたので、大興奮で礼を言った。

次に魚屋さんで鮭を買い、肉屋さんで鶏肉と豚肉、あとはパン屋さんで食パンを買う。

大学卒業を機に一人暮らしを始めて六年目になるが、普段は質素《しっそ》倹約《けんやく》に努めている。けれど、食パンだけはどうしても妥協《だきょう》できない。ふわふわで、もちもちで、しっとりしていて、二つに折り畳《たた》んだ時に綺麗《きれい》なUの字になるやつを食べたいのだ。

これは唯一《ゆいいつ》の贅沢品《ぜいたくひん》で、その分、ほかの食材は自炊をして食費を抑えている。

『てまり』に行き始めた頃は、学校の調理実習で習う程度のものしか作ることができなかったけれど、万理さんからアドバイスをもらううちに、それなりにできるようになった。

万理さんに教えてもらったレシピの中でも、一番助かったのはお弁当に関するものだ。一人暮らしで節約するならやはり食費を抑えるのは必須。私はお酒が大好きということもあり、できるだけ昼食代を抑えたかった。

最初の頃は、万理さんから教えてもらったレシピの料理を作り、それらをお弁当箱に詰めたものをスマートフォンで撮影して画像をメールで送信。それを見た万理さんからアドバイスを受け、徐々に上達していった。

いまでは、食べたいものを想像しながら具材など季節に合わせて組み合わせたり、あれがないならこれで、という代替案までできたりする。そうしてほぼ毎日、三食自炊している。

両手にいっぱいの荷物をぶら下げながら、来た道をふうふう息を切らせて戻る。

タイムセールだからと欲張って買った、五キロのお米が敗因だ。

アパートに着いて鍵を開けるのも一苦労。なんとか片手に荷物を集め、もう片方で解錠《かいじょう》したけれど、指が千切れるかと思った。

荷物を部屋に下ろし、ようやくほっと一息吐く。冷蔵品を次々冷蔵庫に納めて、そのついでに冷茶のボトルを取り出し、コップに注《つ》いで一気にごくごくと飲む。思っていた以上に喉が渇《かわ》いていたらしく、もう一杯飲んでからボトルをしまい、空《から》になったエコバッグを畳《たた》んで所定の場所に片付けた。

ふたたび部屋に戻ると、私はようやく心を決めてベッドに腰を下ろし、スマートフォンを手に取る。無機質な薄い端末の先に万理さんの顔を思い浮かべながら、三回深呼吸して電源を入れた。するとーー

き、た。

通知が……EメールとSNSが十通ずつ、そして着信記録を確認したら、私が朝あの宿を抜け出してしばらく経《た》ってから、画面の表示を二回スクロールするほどの回数連絡をくれたようだ。

どれも万理さんからのもので、ホッとしたのと同時に、なぜか心の片隅で残念に思う気持ちも湧き出る。

……哲也さんから連絡がないのは、番号の交換をしていないから当然なのに。なんで電話してくれないんだろうって思ってしまったことに、頬《ほお》が熱くなった。

つい昨日出会ったばかりなのに、もう傍《そば》にいることが当然のように考えるだなんて、私はこんなに流されやすい女だったかな。

頬《ほお》を片方の掌《てのひら》で冷やしながら、スマートフォンをクルクルと弄《もてあそ》んでいたら、突然電子音が鳴り出した。びくっと体が飛び上がる。

取り落としそうになりながらも通話ボタンを押すと、受話口から「出た！」と驚いた声がした。

そりゃ私の番号あてに掛けているんだから本人が出るでしょ、と思ったものの、不在着信の数を思い出し、低姿勢に返事をする。

「万理さん！　……その、ごめんなさい」

開口一番に謝罪から入ると、電話の向こうは慌《あわ》てたようだ。

「え、待って。なんで綾ちゃんが謝っているの？」

「私、なにも言わずに先に帰っちゃって……」

声の調子から、こちらの予想に反し、至って普通なので様子を見る。

「先に帰ったって……それは兄貴から聞いてるから大丈夫よ」

「てつ……お兄さんから？」

「うん。夜中に上司からメールが来て、月曜に必要な書類が足りないと言われて用意するために朝一で帰ったのよね。ほんと知らなくてごめんなさい！　だってほら、私が酔っぱらって兄貴を部屋から閉め出して……それで、綾ちゃんの部屋に兄貴が泊めてもらった、なんて朝聞いてさー！　ほんっと綾ちゃんに迷惑かけちゃって。あーもう、重ね重ね申し訳ない！」

平謝りの様子から、どうやら哲也さんは私が早朝消えたことについて、万理さんが不審《ふしん》に思わないよう、仕事で帰ったことにしたらしい。

そう、あんなことをしてしまった次の日の朝だから――って、わあああっ！

思わず深夜の一場面を思い出してしまい、げふげふと咳《せ》き込み、万理さんから風邪《かぜ》かと心配されてしまった。

「ち、違うよ、大丈夫。ええと、色々連絡くれたみたいだけど、充電器を忘れちゃって電源切れたままだったの。ごめんね」

「あっ、そうだったんだ。もー、心配しちゃった！　……あの、兄貴、なにもしなかったでしょうね？　大丈夫？」

「っだ……だ、だいじょうぶ、だったよ。うん、あの、一緒にお仕事の話しながら呑み明かしちゃった」

心臓がひっくり返るかと思うほど動揺したけれど、一回深く息を吐いて心を静めてから話し出したので意外と声は変わらなかった……と思いたい。

『なにか』をしてしまったけれど、そんな恥ずかしいこと言える訳もなく、あははと笑って誤魔化した。

「ほんとー？　もー、なにかあったら絶対私に言ってよね。それに例の件も、ちゃんと話したいし……ねね、今夜店に来られない？　私の彼にも話しておきたいし」

「んー、今夜は無理かな。しばらく仕事が忙しくなるから、家のことやっておきたいの」

「じゃあ明日は？」

「時間がちょっと読めないけど、それほど遅くない時間に行けると思う。それでもいい？」

「おっけ。じゃあ待ってるね」

こちらもじゃあねと通話を切ろうとしたところで、「あ、待って」と引き留められる。

「なに？」

「綾ちゃん、兄貴の婚約者のふりを無理に頼んじゃったけど、引き受けてくれてうれしい……ありがとうね」

改めて礼を言われ、息を呑む。

そう、もともとは万理さんのための契約だったんだけど、哲也さんから本気の交際を申し込まれて、すっかり本題が頭から抜けてしまっていた。自分のことばかり考えてしまっていたことに、チクリと胸が痛む。

「……いつもお世話になっているから。無事に結婚ができるよう応援するね」

それじゃ、と締《し》めて今度こそ通話を切る。そしてそのまま、ぼすんとベッドの上に仰向《あおむ》けに倒れ込んだ。

純粋に応援するつもりだったのに、まさか自身の恋愛事情も絡んでくるなんて……

私は窓の外をぼんやり見ながら、深く溜息《ためいき》をついて目を閉じた。

4

いくら思い悩んでも、時間は平等に流れていくわけで——

翌日の月曜日。私は必要以上にあたりを窺《うかが》いながら、首にぶら下げてあるＩＣ機能付き社員証をタイムレコーダーにかざし、出勤を記録した。

そしてその足で女子更衣室まで急ぎ、扉を閉めたところでようやく胸を撫《な》で下ろす。

私の勤めている会社は、全国に支店を持つだけあって、それなりに規模が大きい。しかし本社の社屋は独立したものではなく、駅のすぐ傍《そば》にある複合高層ビルの一フロアを借り上げている。

これは社長の方針で、地方の支店に勤める社員も集まりやすい場所に、という鶴《つる》の一声で決まったらしい。

本社には、応接間や大小いくつかの会議室と資料庫、男女それぞれの更衣室、そして社員たちの机が並ぶ場所がある。

私がいまいる場所は、更衣室とは言うものの、個人の荷物が置けるロッカーが人数分こぢんまりとあるだけだ。そこに私は持ってきたお弁当をしまい、コートをハンガーに掛け、スニーカーからパンプスに履き替えてロッカーを閉じる。

さて……今日からリーダー研修会が始まる。

全国の支社から一人ずつ、合計十五人がここ本社で二週間の研修を行うのだ。

私はその研修会の裏方を担当する。前半一週間は能力アップのため講師を招いての研修、後半一週間は、新規事業計画についてのプレゼンがある予定。特に後半のプレゼンは、通れば個人、そして支社が評価される大切な場面だ。研修会の本番は、むしろ後半と言ってもいい。

先週まで、私はこの研修会がスムーズに終わること、それだけを考えていた。けれどいまは……哲也さんのことで頭がいっぱいになってしまっている。

プライベートと仕事は別とはいうものの、あんなことまでして平然と仕事がこなせるほど、私は器用じゃない。かといってここまで準備を行ってきた仕事を放り出す気はないし、誰かに任せる気もない……から、やっぱり自分ががんばるしかない。

なんとなく気合いが入らないまま、出入り口の姿見の前に立つ。すると、なんの特徴もない年相《そう》応《おう》の女がぼんやりと自分を見返していた。

こんな私の、どこがよかったのか。

哲也さんは私に、結婚を申し込んだ。それは、ただ婚約者のふりをするというだけの期間限定のものではなく、本当の意味で恋人になって欲しい、とのことで……

結婚したい、と言われても、あんな酒の入った状態では本気に受け取れず、一度はお断りした。

しかしその後にはずみで「二週間の仮の婚約者をしている間に、哲也さんを好きになれたら」と、うっかり言ってしまったのだ。……なんであんなこと言ってしまったのだろう、本当に。

頭を抱えながらもなんとか気持ちを浮上させ、私は扉に手をかけた。

「きゃっ⁉」

「わっ！　……あら、望月さんおはよう」

「綿貫先輩！」

私が部屋を出ようとしたと同時に、部屋に入ろうとした綿貫先輩とぶつかりそうになってしまう。

同時に声を上げたけれど、綿貫先輩のほうが驚きから立ち直るのが早かった。

「あっ、そうだ！　さっき聞いたわよ～？」

綺麗《きれい》に孤《こ》を描いた目が、その聞いた内容というのを如実《にょじつ》に物語っている。

……えっ、もしかして綿貫先輩、知って――

その笑みがなにを指すのか気付き、はぐらかしたいと思ったが、時すでに遅し。

「さ、行くわよ！」

逃げようとする私の手を掴《つか》み更衣室から出て、フロアをずんずんと歩く。

私はその勢いにつんのめりそうになりながら、「先輩⁉　ちょっと、あの、どこへ？　待ってください！」と呼びかけるが、一向に答えてくれない。

綿貫先輩はしばらく廊下を歩き、ようやく足を止めた。

そして、そこにある会議室の扉のノブを掴《つか》むと、躊躇《ためら》いもなく開く。

「連れてきたわ！」

そう綿貫先輩が声を弾ませて言う相手は――哲也さん⁉

そこにいたのは、スーツ姿の彼だった。あの日見たのは浴衣《ゆかた》だったけど、オンタイムのビシッとスーツを着こなす姿は、思わず息を呑むほど格好いい。

「綾香！」

哲也さんは椅子《いす》から立ち上がり、長い足で数歩距離を詰めると、私に抱き付いた。

「えっ！　ちょ、ちょっと、待って！」

背の高さもあり、上から覆《おお》いかぶさるように抱きしめられて、私は混乱する。

「綾香……会えてよかった」

いや出勤しただけだし……と、どこか冷静な突っ込みが頭を掠《かす》めた。

とにかく体を離してもらわないと、この状況を把握《はあく》できない。なんとか体をずらそうとするけれど、がっちりと私の背中に腕を回されて身動きが取れない。

「わ、綿貫先輩……これはいったい、どういうことですか」

ここに連れてきた張本人、綿貫先輩に助けてもらおうと首だけ捻《ひね》って尋ねる。すると当人は、コロコロと鈴を転がすような上品な声で笑っていた。

「まさかあのクールで有名な紅林君がね～。面白いわ～」

「面白がってないで助けてください！　てつ……紅林さん、お願いですから」

暴《あば》れる私に、彼は仕方なくといった様子で力を少しだけ抜いた。それでもまだ腰に手を回されて逃げ出せそうもないけれど。

「おはよう、綾香」

「お……おはようございます」

なにを言うかと思ったら挨拶《あいさつ》なのか。というか、その視線……すごく、熱が籠《こも》っていて……とても目を合わせられない。

そこでようやく私が逃げないとわかったのか、哲也さんは腕の力を緩めてくれた。私はその腕の輪の中でくるりと体を回転させ、綿貫先輩に向き合う。

「先輩」

私の真剣な声がわかったのか、綿貫先輩は笑うのをやめて咳払《せきばら》いする。

「強引な真似《まね》をしてごめんなさい。紅林君ってば、いきなり電話口で結婚するっていうんですもの。興奮しちゃって。驚いたわ～」

「ままま待ってください、いまの話、もう少し詳しく教えてください！」

喉の奥でヒッと叫び声がつかえた。

哲也さんと綿貫先輩って、そんなに仲良かったの!?　昨日の今日で、早速電話で結婚のことを話すだなんて、相当親密な関係ですよね？

「先輩は、紅林さんのことをご存じなのですか」

「知ってるもなにも、私と紅林君は同期なの。もともと紅林君は本社採用で、三年くらいここに在籍していたのよ。いまは支店を回って腕を磨《みが》いている、ってところね」

そうか……一昨日旅館で哲也さんも綿貫先輩の話を出していたっけ。

知っている風ではあるなと思ってたけど、こんなに仲がいいのは想定外だ。

「昨日、こっちに研修で来ている間に同期会やらないかって連絡したら、紅林君からそう報告受けたのよね。私ちっとも知らなかったわ！　おめでとう望月さん！」

にこにことまるで自分のことのように喜んでいる綿貫先輩を前に、私はなにから話したらいいかわからない。「あ……」とか「ええと……」とか、言いかけては口を噤《つぐ》み、困惑する。

そもそも、私と哲也さんはプライベートな場面でのみ『婚約者のふり』をするつもりだったのだ。哲也さんはどういうつもりで私と結婚するなどと先輩に言ってしまったのだろうか。

「紅林君もようやくこれで落ち着くわ。まっ、同期会で散々弄《いじ》られるでしょうね」

そう言って笑った綿貫先輩は続いて、「それじゃ私、これから今日は半日外部研修だから」と言いたいことだけ言って、この会議室から出て行ってしまう。

そして会議室には、私と哲也さんだけが取り残された。

「……紅林さん？」

「名前で呼んでくれなきゃ返事しないよ」

「子供じゃないんだから、話くらいちゃんとさせてください」

呼びかけには、ちゃんと答えているくせに。というか、いまだ抱き寄せられたままで、私の体はぴったりと哲也さんにくっついてしまっている。居心地は……悪くはないけれど、ここは会社だ。

大人の男性でしかも私より年上なのだから、分別はつけてもらわないと困る。

「名前呼びはプライベート限定です。紅林さん、または主任とお呼びしたほうがよろしいでしょうか？　とにかく会社でこれは問題ですから、離してください」

わざとビジネスライクな口調で言うと、哲也さんはしぶしぶといった体《てい》で腕を解《と》いた。ようやく解放された私は、パッと三歩離れてから哲也さんに向き合う。

「いったいどういうことですか！」

「なにが？」

「綿貫先輩ですよ！　なんで結婚のこと知っているの？」

「いや、ついうれしくて口が滑《すべ》ってしまって」

悪びれず哲也さんはそう言い、ハハハと笑った。

「敵を欺《あざむ》くにはまず味方から、って言うだろ。うちの親がこの話の裏を取らないわけがない。だから、一年くらい内緒で付き合っていて、つい最近プロポーズしたから公表した、ってことにしようと思ってさ」

「えええっ！」

ちょっと待って、それ聞いてないから！　単なるふりなのに、社会的に婚約者として認知されてしまったら私はいったいどうなるの？

確かに哲也さんは私に、ふりではなく、本気で告白をしてきた。それを受けるかどうかは、この二週間の研修中に哲也さんのことを好きになれたら、という条件を出した……のに。

あっちこっちに、次々と結婚への包囲網が敷かれている気がする。

「ということで、電話番号とか交換しよう」

……激しく……激しく順番が間違っている気がしますよ……

この役目、若干《じゃっかん》どころか、思いっきり後悔し始めた。どうしてこうなったんだ……

しかし、始業時間が近付いている。社会人として、当然時間通りに仕事に入らなければならないし、今日から始まる研修会の資料の確認だってしたい。

教えないことには解放してくれなさそうだし、それに私自身、哲也さんと連絡がとれないと、とっさの時……例えば哲也さんのご両親とエンカウントした時など、一人危機を迎えることになってしまう。

「スマホ貸してください」

掌《てのひら》を上に向けて哲也さんに突き出し、スマートフォンを受け取る。そして淡々と連絡帳に名前と携帯電話の番号、メールアドレスを登録して返した。

「じゃあ――と、まだ言いたいことあったわ。あの……」

早く自分の机に行かなければという焦《あせ》りを抑えつつ、ドアノブを持ったところで振り返った。

「会社では、名前呼び禁止です！　絶対ですよ！」

「駄目か？」

「駄目に決まっているでしょう！　あくまでも『ふり』の役目を引き受けたのは万理さんのため。そもそも仕事にプライベートを持ち込むのはよくありませんから。『紅林さん』も、そのあたりよくご存じでしょう?」

わざと苗字での呼び名を強調してみる。

私より四年も長く社会人をしているのだ。そういう線引きぐらいしていただかなければ困る。

「うーん、俺は構わないけどな」

「私が構います! ……とにかく、名前で呼ばないでください」

いまいちピンときてない様子の哲也さんに、重ねて注意をして、私は部屋をあとにした。

朝から頭痛い……

念入りに準備を重ねてきたリーダー研修会の初日だというのに。

私はいきなり問題に直面して頭を抱えた。

＊　＊　＊

「――ということで、レポートはメールでこちらのアドレスに送ってください。配布資料には必ず目を通しておいてくださいね。あと、宿泊場所は――ああそうです、先日メールでお伝えしたところなので……はい、確認します。ええと、あ、すみません、明日はこちらの会議室です。それと明日後の視察ですが朝八時に出発となります。ええ、会社の裏口にバスが待っていますので――はい、そうです。それでは今日はお疲れさまでした」

研修会一日目の最後、私は参加者のみなさんに、この後のことと明日の予定をアナウンスする。

これでようやく今日の業務が終わった。

会議室を出た私は、ふー、と息を吐き、自分のデスクで日報をパソコンに打ち込んでいく。

朝からあんなことがあったので、序盤はいつも通り平静に業務につけなかったのがちょっと悔《くや》しい。

十五人の参加者の年齢はバラバラで、男が十二人、女が三人。

その中で昼食時等のグループを分けしたり、女性は内容によっては一緒に行動してもらったりと、気を遣う部分も多くてかなり疲労した。

なにより一番疲れたのは――当然のことながら、哲也さんと関わることだ。

最初は身構えていたけれど、哲也さんはほかの参加者となに一つ変わらない自然な態度で、逆に肩透かしのような気持ちになった。そういう風にしてくれと自分から頼んだくせに、勝手に心は乱れるのだ。――とはいえ、ことあるごとに感じたギラギラした視線は痛かったけど。

哲也さんは、朝言っていた通りにおそらくいまから同期会に綿貫先輩と行くのだろう。私もこれを終えたら、『てまり』に向かわなきゃ。

作業を終え机の周りを整頓《せいとん》し、更衣室のロッカーから空《から》の弁当箱の入ったバッグとコートを取り出し、靴を履き替えて会社を出る。

毎日毎日同じことの繰り返しなので、考えごとをしながらでも体はいつもと同じ動きでエレベーターに乗り、『てまり』までまっすぐに歩けた。

今日は万理さんに話があるから寄ってほしいと頼まれている。話というのは、お兄さんである哲也さんの婚約者のふりをすることについてだろう。

細かく設定を詰めなければボロが出る。私はあまり器用なほうではないので、なにかやらかしそうで怖い。

……私はふりのつもりだけど、哲也さんも、そして万理さんも、ふりだけじゃなくて本当に彼の婚約者になることを期待しているようだ。けれど私は、まだそこまで気持ちが追いつかなくて、むしろ期待が少し重かった。

階段を上《のぼ》り、『てまり』の手描き文字が入った暖簾《のれん》をくぐる、すると早速「いらっしゃいませ！あ、綾ちゃん！」と万理さんが私を見つけて声をかける。

「こんばんは万理さん」

「えーっとごめん、いま新規のお客様が入ったばかりでバタバタしちゃって……」

「いいよ、いつもの席で待ってるね」

「なに呑む？」

「とりあえずビール」

「了解」

勝手知ったるなんとやらで、私がいつもの席に向かうと、その席の隣には先客がいた。

「杉山さん！」

「やあ望月さん、こんばんは」

万理さんの彼氏――杉山博さんだ。すでに何度かお会いしているが、本当に穏やかで居心地がよく、万理さんにぴったりな人だな、という印象がある。見た目はぬいぐるみのクマさんのようで、優しい顔立ちだ。

「杉山さん、お茶ですか？」

「そうだよ。温まるね」

実は杉山さん――ザルの私や万理さんとは逆に、まったく呑めない人だ。呑めないけれど、お酒の場は好きらしく、アホみたいにカパカパと酒を呑む私たちの隣で、ニコニコと穏やかに微笑《ほほえ》んでくれる。

このほんわかとした癒《いや》しの空気が、万理さんのハートを射抜いたのだ。

「はい、ビールとお通しのキノコのポン酢和《あ》え。あとは適当に出すね」

「ありがとう万理さん」

私の目の前に、まるで生クリームのようにきめ細かい泡が載ったビールが、ドンと置かれる。

「じゃ、いただきまーす」

今日は研修初日、しかもやけに約一名からの視線が痛かったということもあり、大変気疲れをした。冷えたビールを一口、二口、喉を鳴らしながら呑む。

「んんん～！　あー美味《おい》しい！　ビールはやっぱ美味《おい》しい！」

「望月さんて、本当にお酒美味《おい》しそうに呑むよね。見ていて清々《すがすが》しいよ」

「仕事終わりは格別ですし」

「そうじゃなくても？」

「いつだって美味《おい》しいです」

「ははは、好きなものはいつでも変わらない、ということだな」

大きな体を揺らして杉山さんは笑う。

杉山さんは家具製造販売の営業係長をしていて、お客様との会話のきっかけになればと、あらゆる情報にアンテナを張っている。だから話題に事欠かないし、甘いものが好きで女子に人気のお店とかもよく知っているのだ。

そんな杉山さんと新しくできたスイーツ店の情報交換をしつつ、ビールを二杯、日本酒を一合空《あ》けたところで万理さんが来た。

「待たせてごめんね。今日はお客様がまとまって来たから慌てちゃった」

店内にいる客たちは、一通り食事も済んで、あとはお酒を呑みながらゆっくり会話を楽しむ雰囲気になっている。

万理さんはアルバイトの子に店内を任せ、カウンター越しに私たちと向かい合った。

「今日は来てくれてありがとう。……その……この間はごめんなさい。無理なお願いをしたし、それから私が兄貴を部屋から締《し》め出しちゃったせいで……」

しょんぼりと肩を落として頭を下げた。

私が「いえっ、そんなっ!」と慌《あわ》てて頭を上げるように言うと、杉山さんも私に頭を下げる。

「僕と万理のことで、望月さんに迷惑をかけて本当にすまない」

「気にしないでください。ええと、私はお二人の結婚を本当に望んでいますし、少しでもお手伝いができればいいなと思っているので……」

「綾ちゃん……」

「私が引き受けるって言って、万理さんはホッとしたんでしょう。部屋の鍵を締《し》められちゃったことはビックリしたけど、お兄さんとは同じ会社だから、お酒を呑みながら色々意見交換などできたし、楽しかったから気にしないでくださいね」

意見交換については、仕事の話とは一言も言っていないので、嘘ではない。

ドギマギしながら盃《さかずき》に残っていたお酒を一気に呷《あお》る。

「で、今後の計画はどうなっているんですか？」

あの夜のことを思い出して赤面してしまいそうなのを必死に隠すべく、話を変える。万理さんは、申し訳なさそうにしながらも、ありがとうと礼を言った。

「今回の計画について、まず決まっていることを説明するね。博さんの転勤は三ヶ月後で、兄貴がこっちにいる期間は研修会のある二週間。兄貴は今日同期会でいないから、明日兄貴と一緒にうちの両親に説明をしに行く。急なことだから、ちょっと強引に進めちゃうつもりよ」

エヘへ、と無邪気《むじゃき》に笑う万理さんのあとを継《つ》いで、杉山さんが補足する。

「僕の会社で最近ちょうど、実家を継《つ》ぐために辞めた人がいてね。転勤の話を受ければ課長に昇進できるし、なかなかの好条件なんだ。僕は万理にどうしてもついてきてもらいたくて……望月さんには迷惑をかけてすまない話だけど」

しょんぼりするクマさんの姿は、私の目から見ても可愛かった。

「い、いえ！　ほんと、お気になさらず。万理さんにはいつもお世話になっているし、こんなことしかご恩返しできないので……あ、でももし万理さんが転勤についていくとなったら、『てまり』はどうなるんですか？」

この店は閉めてしまうのかな。それを危惧《きぐ》したが、万理さんは店内で接客しているアルバイトの子に目をやった。

「あの子がこの店を継《つ》いでくれるの。私、いつか結婚するつもりだったから、もともとそういう手《て》筈《はず》になっていたのよ」

アルバイトといっても、若くして結婚し一児の母である彼女は、いつか自分の店を持ちたいと万理さんのところで料理や経営の勉強をしていた。だから、このまま引き継《つ》ぐことに問題はないらしい。すでにマニュアルも作成済みで、仕入れなども徐々に任せていたから、お店に関してはなにも心配はいらないのだそうだ。

「できるだけ綾ちゃんに負担をかけないようにするつもり。研修会のお仕事で大変な時だけど……」

「ううん、大丈夫。頼れる先輩もいるし、仕事のほうは問題ないわ。ご両親の説得、上手くいくといいね」

「うん、ありがと」

そうしてしばらく雑談しつつ、ある程度『婚約者のふり』に関する設定を決めて、私は早めに店をあとにした。明日も仕事があるからね。

店から自分のアパートまでは歩いて十五分。

繁華街の明るい道をどんどん歩きながら、頭の中では、先ほど話した内容を反芻《はんすう》する。

設定としては、こうだ。

『私と哲也さんは二年前の研修会で出会い、その後も交流を続けて一年前にお付き合いを始め、プロポーズまで済ませている。お互いの両親にも近々報告を、と思っていたところで万理さんの彼に転勤命令が出てしまった。紅林家は年長者から結婚すること、という方針なのは理解しているけれど、妹たちを新天地へ一緒に送り出してあげたい。兄妹で順番は逆になってしまうけど、妹たちに先に籍だけでも入れさせてあげられないだろうか、と考えている』

兄を先に結婚させたいけれど、妹のほうにとにかく時間がない。

兄にも決まった相手がいることだし、妹の結婚式は兄が結婚したあとで後日執《と》り行えば世間的には順番に見えるし、それで一つ許してほしい、と説得する作戦だ。

……でも、どうして兄が先に結婚ということにそれほどこだわるのだろうか。

私にはよく理解できないけれど、事情は様々だろうから深くは考えないことにしておこう。

月曜日の街中《まちなか》は、足早に帰宅する会社員や学生が多い。このあたりの飲食店街は週末なら賑《にぎ》やかなものだけど、今日は静かだ。

そんなことを考えながら歩《ほ》を進め、閉店間際《まぎわ》のドラッグストアで、切れそうになっている歯磨《みが》き粉とシャンプー、それから店頭で目玉商品として売り出されていた洗濯洗剤を二つ買った。ちょっと重くてレジ袋が手に食い込むけど、いい買い物をしたとほくほくして店を出る。

すると視界の端に、脇道から大通りに出てきた一団が目に入った。

一様《いちよう》にきちんとしたスーツ姿なので、仕事上がりに食事会でもしたのだろう。駅に向かうグループと、帰宅の方向が違うグループがそれぞれ別れの挨拶《あいさつ》をしているようで、とても賑《にぎ》やかだ。ついその様子を見ると、どこか見知った顔があるのに気付いた。

哲也さん……それと、綿貫先輩？

哲也さんはグループの中で頭一つ出て背が高く、とても目立つ。そのすぐ横に、綿貫先輩が立っていて、とても楽しそうだ。

そういえば今日は同期会と言っていた。このあたりでやってたんだな、と思いつつ、なぜかドラッグストアの外に置いてある商品棚の陰に隠れてしまう。

一団は、じゃあまたな、とそれぞれ言い、散り散りになっていった。

そっと棚から顔を出して様子を窺《うかが》うと、哲也さんは綿貫先輩と一緒に駅とは反対のほうへ並んで歩いていく。

どこか親密そうな雰囲気に、私は声をかけられない。そしてなぜだか、喉の渇《かわ》きを覚え、胸がちくちくと痛かった。

＊　＊　＊

研修二日目は、ロールプレイの研修がある。

課題に対して賛成と反対に分かれ、問題を色々な側面から見る力をつけるためのものだ。

今日の私は会議室の準備をする係。テーブルや椅子《いす》を整え、ホワイトボードやプロジェクターなどを用意し、研修用の資料を並べる。

十五人と講師の先生、あとこの研修の担当である本社の重役用にいくつか用意するだけなので、作業は一人で行った。

それらの支度《したく》を整えたあとは部屋の隅にコーヒーマシンを置き、部屋の温度を調節すると、この場での仕事はひとまず終わり。通常業務をしながら、昼食の手配など研修以外の身の回りのサポートをして過ごした。

予定通りの時間に午後の研修も終わり、今日は解散となる。

各自の判断で居残りして本社資料庫を利用することも可能だが、この会議室はあとの予定が入っているので空《あ》けなければならない。

私はみんなを会議室から送り出しながら、帰る者には明日の内容確認をしたり、残る者に机やパソコンの貸し出しや資料庫の使い方などを教える。

すると、ある一人の参加者の男性——確か山本《やまもと》さんといったか——から、資料庫にあるはずの資料の場所がわからないと声をかけられ、私が案内することになった。

本社の人間でも探し出すのに少々苦労するので、馴染《なじ》みのない場所ならなおさらだろう。

鍵を鷹森部長に借りてから二人で資料庫に入ろうとしたところ、突然哲也さんから声がかかった。

「『望月さん』、俺も確認したい資料があるので、ご一緒してもいいですか？」

「あ、はい。どのような内容ですか？」

「昨年のデータだけはここにあるけれど、過去五年ほどの推移《すいい》を見たくてね。業者によってまちまちなところがあるから、そこを確認したい」

「かしこまりました」

仕事だけの、必要最低限といった会話。少しだけ他人行儀な感じがして寂しく思いながらホッとする自分もいた。


資料庫に着いて解錠《かいじょう》し、入り口そばの電気をパチパチと点《つ》ける。真っ暗な部屋は一気に明るくなり、ずらりと立ち並ぶ棚から、紙のむせかえるような匂いがしてきた。

「では先に山本さんのから……ええと、三年前のは、と……あ、こちらです」

私は二人を引き連れて歩き、先に声をかけてきた山本さんの分の該当書類を探し出した。

持ち出しは社内のみでと念押ししながら彼に手渡す。すると、なぜか私と哲也さんを交互に見ながら少々ふてくされた態度で礼を言い、資料庫を出て行った。

その目線が気になりつつも、哲也さんに頼まれた資料を探しにもう少し奥へ歩く。

いくつも棚が立ち並び、それぞれきちんと整理整頓《せいりせいとん》されている。だからといってこの中を初見で探すのは難しいだろう。もっとも、整理したのが自分だからこそ、それぞれの場所を熟知しているのだけれど。

「五年間……というと、ここからここ……ですね。これを使うなら、そこの……えーと、あ、ハイ、ここの資料と比較すると、わかりやすいかと思います」

「なるほど、助かった」

ファイルがずらりと並ぶ棚の前で、私は自分の目線より高い位置にある目的のファイルを取ろうと手を伸ばす。うう、ちょっと届きにくい。すると、背後からスッと手が伸びてきた。

「これだな」

「あっ――」

ファイルを取る手の反対は私の胸の上あたりに回され、くっと軽く引かれる。私の背中はたやすく哲也さんの胸に当たり、心臓がどきんと高鳴った。

「もうちょっと危機感を持て」

抱え込まれ、耳元でささやかれる。その声に、全身の産毛《うぶげ》が逆立つ。

「なにが、ですか」

喉の奥がカサカサする。絞り出した声は自分でも驚くほど弱々しかった。

「男と二人で、誰の目も届かない場所に行こうとするなよ」

「……え？」

「忠告だ」

あの夜嗅《か》いだ哲也さんの香りが間近に迫る。心拍数が上がり、胸が苦しくなった。

「く……紅林さんのほうが、私には危険です」

やっとのことでそう言うと、「違いない」と笑う声がした。

「いや、危険と思ってもらえるだけいいのかな」

「会社でこういうこと、困ります」

「じゃあ会社を出てからにする。一緒に夕飯を食べに行かないか」

「でも……」

「婚約者、だろ？」

連れ立って歩くと、会社の誰かに見られてしまうかもしれない。妙な噂を立てられるのは御免《ごめん》だ。婚約者のふりをするのは引き受けたけど、研修期間中に哲也さんのことを好きにならなかったら、この関係は終わりなのだから。できるだけ二人でいるところを見られないほうがよい。

「『てまり』で待ち合わせなら、いいです」

私の行きつけであり、哲也さんの妹の店である。

そこだったら周りに言い訳が立つ——

そうやって逃げを打つ私に、哲也さんはやれやれと溜息《ためいき》をつきながら、私の頭をくしゃっと撫《な》でた。

「先に店に行ってる。……くれぐれも、俺以外の男と二人きりになるなよ」

そう言って、哲也さんは私の頬《ほお》に唇を寄せた。

ほんの触れるだけの掠《かす》めるようなキスだけど、彼の唇が触れた場所に火が点《つ》いたように熱くなり、じわじわと全身に熱が広がった。

そうして哲也さんは体を離し、ふたたびぽんぽんと私の頭を叩いて資料庫から出ていった。けれど、肌という肌が赤く染まって動悸《どうき》が激しくなった私は、しばらく部屋から出られなかった。

＊＊＊

「で、別々に来たの？」

「俺は二人で来たかったんだけどな」

「う……」

『てまり』に着くと、先に来ていた哲也さんに促《うなが》されカウンター席に腰を下ろす。

するとと万理さんがカウンターを挟《はさ》んで問いかけ、それに反応する私と哲也さんを交互に見てはケラケラと笑いながら皿を拭《ふ》いた。

どうやら私がいない間に、哲也さんがなにかを万理さんに言ったらしい。万理さんからしばらくニマニマとされて、非常に気恥ずかしかった。

私は俯《うつむ》きながら、焼き魚定食に箸《はし》を伸ばす。今日は鯖《さば》の塩焼きで、皮がパリパリして、更に脂《あぶら》がよく乗っていてとても美味《おい》しそうだ。

相変わらずお店は忙しそうで、万理さんは厨房《ちゅうぼう》や客席を行ったり来たりしている。

「……万理さんに、なにを言ったんですか」

「別に」

「嘘。じゃなきゃ、万理さんあんな風に私を見て笑わないもの」

「あの夜ヤッたこと」

「……っ！　ゲホッ！　ちょ、ええっ⁉」

「嘘。俺が本気で惚《ほ》れてて、交際を申し込んでいることだけだ」

平然と言ってのけるその様《さま》は、飄々《ひょうひょう》としていて真意が掴《つか》めない。

哲也さんの顔を見れなくて、私は下を向いて黙々と鯖《さば》をほぐして食べる。

「どう？　俺のこと、好きになった？」

「まっ、まだです！」

二十八歳の処女だった私は、自分を変えたいと思って、あの夜一線を越えた。

ありえないほどの羞恥《しゅうち》と、肌の当たる感触。当然痛みもあったし、これが大人の関係か、と自分の中で世界が変わった。

しかし、体を受け入れたからといって感情がすぐについてくるものではない。

条件的には最高だと言っていい哲也さんだけど、それだけで相手を判断するのは違う気がする。

目の前にいきなり『結婚』という扉が現れても、そこを開くには覚悟と勇気が必要だ。

結婚は、いつかはしたいと思っていたけれど、一歩踏み出すには……まだ、心が追いつかない。

「そうか。無理に好きになる必要はないけれど、せめて俺に興味を持ってくれるとうれしいな」

ふふっと笑いながら、哲也さんは筑前煮《ちくぜんに》に箸《はし》を伸ばした。

ふと、哲也さんはほかにどんなものを食べているのだろうと見る。すると焼き茄子《なす》とがんもの含め煮や白菜漬けといった、思ったより地味な品が並んでいる。

「紅林さん、和食が好きなんですか」

「ここは会社か？」

「……哲也さん」

「うん。脂《あぶら》っこいのは少し苦手でね。万理の料理は基本的に和食だから助かる」

そういえば、先日泊まった宿自慢の地元料理も、割とあっさりした味付けが多かった。

「私もあまり脂《あぶら》がキツいのは……。いくら高級なお肉でも、二枚で胃がもたれます」

出張先で御馳走《ごちそう》になったことがあるけれど、霜降《しもふ》りのお肉はとろけるようで確かに美味《おい》しかった。

しかし、噛《か》む度《たび》にじゅわっと染み出る脂《あぶら》に閉口《へいこう》したのだ。

そんなあるある話をしていたら、万理さんが戻ってきた。

「なになに？　なんの話してたの？」

「俺が口説いていたところ」

「キャー！　綾ちゃんをもっと口説いてー！」

「お、落ち着いて万理さん！」

私と哲也さんが付き合うことに大賛成の万理さんは、手放しで喜んでいる。だから慌《あわ》てて訂正を入れた。

「私は、お付き合いする気は、ありません」

一言ずつ区切って、聞き取りやすいように強調する。

「この研修が終わるまで、です。あくまでも、万理さんの結婚のためですからね」

すると、万理さんはしゅんと肩を落とした。

「そうだよね……ごめんね。欲張り過ぎちゃった」

申し訳ないなと思いつつ、簡単にイエスと言えないお年頃だ。

その後は、万理さんと杉山さんののろけ話や、お店を継《つ》ぐ予定のアルバイトの子の話をしながら食事を終えた。今日はさすがにお酒は控《ひか》え、そろそろ、と早めの時間に席を立つ。すると、哲也さんも立ち上がった。

「送っていく」

「い、いいよ。うち近いし……」

「綾ちゃん、兄貴は夜道が心配なんだよ」

「いつも一人だけど大丈夫」

「こういう時も婚約者面《づら》したいのよ。ね？」

「綾香。送らせてくれ」

二人にそう言われてしまっては、強く断るのも気が引ける。送るだけなら、としぶしぶ頷《うなず》き、帰り支度《じたく》をした。

「あ、兄貴。送ったらいったんここに戻ってきてね」

「ああ」

万理さんは食器を洗いながら、今日これからの予定を話す。

「今夜ね、うちの両親に話があるって約束してあるの。だから兄貴も一緒に実家に行くのよ」

「短期決戦だからな。俺も口添えするつもりだ」

万理さんの目が燃えている……！

私は、「が、がんばってね」と、小さな声で応援した。

＊＊＊

店を出ると、ぴゅうっと冷たい風がコートの袷《あわせ》から入り込み、身を竦《すく》める。

比較的温暖な地域だけれど、そうは言っても寒いものは寒い。特に冷え性な私は下着を温かいものに替えたり、マフラーや手袋などで防寒することで対策をとっている。

けれど今日は、朝の天気予報で気温がそれほど下がらないでしょうと言っていたのを鵜呑《うの》みにして出てきてしまった。コートを着るくらいしか防寒をしておらず、しかもそのコートについているポケットはおしゃれポケットで、実際には手を入れられるスペースがないやつだ。

鞄を肩に引っ掛け、両手は袖《そで》に潜《もぐ》らせてなるべく風に当たらないようにして、歩き出す。

哲也さんは私の横に立ったけれど、数歩歩いたところで一瞬足を止め、今度はさっきとは反対側に立った。なんの意味があるのだろうか不思議に思った途端《とたん》、自身にかかってくる風の量が格段に減ったことに気付く。

ああ、大きな体で風を防いでくれたのね……

そんな小さな心遣いがうれしい。私は、哲也さんとの間にある人一人分の距離を、半歩だけ縮めて一緒に歩いた。

「久しぶりに来たけど、この道は随分《ずいぶん》明るくなったんだな」

哲也さんは、商店が立ち並ぶ通りを見ながらそんなことを言う。

「二年くらい前に防犯対策として明かりが増えたんです。って、あれ？　哲也さんのご実家もこのお近くですか？」

「『てまり』から歩いて二十分くらい。すぐ近くなんだ」

「それじゃあ、このあたりには詳しいんですね。ところで哲也さん、こちらに来るのって、いつぶりですか？」

いまの口ぶりだと、年単位で帰省することがなかったようだ。盆や正月だって合間にあるのだから、短期間でも帰って来なかったものかと不思議に思う。

すると哲也さんは、私の頭をコツンと小突《こづ》いた。

「二年ぶりだよ。今回だって、研修会のためだけに戻ってきたからな。……だいたい、万理もそうだけど実家に行けば結婚しろの大合唱で居心地悪いだろ」

バツの悪そうな顔をしながら、哲也さんは私の歩調に合わせて歩く。しかし私の歩数と比べると、格段に数の少ない哲也さんを、ちょっとうらやましく思った。

「今回も、だから実家に泊まらなかったし、なるべく顔を合わせないようにしようと思ってた。万理と博君を待たせ過ぎて、二人に合わせる顔がなかったのもある」

だから杉山さんに転勤の話が持ち上がったいま、哲也さんは私に婚約者のふりを頼んできた。ふりをするだけで解決できるのか少々不安だけれど、転勤の日が迫っているため、多少強引でも推し進めなければならないのだ。

「このくらいの明るさが自宅まで続いているなら、残業で少々遅くなってもまあまあいいだろう」

どうやら哲也さんは、私の帰宅ルートの防犯確認をしていたようだ。

さすがに自宅近辺はこの繁華街の付近ほど整備されてはいないけど、それなりに人通りがあるし危険な目に遭《あ》ったことがない。

繁華街から一本左に折れると、そこは大きな公園がある。

哲也さんは、ここを通り抜けながら行こうと、私の背中に軽く触れて誘導した。

夕暮れが深い色になるこの時季から年明けまで、南北に長いこの公園は、イルミネーションが施《ほどこ》されて、道行く人たちを楽しませている。

落葉樹にＬＥＤをまとわせ、白や青で枝を輝かせるその様《さま》は、この季節だけの美しいイベントだ。

公園の両際に植えられた木々はトンネルのようになって空を埋《う》めているため、輝きがまるで夜空に浮かぶ星々のようでつい上を見ながら歩いてしまう。

「きゃっ」

「おっと」

うっかり見惚《みと》れ過ぎて、足元の小さな段差に躓《つまず》いて転びそうになる。すると、哲也さんがひょいと私の体を掬《すく》い上げて助けてくれた。

「すみません」

「危ないから、手を繋ごう」

「え、いえ、そこまでしてもらう訳には」

手を差し出されるけれど、恥ずかしくて断った。それなのに、哲也さんは私の手を掴《つか》んで自分のコートのポケットへ、ズボッと私の手ごと突っ込んだ。

「これなら温かいし繋いだ手は見えないだろ」

かえって恥ずかしいんですけど！

内心悲鳴《ひめい》を上げながらも、彼のポケットが温かくて、それに哲也さんの大きな手がやけに優しく包んでくれて、心地よかった。思った以上に、私は哲也さんに心を許しているかもしれない……

——って、いやいや待って。落ち着け私の乙女心、簡単に傾くな！

ドキドキする胸を押さえつつ、私は自分の手が彼のポケットにしまわれるのをよしとした。

「昨日、同期会の帰りにここを通って驚いたよ。このイルミネーションも二年前から？」

つい一瞬前まで熱いくらいだった体が、冷水を浴びせられたようにスッと冷たくなる。

昨夜『てまり』からの帰りに、哲也さんと同期の人々の姿を見かけたのだ。私は道路を挟《はさ》んで反対側にいたから気付かれなかったけれど、哲也さんと——綿貫先輩が、連れだってこの公園の方向に歩いていったのを知っている。このロマンティックなイルミネーションを見ながら、どんな話をしたの……？　なんて、私の心は妙にざわめく。

「——そ、そうです。クリスマス時期限定だったのが、イルミネーションの評判がよくて期間を延長したんですよ。お陰で見に来る人が多くなって、商店街が賑《にぎ》わうようになりました」

動揺を隠しながら、この景色の説明をする。

「何社かスポンサーがついて、以前に増して華やかになったんです。全体のバランスを整えつつ区画ごとに独自性があって、見応《みごた》えありますよ。この公園の突き当たりにある噴水《ふんすい》でも、この時期だけのプログラムで光と音の噴水《ふんすい》ショーがあるんです」

「それは知らなかったな。よし、いまから見に行こう」

「えっ。でもこれからご実家に行くんでしょう？」

「店の閉店時間までに戻れば大丈夫だ」

そう言われてしまうと、断る理由を探すほうが大変だ。

私も今シーズンはまだ見ていないから、いつか行こうと思っていたということで、それじゃあ折《せっ》角《かく》だからと足を延ばすことにした。

家まで五分ほど遠回りになるし、暗い道が多くなるけれど、隣に哲也さんがいてくれるのでそこは安心できる。

「三十分ごとに短い曲が流れ、一時間ごとに噴水《ふんすい》ショーがあるんですよ。ええと――ショーを見るには、あと二十分待たないと、ですね」

腕時計で時間を確認すると、微妙に時間がかかる。待つか帰るか、迷う長さだ。

「やめましょう」

「どうして？」

「哲也さん、遅くなってしまいます」

「そんなに焦《あせ》る必要はないぞ」

「なにもしないで、ぼーっと二十分お待たせするのは申し訳なくて」

「俺は綾香とこうしているだけでも楽しいけどな」

「……」

「好きで口説いている最中《さいちゅう》の相手と、こうやって一緒にいるだけで、俺は幸せだよ」

かあっと頬《ほお》に熱が集まる。

哲也さんは、わざとなのか無自覚なのかわからない甘い言葉を突然吐くから、心臓に悪い。

私はそれに答えず、遠くを見ることにした。

街中《まちなか》の喧噪《けんそう》から少し離れた場所にあるこの公園の一角は、日常から切り離した空間のようにすっぽりと暗闇《くらやみ》に覆《おお》われている。

落ち着いた雰囲気を出すためか、付近に目立った照明はない。足元や危険箇所だけ照らすよう電灯が配置されているので、心を静めるには最適な場所とも言える。

駅にほど近く、市役所や商店で働く者や住む者の気が休まる憩《いこ》いの場。老若男女問わず、昼も夜も絶《た》えず人が訪れる公園だ。

しばらく静かに風景を眺め、思い立ってまた時計に目をやる。

ショーの時間まで、あと少し。

折角《せっかく》だから写真を撮ろうかなと、腕時計をはめている反対の手でスマートフォンを取り出そうとする。そこで、まだ哲也さんのポケットに手を入れたままだったことに気が付いた。

「わわっ！　ご、ごめんなさい！」

手を抜くと、途端《とたん》に外気がひやりと私の肌を刺す。

「なんだ、いいのに。写真？　それなら……そうだな、あのあたりがいい」

さも残念そうに哲也さんは言い、周辺を見回してから私の肩を引いて誘導する。

時間が近付くにつれ、観覧する人々が集まってきたため、どうしても写真の中に人影が写ってしまう。哲也さんが当たりを付けた場所は、段差があって少し高くなった、背後に植木のある場所だ。ここなら私の背でも全体が見渡せるし、カメラを高く掲《かか》げても、うしろを気にしなくてよい。

カメラの設定をいじりながら、ふと集まる人々の姿を見る。そこには、夜の時間だから幼い子供の姿はなく、塾帰りらしい高校生や大学生、そして会社帰りらしいスーツを着た大人が多くいた。とにかくカップルが多い。イルミネーションを眺めながら、手を繋ぎ、肩を寄せ、微笑《ほほえ》み合っている。

……私と哲也さんも、周りからはそう見られているのかな。

「綾香、どうした？」

「ど、どうもしませんよ」

動きを止めた私を不審《ふしん》に思ってか、哲也さんは私の顔を覗《のぞ》き込んだ。

思った以上に顔が近くて、私は思わずのけぞる。すると植栽に後頭部がガサッと突っ込んだ。

「きゃあ！」

「綾香……ははっ、なにやってるんだ」

私の慌《あわ》てぶりが面白かったのか、哲也さんは私の身を起こしながら笑っている。それがまたいい声過ぎて耳に毒だ。

失態《しったい》を見せてしまった恥ずかしさによるものなのか、照れによるものなのか、かああっと体中の熱が上がった。

「葉っぱ、髪に付いてる」

「えっ、嘘！」

慌《あわ》てて後頭部に手をやると、確かになにか付いている感触がした。急いでそれを取ろうとするものの、うしろに目はついていないからうまくいかない。

すると、哲也さんはまたも笑いながら手伝ってくれた。

「仕事じゃキリッとして格好いいのに、普段の綾香は可愛いな。そのギャップ、好きだ」

なんのてらいもなくさらりと言ってのける哲也さんは、もしかして天然なのかなと思う。

そんな甘い台詞《せりふ》、言われる身になってみろ！

恥ずかし過ぎて、この場から逃げ出したいくらいだ。

「あ、始まるぞ」

そうこうしている間に、噴水《ふんすい》ショーの時間が来たらしい。ふっと照明が消え、音楽が流れ始めた。

白を基調とし、青、黄、赤、とライトの色が移り変わり、水飛沫《みずしぶき》が放物線を描く。

ざざざ、ざっ。ざああ、ざん。

光と水が曲に合わせて踊る様《さま》に、私はすっかり魅《み》せられていた。何度も見たことがあるはずなのに、なぜか今日は特別綺麗《きれい》に見える。噴水《ふんすい》を食い入るように見ていたら、ショーの十分間はあっという間に終わってしまった。

「あ……」

写真を撮ろうと思ったのに、気付いた時にはもう遅く、普段通りの照明に戻っていた。観客たちもそれぞれ目的の方面へ散っていく。

がっかりしながらスマートフォンをバッグにしまうと、私の頭を哲也さんがぽんぽんと叩いた。

「撮り忘れた？」

「……」

しょんぼりと肩を落とす私に、哲也さんは苦笑した。

「また来ような」

また来ればいい、ではなく、来ような……？

まるで一緒に来るのが当然のような言葉に、ハッと顔を上げた。

「ん？」

「……いえ、なんでもないです」

「それって、私と一緒に、ということですか？」なんてわざわざ聞くのも自意識過剰な気がして、結局言わずに口を噤《つぐ》んだ。

割と多くの人が集まっていたけれど、終わった途端《とたん》あたりは閑散《かんさん》とした。毎日何度か行われているせいもあるのだろう。

哲也さんは、私たちが上がっていた段差をトンと下りると、くるりと振り返った。すると、目線の高さが私と合う。いつもは背の高い哲也さんを見上げるばかりなので、なんだかとても新鮮に思える。

「綾香」

呼びかけに応《こた》えようと思った瞬間、あっという間に距離を詰められ、唇がとん、と触れた。

「隙《すき》あり」

「て、哲也さん！」

不意打ちのキスとは卑怯《ひきょう》だ。

火照《ほて》る頬《ほお》をそのままに抗議《こうぎ》すると、ふんわりと抱き寄せられる。え、え、と状況を把握《はあく》できず目を瞬《しばたた》かせていると、哲也さんは頬《ほお》を寄せてきた。

「ごめん、これでもかなり抑えている。俺、自分が思っている以上に綾香に惹《ひ》かれてるから」

「そ……うなの？」

「参ったな。もっと時間をかけて好きになってもらいたいのに、無自覚に焦《あせ》ってる」

二週間という短い期間で、私を惚《ほ》れさせると意気込んでいた哲也さん。口説く時間すら惜《お》しいそうで、だから私にキスをしてきたらしい。

「二年前から気になっていたし、今年の研修会のために電話やメールのやり取りをしているうちに好意を持って、直接会って惚《ほ》れたんだ。そんな女が目の前にいながら平然としていられる男なんていやしないよ」

「二年前？」

私の問いには答えず、哲也さんは私を抱きかかえながら、背中をぽんぽんと叩く。

でも、私はどう声をかけていいかわからない。好きだと言ってもらえてうれしいけれど、同じだけ気持ちを返すことができないから。

無言の私を、哲也さんは包み込むように抱きしめた。

「困らせているのはわかってる。けれど、俺のことでいっぱいになって欲しい。——好きだよ、綾香」

＊　＊　＊

遠くのほうから、小鳥のさえずりが聞こえてきた。この季節は日の出が遅く、あたりはまだ沈んだ色をしている。

——もう、朝か。

寝たのか寝ていないのか、その狭間《はざま》をさまよっているうちに一晩過ぎてしまった。先週、羽毛の掛布団に替えたばかりなので、軽くてぬくぬくと温かくて快適だ。けれど、ふたたび眠りにつくのは遅刻の危険性があるので、瞼《まぶた》をゆっくりと開ける。

いつもの見慣れた八畳間の自室。

部屋が狭いので、できるだけ荷物を少なくし、シンプルなインテリアでまとめてある。フローリング敷きにベッドを置いたらそれだけでほぼ部屋は占《し》められるので、ベッド下の収納など工夫を凝《こ》らした。

枕元に置いた目覚まし時計代わりのスマートフォンを見ると、時刻は六時少し前……。活動を始めるにはやや早いけれど、どうせこれ以上寝る時間がないのなら、起きて家事の一つもしようとゆっくりと身を起こした。

布団を捲《まく》ると、ひんやりとした朝の空気が入り込む。布団の上にかけておいたカーディガンを羽《は》織《お》ってベッドから下りた。ちょっと古めのアパートということもあり周りの部屋に物音が聞こえやすいので、洗濯機を回すのは六時以降と取り決めがある。だからいつも洗濯が七時に終わるようタイマーを掛けているのだけど、今日はそれより前に起きてしまった。折角《せっかく》なので、サッと着替えてパジャマも洗濯槽《せんたくそう》に追加した。

テレビをつけ、ニュースを流しながらベッドを整え、歯を磨《みが》き、化粧をしていく。長年の一人暮らしの賜物《たまもの》か、考えごとをしながらも自然と体が動き、あっという間に身支度《みじたく》を終えた。その間に洗濯機が動き出し、生活音で部屋が賑《にぎ》やかになる。

さて、と今日のスケジュールを頭の中に浮かべた。研修会のメンバーは、出社したのち施設見学に行く……ので、お昼は現地で手配済み。帰社後、追加資料などをまとめたら解散だ。

私の出番は、手配したバスの運転手さんと行程の確認をする時と、昼食の数の最終確認の時、それから帰社後の会場の設置……かな。

一日の流れを思い浮かべていると、ピーと電子音が聞こえた。炊飯器でご飯が炊けた音だ。とりあえずざっくりとほぐし、弁当箱に詰める。

朝食はいつもパン食だけど、お弁当のご飯は炊きたてがいい。これも私のこだわり。さて、今日のお弁当はなにを入れようかな。

お弁当と夕食用に日曜日に常備菜を作り置きしているけど、昨日も一昨日も『てまり』で夕食を取ったため、その分のおかずは冷凍保存に切り替えてある。駄目になる前に、また食材の調整をしなければな、と思いながら、昨日の夕食にしようと思っていた料理に火を通し、お弁当用にリメイクした。

ホウレン草とニンジンのバター炒めを卵で包み、鶏のから揚げは甘酢で絡めた。あとはプチトマトを入れ、保冷材代わりに市販の冷凍食品を一品入れる。自然解凍でいい商品が増え、たいへん重《ちょう》宝《ほう》しているのだ。

一人暮らしがそれなりに長いので、最近のお弁当作りは適度に手を抜くことができる。その都度《つど》全部作らず冷凍したものなどを活用し、空《あ》いた時間は掃除《そうじ》などにあてることで余力を残すようにしていた。そこを趣味など自分の時間にできるし、一人も存外充実していて楽しいものだ。

楽しい……けれど。

楽しいけれど、気を抜いた瞬間に寂しさが、冬の冷気のように心に入り込む。

学生時代や会社の同期で作られたＳＮＳのグループの中は、恋人や配偶者、中には子供がいる者もいて、一人疎外感《そがいかん》を抱いてしまうことがある。

だけど、たとえ細い糸でも彼らと繋がっていたいと思い、たまにＳＮＳを覗《のぞ》きにいく。一通り見たあとは、やたらと疲れてしまうのだけれど。

気を遣いながら仲間とつるむより、一人ランチ、一人ラーメン、一人カラオケをしていたほうが楽しい。いきなり予定変更しても誰にも迷惑がかからず、同じ曲を何度も繰り返したって平気だし。

男性とのお付き合いも、積極的にそういう場に出かけるのは億劫《おっくう》だから、なにもないまま平坦な日常が過ぎていくのをよしとしていた。

それなのに、いまの私は……この状態はなんなのか、だれか説明してほしい。いや、この状況を作ったのは自分でもあるんだけれど。

懇意《こんい》にしていた知り合いから、兄の婚約者のふりを頼まれ、断り切れず引き受けた。そしたらその兄から迫られて、三十路《みそじ》手前に自分を変えたかった気持ちも後押しとなり、なりゆきで初体験……という、怒涛《どとう》の週末を過ごした。

自分を変えるにしても、少々思い切りがよすぎたか。そう思わないでもないけれど、してみてわかったのは、処女でなくなったからといって、とくになにも変わらないということだった。

――あんなに体を求められていたのに、男女の生々しさが怖くて断り、彼氏に振られた過去の私。元カレとあの当時していたら、なにか違ったのかな。あの時していれば、いまの自分とは違う人生だったのかな……

たら、れば、と考えたところで所詮《しょせん》過去は変えられない。だいたい、あれから何年経《た》ったと思うのだ。

とりとめのないことを思考しながらも、体は普段通りの家事にいそしむ。

時報代わりに流しっぱなしにしていたテレビから、天気予報を知らされる。「今日は夕方から雲が広がるでしょう」と、綺麗《きれい》に髪を巻いた気象予報士の若い女性が微笑《ほほえ》んでいた。

降水確率を見て、そして自分の帰宅予想時刻を考え、室内干しを決める。折り畳《たた》みテーブルを部屋の端に追いやり、折り畳《たた》み式の物干しを広げてサッと干し終えたら、今度は朝食だ。

冷凍庫から凍った食パンを取り出してトースターへ。それからフライパンを取り出し、ふたたび冷凍庫から小さくカットして冷凍しておいたバターを一つ入れ、コンロに火をつける。そして茹《ゆ》でて凍らせておいたブロッコリーの小房を三つ取り出し、粗《あら》く刻んでフライパンへ。火を通す間に冷蔵庫から卵を一つ取り出し、ざっくり溶いたらシュワシュワと音を立てるフライパンへ一気に回しかけた。じゅわっと音がしたら、お箸《はし》でぐるぐるとかき混ぜ、少し固まってきたら火を止めて凍らせたチーズをパラパラとまぶす。あとは手首のスナップを利かせてトントンと卵をまとめ、皿に盛る。ちょうどトーストもできたようで、タイミングよくトースターがチーンと鳴った。

彩《いろど》り野菜のプチトマトを添え、あとはコーヒーを一杯。こちらは簡単にインスタントで済ませた。

テレビは、いつもと同じタイミングで全国ニュースを流し始める。

端に置いた折り畳《たた》みテーブルに朝食を並べ、一人でいただきます、と言って食事スタートだ。別に一人だから言わなくてもいいけれど、一人だからこそ生活の区切りが欲しい。

テレビは政治ニュースから芸能ニュースに変わり、食事を黙々と食べながら見ていたら、新番組のドラマの番宣が始まった。ああ、この女優さん、バツイチ子持ちの役かぁ……と思ったところで、確か自分と同い年だったことに気付き、時間の流れを感じてしまった。

私が学生の頃は青春ドラマのヒロイン役として引っ張りだこだったのに、いまや一児の母役ですか……

つまり自分も、そういう役が来てもおかしくない年齢ということで、妙に心が重くなる。そんなことを思いながら、そのドラマの見どころ紹介を眺めていたら、ヒーロー役の人がヒロインを自宅に送るシーンが映った。

……昨夜の哲也さんも、ここまで送ってくれたのよね。

ドラマのシーンと重なって、私は夜の出来事を思い出す。

公園で噴水《ふんすい》ショーを見たあと、キスして抱きしめられた。もしかしたら家に寄らせてほしいとか言われるかも、と内心ドキドキしていたけれど、自宅アパートまで送ってくれたあとは「それじゃ、おやすみ」と、哲也さんは帰って行ったのだ。

あのあと、万理さんとご両親との話し合いに参加する予定になっていたから当然なんだけど、あっさり帰ってしまったことが妙に面白くなかった。そして、そんな風に思った自分に驚いた。

紳士的《しんしてき》に送ってくれた哲也さんの態度は正しい。物足りなく思うだなんて、私、どうかしてる。

少し冷めたコーヒーのマグカップを持ち、ごくごくと一気に半分まで飲む。

ああ……こんなことであれこれ悩みたくないのに。

一人暮らしを謳歌《おうか》し、一日中一人でいてもまったく困らない生活。そんな私の生活ペースは、土曜日の一人慰安《いあん》旅行から乱れに乱れていた。

二週間の約束が終わったら、ちゃんと日常に戻れるのかな……と、一抹《いちまつ》の不安を感じる。

ドラマの紹介を終え司会者が無難《ぶなん》な感想でまとめたのを機に、私はテレビを消して食器を片付け、出勤の準備を始めた。

＊　＊　＊

出社した私は、朝の挨拶《あいさつ》もそこそこに、研修会出席者の最終確認とバスの運行表を持ってあちこち飛び回る。

そうしていたら、憂鬱《ゆううつ》な気分などどこかに消えた。悩んだ時は、いっそ忙しくして考えないに限る。

今日は急に鷹森部長が同行することになったけれど、そのあたりも調整済みだ。

哲也さんとも挨拶《あいさつ》を交わしたが、他の出席者と同様に接することができてよかった。昨夜、抱きしめられたことを思い出して態度がおかしくならないかとヒヤヒヤしたけれど、時間が押しているのでそれどころじゃなかったのが幸《さいわ》いした。

とはいえ、余波はあとから来たけれど。

バスの出発を見送って、自分のデスクに戻った瞬間、どっと疲れが出た。

「望月さん、どう？　順調？」

「綿貫先輩……」

前回まで彼女が取り仕切っていた研修会だから、私の状況は把握《はあく》済みだろう。

「なんとか、なってますかね……？」

「弱気ねえ」

「弱気にもなりますよ。どうしてこう、なにもない時はなにもないのに、いったん事が起こると畳《たた》みかけるように次々舞い込んでくるんでしょうかね」

「仕事のこと？」

「いえ、以外で……です」

研修会の裏方仕事を初めて担当した緊張はあるけれど、まだなんとかなっている。ただ、それ以外——プライベートが凪《なぎ》から大嵐へと変化し、水面に浮かぶ小舟の私は必死に耐えている状態だ。

すると、綿貫先輩は即、合点《がてん》がいったようで、うんうんと頷《うなず》く。

「彼ね、同期の中でも出世頭《しゅっせがしら》よ～？　それにしても……紅林君から結婚申し込んだのって、ちょっと意外かも」

「意外？　どうしてですか」

哲也さんとは数日前に知り合ったばかりだけど、言いたいことははっきりと言うタイプのように感じるし、私と出会ったその日にそういう関係になったことから考えて、恋愛に奥手なタイプとは思い難い。三十二歳という年齢的にも、結婚話が持ち上がったことがありそうな気がする。それなのに、いったいどういうことだろう。

不思議がる私に、綿貫先輩は少し天井を見上げながら「うーん」と唸《うな》った。

「……まあ、でもみんな知ってることだから、いっか。あとから聞かされるよりかね」

独り言にしてはやや大きな声で呟《つぶや》いたあと、腕時計を確認した綿貫先輩は、私の肩をぽんぽんと叩く。

「今日、あとでお昼を一緒に食べながら話そうか。研修メンバーの帰りは夕方でしょ?」

不穏なことを言い出す綿貫先輩だけど、知らないよりも知っていたほうが今後の判断材料になるだろう。

私はお弁当を持ってきているので、綿貫先輩はどこかでお弁当を買ってきてから一緒に食べるということで約束をし、仕事に戻っていった。

「はぁ……」

一難去ってまた一難。本当にこの嵐は、いつ過ぎるのだろう。

＊　＊　＊

なにか忘れているような気がしたけれど、どうしても思い出せないまま日常業務をこなし、お昼休憩《きゅうけい》の時間になった。

空《あ》いている会議室のうちの一室を借り、コンビニ弁当を買ってきた綿貫先輩とお昼ご飯を食べることに。

私のお弁当と先輩のお弁当のおかずをトレードしたりして、楽しく食事をしていたけれど、食後に淹《い》れたお茶を啜《すす》っている時に、とうとう先輩が切り出した。

「ねえ望月さん。紅林君のこと、正直どのくらい知ってる？」

「え？」

「聞き方が悪かったかしら。じゃあ、紅林君についての情報、どのくらい持ってる？」

「情報……どのくらいって……」

名前、年齢、家族構成、所属支社、会社の個人メール……あとは、携帯の番号とメールのプライベートアドレス。食の好み、くらいだろうか。

指折り数えてみたけれど、そう言えば私が知っているのってその程度で、あとは……と深く考えたら、あの夜重ね合せた素肌を思い出してしまって慌《あわ》てて首を振った。

「望月さん？」

「あ、いえっ、なんでもないですっ！　ええと私、紅林さんのことをそれほど知っているわけじゃなくて……」

一人で焦《あせ》ってしまい不審《ふしん》に思われたけれど、なんとか誤魔化し、話の続きを促《うなが》した。

私と哲也さんの『設定』では、付き合って一年。これまでは誰にも知らせず水面下でお付き合いしてきたから、誰にも――当然、綿貫先輩にも教えていなかった、ということになっている。

とはいえ、婚約者のふりをする二週間が終わったら、どう言い訳をしようか。非常に面倒くさいことになった。

……ま、いいか。今回のことは、頼まれただけだって事実をバラせば。

「ああ、いいのいいの。別になんでもかんでも知ってなきゃいけないってわけじゃないしね。ただ、私ビックリしたのよね。何度も聞いたけど、告白したのは紅林君なんでしょ？」

確かに、告白というか結婚を前提に交際を申し込んできたのは彼だけれど。なぜ綿貫先輩にぺらぺらとしゃべっているのだろうか。

「そ、そうです。紅林さんから、その……」

「そこよ！」

先輩は持っていた湯呑みをコン、と置いて、私に向かって前のめりになる。

「紅林君から……って、初めて聞いたの。彼のお付き合いは、いつも女性のほうから押せ押せで迫られて仕方なく、という感じだったのにねぇ。ま、その彼女たちはすぐ離れていったようだけど……あ～……今更だけど、こういう話、聞きたくない？」

「知らないより知っておきたいです。それによって、なにかあった時の対応ができますから」

「ふふっ。仕事で揉《も》まれてきただけあるわね。そう、リスク管理は大事よ」

私に仕事を教えてきた先輩だけあって、この対処にニッコリと頷《うなず》いた。

「結婚前は両目で相手のことを見て、結婚後は片目を瞑《つむ》りなさい、って言うじゃない？　だから結婚前のいまのうちに、望月さんの耳に彼の情報を入れておこうと思って。私もそれで結構痛い目見てきたから、アドバイスよ」

「ありがとうございます。……そうですね。先輩は紅林さんと同期ですから、色々ご存知《ぞんじ》ですよね」

私が知らない哲也さんを知っている、綿貫先輩。

なぜか、心の隅に石を詰められたように、重くなる。

それでも、私が知っている哲也さんの印象が、どこまで本来の彼と変わらないか……確かめたくもあった。

綿貫先輩は、真剣に話を聞こうとする私の覚悟を感じ取ったようで、湯呑みに残っていたお茶をごくんと飲んでから、声を潜《ひそ》めて話し出した。

「あのね――」

＊　＊　＊

そろそろ研修会の参加者たちが帰社するとの連絡を受け、私はビルの一階まで下り、車寄せに待機する。

風が冷たく、薄手のカーディガンだけで出てきてしまった身には辛かった。しかしいまコートを取りに行ったら到着に間に合わないかもしれない。色々考え、結局ここを離れることを思い止まる。十分ほど待ち、十六時過ぎにようやくバスの姿を捉《とら》えてほっとする。それまで行ったり来たりと歩いていた足を止め、何事もなかったかのように出迎えた。

研修メンバーがバスから続々と降りてくる。お疲れさまでした、と声をかけ、忘れ物がないか車内をチェックしたあと運転手さんに礼を伝え、バスを見送ってから小走りで社に戻る。

今日はレポートができた者から解散らしいので、私は最後の人を見届けてから上がる予定だった。

けれど、今日一日同行した鷹森部長が監督《かんとく》するらしく、私に帰宅許可が下りた。お陰で久しぶりに定時退社ができる。

私は会議室を出て自分のデスクに戻りながら、内心で快哉《かいさい》を叫ぶ。

どこかの店に寄ろうか、それともまっすぐアパートに帰ってテレビドラマの録画消化をしようか……

一人の時間を楽しむことが好きな私にとって、フリーな時間は本当にありがたい。ここのところ、慌ただしくてリズムが乱れてしまっていたからだ。

自分の机の前に着くと、帰り支度《じたく》をしつつ、更にこの後の予定を考える。

ああ、今週は献立《こんだて》の変更続きで残りの食材が偏《かたよ》ってしまっているから、調整しなきゃ。月曜、火曜と予定外に『てまり』で食事をしたため、生活費の節約だってしなければならない。万理さんはこちらが呼んだことだし、とお代を返すと言われたけど、それはそれとしてキチンと支払ってきた。

しかし、予定外の出費だったことには変わりなく、家で呑むお酒のランクを落としたり、今年新調しようと思っていた冬用のコートを諦《あきら》めて辻褄《つじつま》を合わせることにする。

いいんだ。三年前のコートだって、まだ着れるし。袖口《そでぐち》がちょっと擦《す》り切れそうだけど、ボアかなにかの生地を買ってきてリメイクしよう。

それか、ボーナスが出る頃にはバーゲンが始まる。そこまで待てば、安価で新顔をお迎えできそうだ。

ああそうだ、早く帰宅できるのなら、あの手芸屋さんに寄って……と片付けを続行しながら考えていたら、研修に参加していたメンバーの一人が話しかけてきた。

「綾ちゃん、お疲れさま！」

「は、はい……ええと」

思った以上に近付かれ、椅子《いす》に座りながら思わずのけぞってしまった。中肉中背、頬《ほお》にかかる長さの前髪を真ん中分けしている男性。昨日、資料庫に案内した人で、確か名前は——

「山本さんも、お疲れさまでした」

顔と名前がなかなか一致せず、ワンテンポ遅れた返事になってしまった。

なにより、昨日まで業務メールなどでは『望月さん』と苗字で呼ばれていたのに、いきなり名前で呼ばれて面食《めんく》らったからだ。とはいえ、不快感《ふかいかん》を前面に出すのは大人げないかと思い、そこには触れず流してみる。

距離が近いな、と気付かれないよう少しだけ椅子《いす》をうしろに引いたけれど、まったく気にしていない様子だ。それどころか、机に手を付き、上体を倒して私の顔に自分の顔を寄せてきた。

うわ……と、思わず息を止めてしまう。

「ねえ綾ちゃん、今夜呑みに行かない？」

「いえ……ちょっと、用事がありますから」

「じゃ、別の日でもいいけど」

「それも……」

困った。こんなにも馴《な》れ馴《な》れしくされる理由がわからない。逃げたくて仕方がないけれど、あまりに近くにい過ぎて身動きさえとれず途方《とほう》に暮れる。

するとそこへ、別の声が割り込んできた。

「山本さーん、紅林さんのところに早くレポート置いてきなよ」

研修会メンバーの女性二人が、少し離れたところから山本さんを呼ぶ。哲也さんは研修会の班のリーダーをしており、山本さんは同じ班に属しているのだ。レポートが終わったら、いったんリーダーのところに集めることになっている。

山本さんは、ちえっとつまらなそうな顔をすると、毒の籠《こも》った愚痴《ぐち》を吐く。

「あのさ、紅林ってやつには気を付けろよ。アイツ、仕事ができる風にしてるけど大事なところでヘマやらかすから」

みんなに聞こえるように山本さんは言うと、今度は私だけにこっそりささやいた。

「今日の研修先で、アイツなにしたと思う？　部長いんのに昼食すっぽかして、ふらっといなくなったんだぜ？　集合時間にまた戻ってきたけど、もし間に合わなかったら迷惑かけるってわかってんのかね」

文句《もんく》を言いながらようやく私の席を離れ、研修会メンバーが集まる会議室へ戻っていった。

私は彼が見えなくなったところで、ようやく肩に入っていた力を抜く。いつの間にか胸の前に両手をやり、無意識に自分を守ろうとしていたようだ。気持ちを落ち着けるために、大きく深呼吸を繰り返した。

そこへ、先ほど山本さんを遠くから呼んでくれた女性メンバーが「ちょっといい？」と声をかけてきた。

「大丈夫だった？　なにか嫌なこと言われなかった？」

「あ、はい……ちょっとビックリしましたけど、大丈夫です」

「そう。それならいいんだけど、さっきの紅林さんへの文句《もんく》、山本さんの見当違いだから相手にしなくていいわよ」

腕を組んで忌々《いまいま》しそうに会議室を睨《にら》む。

「だいたい、紅林さんは出て行く時にちゃんと鷹森部長に伝えていたし、私たち誰一人迷惑をかけられていないの。それに食後にわかったことなんだけど……どうやら一つ、足りなかったようなの」

「えっ、なにがですか？」

「仕出し弁当よ。ほら、鷹森部長が朝、急に同行するって言ったじゃない。その分だと思う」

私は体中の血液が床に吸い込まれたんじゃないかと思うほど、スッと血の気が引くのを感じた。

しまった――！

私の手配ミスだ。

バスの乗車や資料の追加、関係各所への連絡はしたけれど、食事のことだけ忘れてしまっていた。

私は順調に仕事を進められたとすっかり思い込んでた。

「仕出し弁当を持ってきた業者の人に受け取りのサインをしたのは紅林さんだし、周りに気を遣わせないように席を外したんじゃないかしら……と言っても、すぐに気付かなくて、その後もバタバタしてたから真相は聞けずじまいなんだけどね。発注、気を付けなさいよ？　あと、紅林さんは準備係のあなたのためを思って誰にも言っていないはずだから、こっそりお礼を伝えること。わかった？」

それだけ言うと、会議室へ引き返し、すぐに扉が閉められる。

私は、その場でしばらく動けなくなった。

滞《とどこお》りなく研修会が進んでいて、少し緊張がほぐれてきた途端《とたん》、失敗をしてしまった。そしてその失敗は、哲也さんによって他の誰にも迷惑をかけることなくフォローされ……。いますぐみんなに謝罪したいけれど、逆に哲也さんの気遣いを無駄にしてしまうからと、いま釘《くぎ》を刺されたので、それは得策じゃないだろう。

とにかく退社してからにしようと身支度《みじたく》を終え、エレベーターに乗る。そこでようやく力の抜けた手で、スマートフォンを取り出した。

初めて哲也さんに送るメールの内容が、お詫《わ》びだなんて。

一文字ずつ、短いながらも気持ちを込めて打ち込み、送信ボタンを押した。

『フォロー、助かりました。すみませんでした』

足にも力が入らず、地上階について扉が開いても、なかなか踏み出せない。

そうこうする間にドアが閉まりかけたのに気付き、急いでエレベーターの箱から出る。すると目の前に意外な人物がいて、ひっくり返りそうになった。

「え……、ええっ⁉」

そこには、哲也さんが息を弾ませながら立っていた。でも、さっきまで会議室にいたのを知っているし、一機しかないエレベーターは私以外、乗っていなかったはず……

「どうしてここに？」

上がった息を整えながら、哲也さんはニッと笑う。

「エレベーターに乗る綾香の姿が見えたから、階段で追いかけてきた」

「えっ」

「案外、間に合うもんだな」

会社は六階なのに……

息は荒いものの、涼しい顔をして言ってのけるその姿に唖然《あぜん》とする。その一方で、いま会えたことと、それだけでなんだか胸の奥が、きゅうっと痛んだ。

「もうレポート終わったんですか？」

「当然。綾香を家まで送って行こうと思ってさ」

昨日に引き続き、今日も。仕事以外の感情で浮かれそうになるのを無理に抑えつけ、哲也さんに向かって、深く頭を下げた。

「今日、私のミスで紅林さんに大変申し訳ないことをしてしまいました。ごめんなさい！」

多分、手配ミスについて私が知ることがなければ、哲也さんは黙っていただろう。だとしたら、より申し訳なくて、このまま地面に沈んで溶けてしまいたいくらいだ。

「ああ、いいんだよ。社外に迷惑をかけるでもないし、会社に損害を与えるわけでもない。どこにも影響が出ないミスなら、同じ社員だろ、フォローくらいするさ」

哲也さんはそう言って、なんでもないことのように朗《ほが》らかに笑う。

「それに、俺は謝られるより感謝されるほうが好きだな」

「すみません」

「ほらまた」

「わっ！　……ありがとうございます。紅林さんのおかげで助かりました」

「もう社外だろ？」

「仕事上のことでしたから」

公私の、そのあたりの見境《みさかい》をなくしてはいけない。もう一度礼を言い、頭を下げ、ゴホンと咳払《せきばら》いをする。

「じゃあここからは、プライベートということで……。哲也さん、ありがとうございます。あの……なにかお礼をさせてもらえませんか」

感謝の気持ちだけでは足りず、そう私が申し出ると、なぜか哲也さんは「あ～」とか「ん～」とか唸《うな》り、言葉にするのを迷いだした。

「なにかご希望、あります？」

「……なんでもいい？」

「できる範囲なら……ですけど」

「う－ん……、それじゃあ……ご飯食べたい。俺、昼抜きだから」

どこかで調達して食べているに違いないと思い込んでいた私は、「えっ！」と思わず声を上げてしまった。

「哲也さん、本当ですか⁉　あああ……すみません、本当に、もう……」

申し訳なさ過ぎて、いますぐここに穴を掘《ほ》って埋《う》まりたい。

「俺としては、『てまり』に行きたいんだけど、水曜は定休日だし、なにより――おっと、ここじゃ邪魔《じゃま》になるか。移動しながら話そう」

あたりはすっかり暗くなり、仕事を終えてそれぞれ目的の場所に向かう人たちが、私たちの傍《そば》を通っていく。私たちは、その流れを止めてしまっていたのだ。邪魔《じゃま》になるから、早くこの場を離れなくては。それなので、なんとなしに私の自宅がある方向へ足を向ける。

「昼は食べられなかったけど、綾香と食事ができるならうれしいよ」

「ほんとすみません……」

「気にするなって。……おっと危ない、もっとこっち」

歩道を並んで歩いていたら、暴走してくる自転車がやってきて、私にぶつかりそうになった。すんでのところで哲也さんが私の肩をぐいっと引き寄せてくれて助かり、ホッと息を吐く。

「道、混んでるなあ」

「哲也さん、ごはん、どこがいいですか？」

「いまの気分は『てまり』で秋刀魚《さんま》なんだけど……うーん、切り替えるの難しいな」

『てまり』の定休日にがっかりしている哲也さんに、どうしても好きなものを食べさせたい気持ちが湧き上がってきた。

そこで……私の頭に、ある一つの考えが思い浮かぶ。私にしては随分《ずいぶん》、大胆なことだし、少し勇気がいるけれど――

私は決意を固め、もし迷惑じゃなければ、と前置きをして、聞いてみる。

「秋刀魚《さんま》、うちで食べませんか？　……それ以外は、あり合わせのものしかありませんが……」

今日は定時退社できたから、アパートの近くの商店街の営業時間に間に合う。

それに、哲也さんを家に招いたとして――もし私が嫌だと言ったら、嫌なことはしない。そういう人だから、大丈夫。

「あ、でもやっぱり、どこかお店のほうが――」

そうは思うものの、急に少し弱気になってきてしまって前言撤回しようとしたら……

「綾香のご飯食べたい。行こう、いますぐ行こう！」

外食でも、と提案している途中で、哲也さんは私の肩に手を回したまま歩き出した。私もそれにつられて歩く。けれど、やけに歩くスピードが速いので、早歩きというよりも最早《もはや》小走りに近い状態でついていかなければならない。

「ちょ、ちょっと、哲也さん？」

「お腹空《す》いたんだよ。ほら、早く」

「そんな、あの、ちょ、待って、哲也さん！」

普段から通勤が徒歩とはいえ、走るのは久しぶり過ぎて膝《ひざ》が笑う。

おまけに、自宅アパート近くの鮮魚店に寄った時、私はもう尋常《じんじょう》じゃないくらい汗をかいていたし息も乱れていて、馴染《なじ》みのおじさんに心配されてしまった。

ちょっと走りたくなっちゃって、なんて誤魔化しながら秋刀魚《さんま》を二尾《び》くださいと注文する。そしたらなぜかおじさんは私のうしろを見ながらニヤッと笑い、閉店前だしオマケだよと言いながら、もう一尾《び》トレイに載せ、袋に入れてくれた。

私はぎこちなく笑って代金をお礼とともに渡し、裏路地へ逃げた。

その後は、恥ずかしさも相まって、また小走りでアパートまで辿《たど》り着き、ようやくホッとして——いまに至るわけです。

そうしてバッグから鍵を取り出し、解錠《かいじょう》する。

ドアを開けると、慣れ親しんだ空気が私を包み込んだ。

「狭いですけれど……」

大人二人は立っていられないくらいの広さの玄関なので、靴を脱いで先に部屋へ上がる。玄関を入ってすぐのところにある台所に寄り、冷蔵庫に先ほど買った秋刀魚《さんま》を入れた。

「お邪魔《じゃま》します」

と、哲也さんが続けて入ってきたのを、なぜか違和感なく受け入れている自分がなんだか不思議だ。

——って！

そのまま八畳間に入る哲也さんを見て、ハッと思い出した。

洗濯物が！

一人暮らしだからそう量はないものの、部屋干しにしていたから、八畳間でかなり場所をとっている。しかも、しかも！

「キャー！　待って！　見ないでください！」

誰に見せるわけでもないと気が緩んで下着も堂々と干してある。もちろんバッチリ見られただろう。哲也さんの横をすり抜けて、慌《あわ》てて洗濯物を取り外して胸に抱え、クローゼットに押し込んだ。

「見ないでって、なにを？」

「せ、洗濯物を！」

「それなら、よかったです」

「ああ、大丈夫だ」

「可愛い下着だったから問題ないだろ」

「み、見てるじゃないですか！」

「それ以外は目に入らなかったからギリセーフだ」

哲也さんはしれっとそんなことを言うと、キョロキョロと部屋を眺める。私よりうんと背の高い哲也さんを見ていると、私では余らせてしまう部屋の上の空間が生かされていいな、などよくわからない感想を持った。

哲也さんがコートと上着を脱いだので、私はそれらを受け取ってハンガーにかけた。

「案外シンプルな部屋だな」

「そうですか？」

「万理は、タペストリや観葉植物なんか雑多《ざった》に置いているから、女はみんなそういうものかと」

「うーん……私はほら、見ての通り八畳間の一人暮らしですし、荷物をなるべく少なくするよう努力しています。……というのは表向きで、ほんとはもうちょっと飾り気が欲しいけど、センスがなくて。あ、ええと、じゃあこちらに座ってください」

　室内物干しを片付け、端に追いやっていたテーブルを真ん中に置く。それから私は料理に取り掛かろうと立ち上がった。

「じゃあ、ごはん作りますね。哲也さん、どのくらい食べられそうですか？」

「結構いけそう」

「お茶碗計算で言うと？」

「三杯くらい」

「了解しました」

　哲也さんには、テレビか本棚に置いてある本か雑誌でも見て待っていてくださいと言い、私は台所に向かった。

＊　＊　＊

数十分後、炊飯器が、でき上がったことを知らせる電子音を鳴らす。

私はそれを聞いて炊飯器の蓋《ふた》を開けて軽くほぐし、ふたたび蓋《ふた》をして蒸らした。

さて、最後の仕上げにかかろう。すでに用意してあった料理に次々と手を加えていく。

秋刀魚《さんま》を焼き、味噌汁《みそしる》に味噌《みそ》を入れ、大根おろしを擦《す》り、煮物を温める。順番にテーブルに運び、最後にご飯をよそい、完成した。

「あとは……あっ！　秋刀魚《さんま》が焦《こ》げちゃう！」

料理を置きにテーブルと台所を往復しているうちに、すっかり秋刀魚《さんま》のことを忘れてしまっていた。慌《あわ》てて魚焼きグリルを開けると、皮目がパリパリでじゅわっと脂《あぶら》が溢《あふ》れ、とても美味《おい》しそうに焼けていた。よかった、ちょうどいい頃合いだ。

すべて整え、秋刀魚《さんま》の皿を持って私も着席する。

「お待たせしました。お口に合うかわかりませんが、どうぞ」

「美味《おい》しそうだ。いただきます！」

哲也さんは、満面の笑みを浮かべて手を合わせ、箸《はし》を持つ。

今日の献立《こんだて》は冷蔵庫と相談して、ご飯、きのこたっぷり味噌汁《みそしる》、秋刀魚《さんま》には大根おろしも忘れずに付け、あとは豚肉とごぼうの甘辛煮にした。ご飯が炊き上がるまでの間に用意したので、あまり手が込んだものは用意できなかったのは少し残念だ。甘辛煮はお弁当用で、小分けにして冷凍しておいたものだし……

友人や親が来て手料理を振る舞った時、特におかしな反応をされたことはないから大丈夫だとは思うけど。

とはいえ不安になって視線をチラッと上げたら、目の前にお茶碗が差し出された。

「すごく美味《おい》しいよ。おかわりいいかな？」

「は、はい！」

私が少し考えごとをしていたその時間だけで、ご飯を一膳《いちぜん》平らげたようだ。ビックリしつつも台所でご飯をよそって哲也さんに差し出すと、礼を言い、わっしわっしと食べる。みるみる間にご飯が減っていき、たったいまよそったばかりなのにあと二口しかない。

「おかわり……よそいましょうか？」

すると、モグモグしながら勢いよく頷《うなず》き、残りの二口もあっという間に胃に収めた。

ここまで豪快《ごうかい》に食べてもらえると、いっそ気持ちがいい。ご飯を山盛りにして渡し、私も食べ始めることにした。

しばらくすると、ようやくお腹が落ち着いたのか、哲也さんは「美味《おい》しかった。ごちそうさま」と箸《はし》を置く。

哲也さんの前には、食べ残しは一つもない綺麗《きれい》な器が並んでいる。秋刀魚《さんま》も、頭と尻尾と中骨以外残っていない。

「ああ、お腹いっぱいだ」

それもそうだろう。結局、ご飯をお茶碗四杯食べたのだから。思った以上に健啖家《けんたんか》でビックリした。

「秋刀魚《さんま》、美味《おい》しかったですね。なかなか一人だと面倒になっちゃって焼き魚を作らなかったりするんですけど」

だから、つい先日も『てまり』で鯖《さば》を注文したばかりだ。生魚だし、焼き立てを食べたいとなると、一人暮らしで残業ありな仕事をしている身では、平日はできない。

「秋刀魚《さんま》はもちろん美味《おい》しかったけど、この煮物の味付け、懐《なつ》かしい……俺の好みだ」

「あ、この甘辛煮は万理さんから教わったんですよ。お恥ずかしながら、一人暮らしを始めた当初、料理なんてさっぱりできなくて……。いまの私があるのは万理さんのお陰です」

「ああ、だから懐《なつ》かしく感じたのか、そうか……」

自分の作った料理をこんなに美味《おい》しそうに食べてくれると、料理した甲斐《かい》がある。好みの味だと言われ、うれしくて舞い上がりそうだ。でも――

浮かない顔をする私に、哲也さんは首をかしげる。

「どうした、そんな顔して」

「……いえ、なんでもありません。お茶淹《い》れてきますね」

そう言って食器を持って台所に立つ。食後のお茶を淹《い》れるため、電気ポットのスイッチを入れ、湯が沸くまでの間に急須《きゅうす》とマグカップを用意した。そして冷凍庫に入れておいた密封容器から、一回分の茶葉を急須《きゅうす》に入れる。一人暮らしだと茶葉をひとパック使い切るにはなかなか時間がかかる。茶葉をいい状態に保つため、冷凍庫に入れるとよいと聞いた私は、以来そのようにしているのだ。

最適な温度でお茶を淹《い》れ、マグカップを持って部屋に戻り、どうぞとテーブルに置いた。

しばらく無言でお茶を啜《すす》っていたけれど、妙に空気が重い。なんでもないと言って重くしたのは自分だけど。

「元気ないじゃないか」

しばらくの沈黙の後、哲也さんが口を開いた。

「元気、ありますよ。だって家まで走って帰ったり、ごはん作ったりしましたし」

「綾香？」

「……大丈夫、で……」

自分でもわからないけれど、喉の奥がつかえて言葉が出てこない。明らかに様子がおかしくなった私を見て、哲也さんはテーブルを奥によけ、私の横に座る。

「綾香、どうした」

心配そうに覗《のぞ》き込む哲也さんに、いろんな感情が混じり合って胸が苦しくなった。堪《こら》え切れない想いが、目からボロボロと溢《あふ》れ出す。

「あっ……やだ、なんで……」

泣くつもりなんて一切ないのに、あとからあとから零《こぼ》れ落ちてきて止まらない。指で、手の甲で、何度拭《ぬぐ》っても流れる涙に困惑する。

「ごめんなさ――」

「謝らなくていいから」

哲也さんは私の背に手を回し、ぽすん、と私を懐《ふところ》に抱き留めた。その胸の温かさに、私の涙腺《るいせん》は更に緩んでしまい泣きじゃくる。

とても二十八歳と思えぬほど子供っぽく泣いてしまった。けれど哲也さんは呆《あき》れず、あやすように私の背中を優しくトントンと叩いてくれる。それがまた胸にきて、よりいっそう涙が零《こぼ》れていく。

――この温もりに、溺《おぼ》れたい。

背中を叩かれるリズムもよく、居心地がよくて、ふ、と力を抜いて身を任せた。

しばらくの間そうしていたら、ようやく気持ちが落ち着く。けれども今度は、この状況がいたたまれなくてそわそわする。

いい大人が泣いて、しかも慰《なぐさ》めてもらうだなんて。なにやっているの、私！

身じろぎをすると、哲也さんがそれに気付いて声をかけた。

「もう大丈夫か」

穏やかな声は、私を優しく気遣ってくれている。なんという心地いい空間なのだろう。温かくて、いい香りがして、ドクドクと脈打つ心臓の音も安心する。

「あっ……」

はっと我に返るけれど、あまりの恥ずかしさで顔を上げられない。

泣いたまま抱き付いていたため、哲也さんのワイシャツを私のメイクで汚してしまった。申し訳なくて、「大丈夫か」という哲也さんからの声掛けにも答えられず、ただ俯《うつむ》く。

「走って、ご飯食べて、泣いて……忙しいな」

と、哲也さんはクスクス笑いながら私の髪を撫《な》でる。

大きな手で、ゆっくりと毛の流れに沿って繰り返されるそれが、あまりにも優しくて、あまりにも心地よ過ぎて、またうっすらと涙が滲《にじ》んできた。

「ごめんなさい」

掠《かす》れる声で心から謝罪をすると、私の頭を撫《な》でる哲也さんの手が止まった。

「……すごく、自分勝手な理由で泣いて、困らせてしまって……ごめんなさい」

「いや、俺はいいが……どうして泣いたんだ」

哲也さんは穏やかな声で私に尋ねる。

そう問われても、自分でも答えがわからない。頭の中が更にごちゃごちゃになってしまい、処理できない感情が涙となってまた溢《あふ》れ出てきた。

気持ちを、整理しよう。

「一つずつ、自分の心を言葉にして曝《さら》け出すのは恥ずかしいけど……聞いてもらえますか？」

意を決して哲也さんに言うと、私の覚悟を感じたのか、黙って頷《うなず》く。

ちゃんと話すには体を離したほうがいい気もしたけれど、哲也さんとくっついていたほうが上手く自分の気持ちを話せる気がしたので、このままでいさせてもらうことにした。

「……そもそも夕飯をと誘ったのは、私が仕事でミスをしてしまったからです。だから美味《おい》しかったって言われて、うれしいけれど手放しでは喜べなくて。……本当に自分勝手ですよね」

一言ずつ、自分の胸に絡まった気持ちをほぐしながら、整理していく。

「哲也さんがフォローしてくれてすごく助かったし、私のミスは対外的にはなかったことになっていると思います——けど」

いったん言葉を切り、スッと息を吸う。

「私はミスをしたんです。だからきちんと相応《そうおう》の措置《そち》を受けるべきなんです。哲也さんは、私じゃなくてもあの場面であんな風に振る舞いますか？　それとも私だったから、フォローしてくれたんですか？　ちゃんと仕事は仕事と割り切ってほしい。自分のミスをこんな形でなかったことにされるのは、仕事ができないと断定されるようで嫌です。これは、優しさじゃない」

一つ、一つ、と心の澱《おり》を吐き出していく。

哲也さんからしたら、それほど大きな失敗ではなかったかもしれない。けれど、私にもそれなりにプライドがある。ミスを隠さず明らかにして、挽回《ばんかい》できるところは自分でどうにかしたかった。

「ごめんなさい、完全に八つ当たりですね……」

哲也さんが悪い訳ではない。そもそも私が至らなかったせいだ。

彼のフォローのお陰で混乱は起きなかったわけだし、鷹森部長も自分が突然同行を言い出したからと気にしなくて済むし、私は誰からも怒られなかった。

でも、それじゃあ駄目だと心が訴える。

すべてを吐き出し、ようやくもやもやしていた胸のつかえが下りた気がした。

しかし、哲也さんに助けてもらった身分で、感謝こそすれ、こんな風に……『余計なお世話』なんて言えた義理じゃないのに。

おそるおそる顔を上げたら、私は優しく抱きしめられた。彼の行動の意味がわからず戸惑っていると、哲也さんが私の両腕を掴《つか》み、いったん体を離される。

「綾香、ごめん」

「え？」

哲也さんは、私に頭を下げて、謝罪の言葉を口にした。

「確かに綾香の言うとおりだ。俺が悪かった」

「ちょっと、あの、哲也さん？　顔を上げてください」

焦《あせ》ると同時に、怒りの気持ちをぶつける相手は哲也さんではなく自分だと気付き、なんてことを言ってしまったのだと後悔が襲ってきた。

「私こそごめんなさい。哲也さんに言っていいことではありませんでした」

「いや、俺が悪かった。確かに、発注されていないんだなと気付いた時点で、綾香に連絡すればよかったんだ。俺一人の判断で済ませてしまうのは、組織で働く者として情報共有がなされず、今後に生かせない……それに」

顔を上げ、私と視線を合わせる。

「綾香が言う通り、俺は君に好意があるから……歪《ゆが》んだ感情で行動していたと思う。綾香の仕事を邪魔したのは俺だ。初めから綾香は公私を分けてくれって言っていたのにな……。慣れてる仕事だからって、気持ちが緩んでた。こうやって身を引き締《し》める機会を得られたのは大きい。ありがとう」

男の人で、年上で、先輩で。こうやって私の八つ当たりを受け入れた上に、感謝まで言える哲也さんて……すごい。

いまは「人の厚意をなんだと思ってるんだ。心配して損した」と考える人だっていそうな場面なのに。

まっすぐに向かい合い、目と目を合わせる。

彼の瞳の奥に見える真摯《しんし》な心に、ほんの少し触れた気がした。

「でも、そもそも私が確認不足だから」

「いや、俺が勝手にしたことで」

「私のせいで」

「俺のせいで――って、二人でそれじゃ……アハハッ」

押し問答《もんどう》を続けていたら、哲也さんが堪《こら》え切れずに笑い出した。私もそれにつられて、つい我慢できず笑う。

重い雰囲気が、一気に軽くなった。

「綾香、この件で俺に対して罪悪感を持ったりあとに引きずるの、禁止ね」

私が気にするであろう点をズバリと突き、哲也さんはようやく私の体から手をどかしてくれた。

そして話し合った結果、私は明日会社に行ったら、鷹森部長に報告書を提出することにした。

「言い合い……っていうか、こんな風に言いにくい気持ちを相手に伝えるって、そういえばもう何年もしてなかったです」

学生時代なら友達と恋バナや課題についてなど、自分の考えを思うままに言葉にしていた。でも、社会人になってからは、こうして相手に直接言うのは失礼ではと思い、口を閉ざしていた。

けれど、哲也さんは違う。

きちんと私の気持ちを聞き出して、向き合ってくれる。哲也さんなら、私の気持ちを受け止めてくれる。

「謝罪じゃなくて、感謝……ですね。ありがとうございます。いい歳なのに、色々足りないとこだらけです」

「いいさ、自分で気付いたことは誰かに教えられるより、よっぽど身につく」

ポンポンと頭を撫《な》でられたら、お腹の奥がきゅうっと絞られるように痛くなった。

胃にしてはちょっと上のほう。変だな？

悪いものは食べていないはずだけど、と考えているうちに収まったので、気にしないことにした。

「綾香とこうやって言いにくいことでも話ができるのはうれしい。それだけ俺に気持ちを近付けてくれたってことだろ？」

「あー……、そう、かもしれません」

抱きしめられて、嫌な気持ちはしていない。そして、私が話す言葉にきちんと耳を傾けてくれたことがうれしい。

男の人を家に招き入れたことはなかったのに、まったく緊張せず二人きりの空間に馴染《なじ》んでいるのが、すごく不思議な気がする。だから、つい哲也さんの言葉に同意をした。

「どう、好きになってくれた?」

「あっ、でも、まだ……そういう感情ではないかもしれません」

好きというのは、もっと、気持ちが高まるとか、切なくなるとか、胸がドキドキしたりとか、そういうふわふわっとした感情が溢《あふ》れて、どうしようもない状態のことをいうんじゃないかな? でも私はまだそこまで至っていないし、いまこの状態を強《し》いて言うなら……

「どちらかというと、親身になってくれてありがとうございます、といった感謝ですね」

「まだ遠いか」

哲也さんは苦笑し、撫《な》でていた私の頭を指でくしゃくしゃっとしたあと立ち上がった。

「俺、帰る」

「えっ」

哲也さんは腕時計を見ながら、ジャケットを羽織《はお》る。

「遅くまで悪かったな。また明日、会社で」

まだ早いですよ、と喉元まで出かかった。しかし、今日は水曜日で、明日も仕事がある。遅くまで引き留めては……って、なんで引き留めようと思ったの、私!?

「……なんて顔してるんだよ。帰りづらくなる」

哲也さんを見上げる私は、いったいどんな顔をしているのか。なんて声をかけていいのかわからず、私も立ち上がった。

「あ……ワイシャツ……」

哲也さんのワイシャツは、私のファンデーションで汚したままだ。私の視線の先を辿《たど》った彼は、その箇所を見て「ああ」と気付いた。

「大丈夫だ」

「え、でも」

「クリーニングに出すから」

研修メンバーはホテルに宿泊している。実家がある者はそちらに泊まる場合もあるが、哲也さんは結婚結婚と煩《うるさ》い家族から距離を置きたいため、ホテルを選択していた。

ホテルなら、クリーニングに出せば完璧《かんぺき》に仕上げてくれるだろう。素人《しろうと》の私が出る幕ではない。

「……そうですね。あの、クリーニング代は持たせてください。私が汚してしまったので」

「いいって」

「でも」

「あ、それじゃあ綾香が洗濯してくれる？」

「えっ！　私ですか？」

まさかの提案に思わず声が裏返った。

「……駄目？」

「いえ、構いませんけど」

「じゃあ頼む」

言うなり、哲也さんはコートとジャケットを脱ぐ。そしてワイシャツのボタンに手をかけたところで、私はハッと我に返りうしろを向いた。

「い、いま脱ぐんですか⁉」

「いま脱がないで、いつ脱ぐんだよ」

「あっ、そうですね！　そうでした！」

「いちいちうしろ向かなくても。裸なんて今更だろ」

「……っ！　いいいい言わないで！」

あの夜のことをわざわざ蒸し返さないでほしい。鮮明にその時の姿を思い出してしまい、とてもじゃないけれど平静を保てなくなる。

哲也さんのちょっと硬めの髪と、甘く蕩《とろ》けそうな吐息と、広い背中――

「耳、赤いよ」

「誰のせいですか！」

クスクスと笑う声がしたけれど、それでも私は振り向けなかった。

ようやく着替え終わったらしく、もういいよと言われたが、それからたっぷり十秒待ってからそっとうしろの様子を窺《うかが》う。すると、コートの前をボタンでぴっちり留めた姿があった。

うっかり職務質問でもされたら少々危険な気がしたけれど、着るものがなくてこうやって対処するしかないのだから仕方がない。本当に冬でよかった。

「じゃあ、ワイシャツ頼むね」

「はい」

哲也さんからワイシャツを差し出され、それを受け取った瞬間、背中に腕を回されて抱きしめられた。

「きゃ……！」

「綾香のことが好きだ。二年前より先月より、そしてあの宿で会った日より、いまが一番だし、好きという気持ちが幾層にも重なって大きくなった」

「えっ、二年前？　この間も言っていましたが、二年前って……っ⁉」

ぎゅうっと覆《おお》いかぶさるように抱きしめられ、二人の体はぴったりと重なる。背中に腕を回され引き寄せられているので、息が少々苦しい。

「哲也さ……くる、し……」

そう言うと、すんなり私を解放し、苦笑しながら「また明日ね。おやすみ」とあっさり靴を履《は》く。

玄関ドアをゆっくり閉め、そして遠ざかる気配――

急に部屋の中が静かになり、温度まで下がった気がした。

……こんな寂しい部屋だったっけ。

慣れ親しんだインテリアすら、どこかくすんで見え、八畳間がやけに広く感じる。私はベッドに腰掛け、ごろんと寝転がった。

哲也さん、二年前より……って言ってた。いったい、どういうことだろう？

二年前といえば、私はまだ仕事で独り立ちできていない頃。哲也さんと唯一《ゆいいつ》接点がありそうなことと言えば、研修会の時だけど、綿貫先輩にくっついて期間中のサポートをしていた程度で、参加メンバーと関わることは一度もなかった。哲也さんのことを書類上で見て名前は知っていたけれど、顔と名前は一致していなかった。それは彼だって変わらないと思うのに、いったい私のなにがよくて好きになったのか……わからない。

天井を見ていた顔を玄関のほうに向けると、目の前に白い布が置かれていた。哲也さんのシャツだ。

これから洗濯すれば、空気が乾燥していることもあり、朝までには乾きそうだ。

ファンデーションがついてしまった時は、クレンジングオイルでいったん落とすのよね。そう考え、早速汚れ落としをしようと思ったけれど、なぜか私は――

5

「珍しいね、望月さんがこんな遅くに出社するの」

翌朝。会社の更衣室に着くなり、ちょうどそこにいた綿貫先輩が目を丸くして私を見た。

「……ね、寝坊しちゃって……あはは」

哲也さんのシャツに顔を埋《うず》めたまま寝てしまい、気付いたら朝で、慌《あわ》ててそのシャツを洗濯し、近所のコインランドリーで乾燥機にかけ、家に戻ってアイロンをかけて猛ダッシュで出勤した……なんて言えない。

昨夜と今日と連続で会社から自宅まで走ったので、足やら腰やら痛くて辛い。ゼェゼェと荒い呼吸を整えながら、私は誤魔化すようにぎこちなく笑う。それから荷物をロッカーに入れ、運動靴からパンプスへと履《は》き替えた。

うう……汗かいちゃったな。

夏に使ってそのままロッカーに入れていた汗ふきシートを使って、軽く汗を拭《ぬぐ》う。そして鏡の前で服と髪を改めて整えてから更衣室を出た。

今日の研修は同業他社主催の講演会で、会場がホテルから近いため、それぞれ現地集合。終わり次第、会社に寄る流れになっている。だからという訳ではないけれど、今日は時間ギリギリでもなんとかなった。

急いで自分の机に向かい、配布物を確認し、パソコンを立ち上げてメールチェックをする。

「……うわぁ」

数件新着で入っている業務連絡に紛《まぎ》れて、個人的な用件のメールが入っていた。その差出人を見て、思わず絶句する。

「どうしたの、望月さん」

私の近くの席の綿貫先輩が、様子に気付いて近寄ってくる。そしてパソコンの画面を見て

「あー……」と、呆《あき》れた声を出した。

「ああ、山本さんか～。……お疲れ」

「……うぅ。先輩、これどうしたらいいでしょうか」

「一つだけ言えるのは、このタイプ、断ってもしつこいわ」

「え～……」

長々と書かれている文面は、ざっくり言ってしまえば仕事の愚痴《ぐち》と、自分は本気出せばすごいからというアピールと……デートの誘いだった。

「厄介《やっかい》ね」

バッサリと切り捨てた綿貫先輩は、「とりあえずこのメール、私に転送していいかな」と言い、パソコンを操作した。

「……もしかしたら面倒なことになるかもしれない。でも、ならないかもしれない。とりあえず望月さんは、彼と二人きりにならないように注意してね」

「あ……はい」

先輩の険《けわ》しい顔に、山本さんはそんなに要注意人物なのかな、とヒヤッとした。

緊張する私を見て、綿貫先輩はふっと相好《そうごう》を崩す。

「大丈夫。ちゃんと私も気を付けるし守るから」

「ありがとうございます」

「紅林君と鷹森部長にも言っておかないとね」

「あっ……そのことなんですけど……」

当然のように先輩は哲也さんの名前を出したので、私は慌《あわ》てて制止した。それから、近くに人がいないか周囲をきょろきょろと確かめる。

「できれば、内緒にしていただきたいんです。その、紅林さんと私の」

「え？　なにを？　紅林君との婚約のこ――」

「しーっ！　それです、それ！」

私の剣幕《けんまく》に、先輩は目をパチパチさせながら口元を手で覆《おお》った。

「……内緒って、どうして？」

今度は注意深く声を潜《ひそ》め、その理由を聞いてきた。

私はすべて話してしまおうかと喉元まで言葉が出かかったところで思い出す。

――同期会の解散後、哲也さんと綿貫先輩が二人きりで並んで歩いていたことを。

お互いをよく知る相手で、ともに独身で……お似合いで。

単に仲のいい、といった雰囲気でもなく、もしかしたら過去そういう仲だった……など、次々考えが止まらなくなってしまう。

先輩はおめでとうって言ってくれたけど、それが本心ではないとしたら？　もしくは、そもそも私は二人にとって隠れ蓑《みの》で、実はいまでもお付き合いを続けているのだとしたら？　突拍子《とっぴょうし》もない妄想《もうそう》まで思い浮かんでしまい、とてもじゃないけど素直に気持ちを零《こぼ》せない。

「まだ……正式ではないので」

と言うのが、やっとだった。

すると先輩は私のこの消極的な態度を恥じらいと受け取ったらしい。

「そっか。でも山本さんに注意したほうがいいって忠告するくらいはいいよね？　……っと、時間だわ。わかった？　とにかく、二人きりにならないこと」

と言い残し、先輩は自分の机にあるファイルとタブレットPCを持って、バタバタと会議室に向かった。

そういえば今日は先輩、朝一で会議があるとスケジュールボードに書いてあったな……

先輩を見送り、椅子《いす》に座ると私はもう一度パソコンのディスプレイを見て、小さく溜息《ためいき》をついた。

＊　＊　＊

憂鬱《ゆううつ》なメールの発見から始まった一日だったけれど、なんとか今日を乗り切った。

終業時間を迎え、普段通りの業務を終えた私は、机の周りを片付けながら出入口に視線を向けた。

講演会が少し延びているようで、研修会に参加している十五人はまだ戻ってこないのだ。

全員戻ったところで、来週行われるプレゼンの資料を渡す役割がある。よって通常の仕事は終えたものの、まだ帰れそうもないので、時間を持て余していた。

折角《せっかく》だから普段できない掃除《そうじ》でもしよう。シュレッダーのごみを片付けたり、捨て時を迷って山のように積み上げられたパンフレットを整頓《せいとん》したりした。

そして上司の手のあいたタイミングを見計らい、哲也さんとの約束通り、自分のミスをきちんと書面にして報告する任務を果たす。その上で、当日は紅林さんがフォローしてくれたお陰で事なきを得ていたことも、きちんと話した。

すると鷹森部長は苦笑しながら、「望月さんのその正直さ、仕事する上でとても大事なことだ。これからもよろしく頼むよ」と言って、口頭注意で終わった。

小さなミスでも、いずれ大きなミスに繋がるかもしれない。より気を引き締《し》めて仕事をしようと胸いっぱい深呼吸し、背筋を伸ばした。


デスク周りですることもなくなってしまったので、給湯室で茶渋《ちゃしぶ》を落とす。

それを終えたところで、研修会のメンバーがようやく会社に戻ってきたらしく、出入口付近がざわざわしていた。

「皆様お疲れさまでした。来週のプレゼン資料を用意してあるので、申し込まれた方は資料庫横の休憩《きゅうけい》スペースまでお越しください」

そう呼びかけてから、準備していた資料の束を抱え、私も休憩《きゅうけい》スペースに向かう。

研修会のメンバーはこの資料を受け取ったら、あとはそれぞれ会社に残って来週の準備をするか、ホテルに戻るかになる。

さあ、私は帰ろう。そう思い、自分の机に置いておいた私物を持って更衣室に向かい――扉を開けたところで、背後から両肩をがしっと掴《つか》まれた。

「きゃあっ！」

悲鳴《ひめい》を上げ振り向くと、そこには山本さんが満面の笑みを浮かべて立っていた。

「驚かせちゃった？　ごめんごめん」

ちっとも悪びれないどころか、私と友達以上の親密な関係かのような言動で話しかけてくる。その様子に私の頭の片隅では、警鐘《けいしょう》が鳴り響く。

肩に置かれた両手が気持ちが悪くて、振り払うように体を捻《ひね》って一歩下がった。

すると彼は、離れたのを残念そうにしながら、それでも笑顔を見せる。

いや……正確には、笑顔だけど、目元は笑っていない。

それに気付いてしまい、背中にぞくっと悪寒《おかん》が走る。

まずい、いまのこの状況――二人きりだ。

「ねえ、メール見てくれた？　返事がまだこないから、直接聞こうと思って」

山本さんからのメール……綿貫先輩と話したあと、よく考えたけれど結局返信を送らずじまいにしていたあのことか。返事はお断り一択なんだけれど、伝えたところで簡単には引き下がってくれなさそうなので、反応しないことにしたのだ。

「し……仕事のアドレスに、プライベートなメールは困ります」

「硬いこと言うなよ～。食事に行く日、綾ちゃんの都合に合わせるよ。でも、なるべく早いといいな。僕、結構気が短いからさ」

折角《せっかく》一歩引いて作った距離を、山本さんは一歩踏み込み、縮める。

「あ、の……」

この状況をどうにかしなければと口を開いてみるけれど、雰囲気に呑まれて声が上手く出ない。

この人……私一人で対応するのは難しい……

誰かいないか。綿貫先輩はどこにいるか。視線を巡らせて探しても周囲には誰もいない。研修会メンバーは休憩《きゅうけい》スペースにいるようだ。大声を出すことも考えたが、彼が逆上しそうで躊躇《ためら》われた。

「綾ちゃんは早く僕と結婚しないといけないね。綾ちゃんだってそう思うだろ？　もうじき三十になることだし、僕が引き受けてあげる。だから甘えていいんだよ」

いつ、そんな話しましたっけ。

山本さんの中で、私と結婚することはすでに決定事項のようだ。もちろんそんな約束をした事実はこれっぽっちもなく、そもそも、つい先日が初対面だ。あまりに飛躍《ひやく》し過ぎた話に唖然《あぜん》とする。

「山本さん、冗談はやめてください」

「冗談？　またまた～恥ずかしがっちゃって。とりあえず今後の話をしたいし、食事に行こう」

「嫌です！」

拒絶しているのに、どこまでも前向きに受け取る山本さんに、ついに大声を出してしまった。そんな私を見て、山本さんの表情が能面のように変わる。

「そういう言葉、僕は嫌いだな」

怖い……会社の中なのに、誰もいない場所に追いつめられた気がして足が竦《すく》む。体がじんわりと汗ばんできたけれど、寒気《さむけ》が止まらない。

「あ、の……」

なにか言おう、なにか言おうとするものの、喉がカラカラで声が出ない。

「安心して、僕が綾ちゃんに御馳走《ごちそう》するから」

手を掴《つか》まれ、引っ張られて――

「綾香！」

そこへ突如《とつじょ》、別の声が割り込んできた。それと同時に、背後から私の胸前に腕が回されてうしろに引っ張られた。そして、硬いなにかに背中が当たる。

「……紅林？　なんの用だ」

「綾香をあまり怖がらせないでくれるかな」

ふわっと鼻腔《びこう》をくすぐる、この香りは……

「哲也さん!?」

私を抱き寄せたのは、哲也さんだった。

突然現れた哲也さんに、山本さんも驚いたようだった。しかしそれは一瞬で、山本さんは哲也さんを睨《にら》みながら舌打ちをする。

「綾香、待たせたね。じゃあ行こうか」

哲也さんはそう言うと、今度は私の肩を抱いて会社を出ようとする。しかし、山本さんに手を引っ張られて制止させられた。

「綾ちゃん、こいつと付き合っているの？」

「え……つ、付き合っていません」

一瞬戸惑ったけれど、本当のことを言ってしまった。いまこの状況を考えれば、嘘をつくのが得策なのに、とっさに嘘をつけない自分が恨《うら》めしい。

そんな私に、背後から哲也さんがククッと笑う気配がした。

「そうだね、俺たちは付き合っていないよ」

「なら、離れろよ！」

「嫌だね。俺は綾香が好きだから」

きっぱりと、哲也さんは山本さんに言いきる。その言葉に彼のまっすぐな気持ちを感じ、私はなぜか動悸《どうき》が激しくなった。

「付き合ってないんだろ？　じゃあ出しゃばるなよ」

小馬鹿にした様子で、山本さんは鼻で笑う。山本さんは私の手を更に引いて自分のもとに寄せようとしたけど、哲也さんが彼の手を振り払った。そして、哲也さんは私を背後から抱きかかえながら宣言する。

「馬鹿だな。付き合っている、じゃなくて、婚約している、が正解。だからお前は諦《あきら》めろ」

「は……？　こん、やく？　お前、なに言ってんの」

ぽかん、と口を開け、目を丸くした山本さんは、私と哲也さんを交互に見る。

思いもよらない切り返しに、二の句が継《つ》げず、「は？」「え？」と言うのみで、口をパクパクさせていた。

「じゃあ、また明日」

そう言うと、哲也さんは私の肩を抱き、そのまま二人で会社を出た。

エレベーターを降りる時も、ビルのエントランスを出る時も、哲也さんはひと言も発さなかった。

私も、その彼の様子に気圧《けお》されて口を噤《つぐ》む。哲也さんの歩く速度は早く、彼よりはるかにコンパスが短い私は、最早小走りになっている。

しばらく歩いていると、向かっている方向が私の家とわかった。どうやら送ってくれようとしているようだ。つい先日、哲也さんに初めて送ってもらった時に寄った、イルミネーションが輝く公園に差し掛かるけれど、今日は光の乱舞《らんぶ》を楽しむ余裕はない。

公園の中をずんずん進む彼に必死でついていくものの、でも、さすがに、足、が……！

「待って、待ってよ、哲也さん！」

ここのところ連日走っていたため足に疲労がたまり過ぎていて辛く、更にいまはパンプスなので走りにくい。

帰り支度《じたく》を整える前に山本さんに呼び止められたため、履《は》き替えることができず、爪先や踵《かかと》が悲鳴《ひめい》を上げている。

哲也さんは私の問いかけに、ぴたりと足を止めた。そしてようやくこちらを振り返り、状況を理解してくれた。

「……っ！　ごめん」

「大丈夫です。でも、ここから歩いてもいいですか」

公園内はイルミネーションの見学者で溢《あふ》れているので、邪魔《じゃま》にならないよう立木の傍《そば》の暗がりによけた。

哲也さんは心配そうに私の足を見て、異常がないか確かめる。

「痛くないか？」

「うーん、痛くないと言ったら嘘ですけど……でも、家に帰ってパンプスを脱げば大丈夫だと思います」

すると哲也さんは、ふ、と力を抜いて苦笑した。

「綾香は嘘がつけないんだな。本当に、真面目で、頑固《がんこ》で、融通《ゆうずう》が利かなくて——」

「ちょ、ちょっと哲也さん？」

突然私の欠点を挙げてきた哲也さんを不思議に思って見上げたら、ぴたりとまっすぐ目が合った。

「——だけど、そこが好きだ」

低くて心地よい、バリトンボイス。

一瞬時を忘れて、哲也さんの瞳の奥に吸い込まれそうになる。見つめた彼の瞳の中に映っているのは、自分自身見たことのないような表情を浮かべる私の姿で……

光の魔法をかけられたように眩《まぶ》しくて、胸が切なくなった。

そんな自分をとても見ていられなくて、私はそっと目を伏《ふ》せる。

しかし、その行動が哲也さんにどう見えたのかわからないけれど、彼は私の頬《ほお》に手を当て、顔を近付けてきて——

えっ。

と驚くのと、唇に柔《やわ》らかな感触がしたのは同時だった。

全神経が唇に集中し、周りに気を配る余裕がなくなった。唇が熱い。頬《ほお》に当てられた手も熱い。

ドクドクと血液が体中を巡り、意識がどこかに飛んでしまいそうだ。そんな感覚を堪《こら》えようとして哲也さんの背に腕を回してしがみつく。

くちづけの合間に酸素を求めて息を継《つ》いでも、すぐにまた唇を覆《おお》われた。うっすら目を開けると、私と同じく目を開けた哲也さんと視線が重なる。

「は、……んぅっ……」

緩く弧《こ》を描き笑いながら、しかし熱っぽく私を見つめていた。

時間にしたら十秒……いや、五秒だったかもしれない。

けれど私には、キスをしていた時間がとても長く感じられた。

しばらくして唇を離し、熱が消えたと思った直後、哲也さんは私の下唇を軽く食《は》み、ようやく屈《かが》めていた体を戻した。そして、私を懐《ふところ》に抱き寄せる。

「……キスしていい？　って先に聞けばよかった」

「それ……もう遅いです」

「ごめん、我慢できなくて」

抱きしめながら、私の頭を大きな掌《てのひら》で何度も撫《な》でる。そうされるとなぜか泣きたくなるほど胸が切なくなり、哲也さんの懐《ふところ》に顔を埋《うず》めた。

ここでようやくあたりの状況に気付く。いくら暗がりとはいえ、こんなに人の往来が多いところでキスをしてしまったんだ。そう考えると、羞恥心《しゅうちしん》でボッと頬《ほお》が熱くなる。

「あいつが綾香の名前を呼んでるのを見たら、腹が立ったんだ。綾香は俺のなのに」

哲也さんは私の頭の天辺《てっぺん》に頬《ほお》を寄せ、手は変わらず後頭部を撫《な》でながら、面白くなさそうに呟《つぶや》く。

「『綾ちゃん』――だって。ありえない。あいつに呼ばれたら綾香の名前が腐る」

幼稚《ようち》な言葉に、なぜか笑いが込み上げてきた。

「なにそれ。ヤキモチみたい」

「ああ、嫉妬《しっと》だよ。あー……俺、格好悪いな。もっとスマートにできればよかったんだけど」

残念そうに哲也さんは言い、私はそれを聞いて逆にうれしくなる。私を好きだと言ってくれた気持ちが本物だとわかったから。

「大丈夫です。さっきの哲也さんは、格好よかったですよ」

哲也さんの背に腕を回し、ぎゅっと抱きしめ返したら、なぜか彼は小さく呻《うめ》いた。

「どうかしましたか？」

痛いところでも押してしまったのだろうか。そう不安になっていると、私の下腹あたりになにかが当たっていることに気付いた。

ポケットに入れるには大き過ぎるし、でもさっきまではなかったのに……これはなに？　そのモノの正体に思い至らず首をかしげていたら、耳元で艶《つや》っぽくささやかれる。

「綾香と――くて、――」

「……っ！」

直接的な単語にビックリして体が硬直する。

男性って、こんな人目のあるところでもそうなってしまうのだろうか。男性の生理現象がわからず困惑する。これは……どうしたらいいのだろうか。

「なんとか、収まりませんか？」

「しょうがないだろ、俺はいつだって綾香を食べたいからな」

「食べ……！」

このキラキラしたイルミネーションの下で、こんな会話をしているとは誰も思わないだろう。

しかしいつまでもここでこんな風にしているわけにもいかない。とにかく人目に付かないところに移動したほうがいいだろうと考え、「と、とりあえず私の家に！」と言って、哲也さんの手を引っ張りアパートを目指す。

一緒に歩く哲也さんを見ると、私と手を繋いでいないほうの手で器用にコートの前ボタンを留めている。なるほど。こうすれば少しは膨《ふく》らみが目立たない。

……彼が微妙に前かがみな体勢になっていたのは、見なかったことにした。

＊　＊　＊

アパートに着き、扉を閉めて玄関を上がると、いきなりうしろから抱きしめられた。

昨日よりましな程度の速度で帰ってきたとはいえ、息は上がっているし汗だってかいている。それなのに、哲也さんは私の首筋にくちづけた。

「きゃ……！　哲也さ、……んっ！」

ビックリした反射で顎《あご》が上がった途端《とたん》、今度は唇を塞がれた。

先程とは打って変わった性急なキスをされると、いきなり大荒れの海へ投げ込まれたみたいでどうしていいかわからない。しかも、うっすら開いていた唇の隙間から、すぐさま哲也さんの舌が侵入してきた。

「ふっ……あ……」

口腔内《こうこうない》を暴《あば》れまわり、怯《おび》える私の舌先を絡めとり、擦《こす》り合わせ、突いてくる。くちゅ、ぴちゃ、と唾液が混ざり合う音がする。私は二人分のそれを、なんとか嚥下《えんげ》した。

イルミネーションの輝く公園でキスをされた時から、私の体の中でも熱が燻《くすぶ》っていた。だから彼にキスをされると、あっという間に私の体は火照《ほて》ってしまう。

深いキスで息が上がってしまい、淫《みだ》らな喘《あえ》ぎが漏《も》れる。

――私は彼のキスを、まるで望んでいたかのようにすんなり受け入れていた。

抵抗するどころか、いつの間にか自分から哲也さんの舌に舌を絡め、擦《こす》り合わせ、突き合う。

あまりのキスの激しさに、体のバランスを崩し、玄関の段差に足が引っかかる。少しよろめいたけれど、ちょうど背中が壁について転ばずに済んだ。

哲也さんは、壁に寄り掛かる私の腰を撫《な》で、それから手を徐々に上に移動させていく。そうして衣服に隠された胸を掬《すく》うように持ち上げ、軽く鷲掴《わしづか》みした。シャツと下着越しとはいえ、異性の掌《てのひら》は自分のそれとはまったく違う。

指の一本一本の存在を、まざまざと感じ、体が敏感《びんかん》に反応した。

シャツ越しに、胸をゆるゆると円を描くように揉《も》まれると、キスだけで精一杯だったのに、そちらにも気持ちを引っ張られて足がガクガクして力が入らない。

そこへ、哲也さんは私の足の間に膝《ひざ》を割り込ませ、私の体を固定した。

そして、私のジャケットと胸前のボタンを数個外すと、そこからひんやりとした空気が素肌に入り込む。汗ばんでいたから一瞬心地よく感じたけれど、そこに彼の手が滑り込んできて、ぞくりと肌が粟立《あわだ》った。

哲也さんはブラジャーの縁《ふち》を指で辿《たど》り、胸の上部に軽く触れた。その感覚がもどかしくて身を捩《よじ》る。

すると、哲也さんは私の背中に手を伸ばし、片手で器用にホックを外す。そして緩んだブラジャーの下から手を差し込み、今度こそ直接私の胸を手中に収めた。

「あっ、あ……やぅ……っ」

自在に形を変えられ、指と指で先端をくにくにと弄《いじ》られる。気持ちが張り裂けそうでどうにもならず、声が我慢できない。

私は足の力が抜けそうになり、哲也さんの首にしがみ付いて体を支えた。こうでもしないと、立っていられない。

哲也さんの手が、胸からするすると下りてきて、私のタイトスカートを腰まで捲《まく》る。

「そこは……っ」

羞恥《しゅうち》のため、思わず声が出た。けれど、彼の手は構わず更に奥へと進んだ。ストッキング越しに足を撫《な》でられるのは、直接肌に触られるよりもより羞恥《しゅうち》が強い気がする。ざわざわするこの感触は、まるで焦《じ》らされるようでもどかしい。

彼の手が足の付け根まで辿《たど》り着き、今度は恥骨までじわりと指を這《は》わせる。それから、哲也さんが開いた女の証《あかし》へと指を近付けていく。

「ここまで濡《ぬ》れてる」

なんのことだろう、と一瞬思ったけれど、すぐに気付いた。そしてあっという間に顔に熱が上がる。

「やっ……！　言わないで……」

「ほら、足を上げて……そうだ」

哲也さんから言われるがままに、私は足を上げてストッキングと下着を脱がされた。上半身はジャケットとシャツがはだけていて、ブラジャーも押し上げられて胸を晒《さら》しているし、下半身はタイトスカートが捲《めく》れ上がり、下着も着けていなくて、あられもない姿だ。

「すごく綺麗《きれい》だよ、綾香」

艶《つや》のある低音ボイスは、私を高める。

「あっ……」

哲也さんは私の両手をまとめて頭上に持ち上げ、壁に押し付ける。そうすることによって、彼に胸を突き出す格好になった。

そこに哲也さんが顔を寄せて桜色の粒をぱくりと咥《くわ》え、舌先で転がす。

「……、んああっ、や、ん、んっ……あっ！」

敏感《びんかん》なところを舐《な》められて、声が止まらない。その上、哲也さんの手は私の太腿《ふともも》をまさぐり、控《ひか》えめな茂みに向かっていっている。

ざら、と指が核心に迫った。秘裂を左右に開いた二本の指は、そのままそこを何往復かする。——そして。

ぐちゅ。

哲也さんの指が、蜜を湛《たた》えた泉に触れただけで、溢《あふ》れた粘液は腿《もも》を伝って下りていく。

私は、哲也さんが欲しかったの……？

体は正直にできているらしい。山本さんのことはあんなにも全身で拒否していたのに、哲也さんには体が素直に応《こた》えている。

柔《やわ》らかな畝《うね》の間の秘裂の先にあった未通の路は、つい先週の土曜日、哲也さんによって開かれたばかり。それなのに、哲也さんに官能の種を埋《う》め込まれた私の体は、すっかり喜びに芽吹いている。

太くて関節がゴツゴツしている哲也さんの手が、ようやくぬめる蜜口に当てられる。そこから、く、く、と慎重《しんちょう》に奥へ入っていった。

たった指一本。それなのにお腹がいっぱいになる。知らないうちに自分が息を詰めていたことに気付き、呼吸を整えようとするけれど、快感でそれどころではない。体の内部を探られている感覚が気持ちを押し上げ、思わず喘《あえ》ぎ声が漏《も》れ出た。

「……う、ん……っ、あ……あ、やっ、んんっ」

彼の指がゆっくりと抜き挿しを始め、内壁が擦《こす》れる度《たび》に声が上がる。淫《みだ》らな水音がそれに合わせ、にちゃにちゃと粘ついた音を立てた。

はっ、はっ、と荒い呼吸を繰り返していたら、指が体内から抜かれる。ようやく息を整えられるとほっとした途端《とたん》、体に電流が走った。

「ひっ！　や、やあああっ！」

蜜を湛《たた》えたところより少し上の、敏感《びんかん》な花芽。

粘液を絡めた哲也さんの指先がそこに触れた瞬間に、私の体はビクンと跳ねた。

彼の指はそこに触れるだけでは終わらず、くにくにと押し潰《つぶ》しながらに円を描く。目の前に火花が散ってチカチカして、どうにかなってしまいそうだ。

「て、つや、さ……！」

ぎゅう、と哲也さんの首にまわした縋《すが》る手の力加減ができない。すると――

「綾香」

ぞくっと鳥肌が立つほど下腹に響く低音ボイス。哲也さんは執拗《しつよう》に私を追い立てながら、吐息混じりの声でささやく。

「好きだ」

その声を聞いた途端《とたん》、私の体がまたビクンと大きく跳ね、ガクガクと痙攣《けいれん》を起こした。

「……っ！　あ、あっ、あああああっ！」

瞬《また》いていた光が私を呑み込み、意識が一瞬飛んだ気がする。

それを見て、哲也さんは手を止めてくれた。それでも私の体はざわつきが収まらず震《ふる》えていて、力が入らない。

目をぎゅうっと閉じて、いまのはなんだったのかぼんやりと考えた。

あれは……もしかして、イク、ということなのだろうか。

気持ちを徐々に落ち着かせようとしている私に見えないところで、もぞもぞと哲也さんが動く。

そして私の右膝《ひざ》を持ち上げた。

これからなにが行われるかわかるけれど、気持ちがついていかない。

「哲也さん、哲也さん……」

ただひたすら哲也さんの名前を繰り返す私に、彼は優しくキスをして、頬《ほお》同士を重ねた。

大きく開かれた秘所はたっぷりと濡れ、外気が触れてひやりとした。そこへ熱い昂《たか》ぶりが宛がわれ、蜜をまとわせるように秘裂の表面を往復する。

「好きだ、綾香……」

そう言うと、硬く張りつめた先端を、ぐっと押し込まれる。

「んあっ！　あ、ああっ！」

圧倒的な質量に、堪《たま》らず哲也さんの背中に爪を立てた。まだ路が開通してそう経《た》っていないからか、少しだけ痛みは残る——でも、気持ちが、いい。

それは、いままで感じたことのなかった感覚。自分の体の中へなにかが入ってくるというこの行為は、快感なのかもしれない。

ハジメテの時と比べ、今日は拍子《ひょうし》抜けするほど容易《ようい》に哲也さんの体を受け入れていく。

最奥まで入ると、私の耳の傍《そば》で「……っ」と奥歯を噛《か》みしめるような声がした。

哲也さんもなにかを堪《こら》えているようで、呼吸が少し乱れている。

「綾香、痛くないか」

「う、ん……大丈夫」

労《いたわ》る声をうれしく思う一方で、なぜか私は心の奥底でもっとめちゃめちゃにして欲しい、と叫んでいた。経験なんてほぼないくせに、この淫《みだ》らな行為をたくさん、たくさん、したいと思った。

哲也さんと、たくさん、したい。

すんなりとそう思えた理由は——

「動くぞ」

形になりそうだった答えは、始まった抽送《ちゅうそう》によって掻《か》き消える。

「きゃ！　あっ、ああっ、あんっ」

下から突き上げられる度に上がってしまう嬌声《きょうせい》は、出ないようにしたいのに、とても堪《こら》え切れない。大きく張りつめた哲也さんのものは、簡単に私を淫《みだ》らな世界へと追い上げた。

膣壁を擦《こす》られると、胸が切なくなって涙が滲《にじ》む。

ぐちゅぐちゅと結合した部分から妖《あや》しい音が出て、それも私を高く高く押し上げていく。

「哲也さん、哲也さん、哲也さん……！」

「綾香……！」

より抽送《ちゅうそう》が激しくなり、肌同士の当たる音が大きくなった。崩れ落ちそうな片足を必死に支え、律動《りつどう》に耐える。

「あっ、あ、ああっ、あああああ!!」

「……くっ！」

抉《えぐ》るように最奥に届いた先端が、膨張《ぼうちょう》し、そして放たれた。

「……んっ！」

びくん、びくん、と打ち上げられた魚のように、私の体が大きく震《ふる》える。

「ふ……っ、はっ、はっ……」

哲也さんは、絞り出すように数度腰を往復させ、私の足を下ろすと大きく息を吐いた。その背中にはびっしりと汗が浮かび、肩は呼吸の度《たび》に上下する。

私たちは、お互いが落ち着くまで無言で抱きしめ合っていた。

＊＊＊

「はい、これ」

「ありがとう、じゃあまたあとで」

翌朝。いつもより早めに出社し、自分のロッカーに置いていた哲也さんのワイシャツを取り、更衣室の外で待っている彼に渡した。

受け取った哲也さんは、足早に男子更衣室へ向かう。

昨夜は――あんなことがあったため、シャワーを浴びたりしていたらすっかり夜遅くなってしまい、そのまま泊まることに……。

一緒に食事して、それから近くのコンビニへ行き、哲也さんのTシャツと下着、そして歯ブラシを買った。コンビニでそういう日用品を買ったことがなかったけど、もしかしてこういう時のために置いてるものなのかな……？　などとぼんやり考えていたら、恥ずかしくなった。

そこのコンビニにはワイシャツは売っていなくて、とはいえ同じもの二日続けて着ると皺《しわ》も目立つし、なにかあったと勘繰られるかもしれないので、出社してから昨日の朝、私が洗濯して持ってきていたものを渡すことにしたのだ。

なぜ会社に置いてあるのかというと、昨日渡しそびれてしまっていたから。だから人目につかないよう朝早めに出社して、着替えてもらうことにしたのだ。

こうして、今日も一日が始まった。

本日は会議室で、来週から一週間行われる極秘プレゼンのためのまとめ作業がある。

今後の内容は社内でも関係者以外には非公開となる。会議室にも、就業時間中は役職以外入室禁止だ。

来週の月曜日から発表会は始まり、意見交換、質疑応答などすべて終えるのが金曜日となる。結果は後日発表されるが、とても緊張感の漂《ただよ》う一週間で、会議室の周りは誰も寄り付かなくなるのだ。

採用されればその支社の誉《ほまれ》であり、かなりの優遇措置《そち》も取られる。そのため、それまで和気藹々《わきあいあい》としていたメンバーも、ピリピリとし始める。

私も例外なく入室禁止だが、時間までに会場設営や昼食の手配を整えるなど、これまでとそう変わらない業務がある。

二年前は、その空気に圧倒されて自分まで緊張して落ち着かなかった。

そうだ、二年前といえば……

哲也さんは、二年前から私のことが好きだったと言っていた。

二年前に考えられる、哲也さんと私の接点。それはやっぱり、この研修期間以外考えられない。

前回もメンバーの一人だった哲也さん。そしてその研修会のフォローをする綿貫先輩……の手伝いをしていた私。

遠目で見かけることは、もしかしたらあったかもしれない。そこで一目惚《ひとめぼ》れ？　……いやいや、悲しいかな私は、それほど器量よしではない。

記憶にないだけで、なにかあったのかもしれないけれど……それはいったいなんだろう。

モヤモヤとした気持ちを抱えながら、私は準備を急いだ。

＊　＊　＊

お昼の休憩《きゅうけい》時間。

綿貫先輩と哲也さんがエレベーターホールで話しているのが見えた。少しその様子が気になりつつ、きりのいいところまで終えてしまおうと鷹森部長と一緒に取り組んでいた書類の確認作業を続ける。そしてしばらくして作業を終えたところで「ちょっと来て！」と綿貫先輩に捕まり、女子更衣室へ連れていかれた。

「せ、先輩？」

「望月さん、今日はまだなにもされていない？」

なにもされていない？　と聞かれ、真っ先に思い出したのは、哲也さんと私のアパートでなにかしてしまったことで……

酒も呑んでないのに、あれほど乱れてしまうなんて――いや待て、いまこのことを思い出すべきではない。

昨夜のことが詳細に脳裏《のうり》に浮かびそうになり、慌《あわ》てて打ち消し、頭を切り替えた。

「あ……ええと、山本さん……とは、まだ会っていないです」

こそっと言われた言葉を、一瞬理解できなかったけれど、すぐなんのことか思い出した。

「会ってないのならいいわ、ちょっと心配でね……。本当に彼については、いい噂を聞かないから」

「噂？」

「そう。本社に報告が上がっていないところを見ると、それほど深刻な被害がないか、それとも……山本さんの営業成績のよさから支社で問題を握《にぎ》りつぶしたか、ね」

「そんな……」

思ってもみない事態に、知らず生唾《なまつば》を呑み込んだ。

そんな相手に、なぜ私はターゲットにされたのか……

山本さんは二つ年下の二十六歳。別に年上の私をわざわざ選ばなくてもいいと思うのだけど。それにこの前、私の年齢のことも言ってきたし。

――もうじき三十になることだし、僕が引き受けてあげる。

支社の代表として選ばれるほどの人物なら、引く手数多《あまた》だろうに。

「とにかく、一人にならないように。もしどうしても一人になる時は、誰かの目があるところにいるようにしてね。紅林君とそういう話になったから。ほかにも――まあいいわ、それは本人が言うだろうし」

ガチャ、と別の同僚が更衣室に入ってきたため、話を中断する。どうやら長居しそうなので、私と先輩は部屋を出て、それぞれの仕事の続きをするため別れた。

壁掛け時計を見ると休憩《きゅうけい》時間はちょうど終わりを迎え、哲也さんはすでに会議室へ戻っているようだった。少しだけ残念に思いながらも、私は自分の机に戻った。

＊　＊　＊

「綾香、仕事終わった？」

終業時刻を少し過ぎ、デスク回りを片付けていたら、甘く腰に響くバリトンボイスでささやかれる。

まさか、いまそんなことされるとは思いもよらず、ビクンと魚が跳ねるように飛び上がった。

「……っ！　く、紅林さん、やめてください！」

「いつものように名前で呼んでよ」

「嫌です」

振り返ると、予想通りの顔が思った以上に近くにありドキッとする。

そんな自分の赤らむ顔を誤魔化すため、周りに注意を払いながら小さな声で文句《もんく》をつけた。

「だいたい……仕事とプライベートは分けてくださいって私、言いましたよね？　大勢の前で名前で呼ばないでください」

恥ずかしくて顔から火を噴くかと思った。私と哲也さんのそういう関係というのをおおっぴらにされると、なぜかいたたまれない気持ちになるのだ。

しかし当の本人は、ニヤッと笑う。

「もちろん、わざとに決まっているだろ」

「なっ……！」

なんという意地悪をするのだ。

婚約者なのはふりだけだし、告白の返事だってまだしていないのに、外堀を埋《う》め立てないでほしい。

哲也さんは、椅子《いす》に座る私をうしろから抱きしめるような格好で机に両手をついた。

「手を出されないよう牽制《けんせい》ってやつ」

「……」

もしかして、山本さん対策だろうか。私と哲也さんのことを周知しておいて、他の同僚にも監視役をしてもらおう……ということ？

「俺は、綾香が好きだから。そこのところ忘れるなよ」

ふ、と背中の熱が遠ざかった。哲也さんは身を起こし、「じゃあ、支度《したく》が終わったらエントランスに来て。そこで待っている」と、席を離れていった。

——俺は綾香が好きだから。

婚約者のふりを引き受けたあの時から、何度も本気で好きだと言ってくれて……

「わー、すごいの見ちゃった。望月さん愛されてる～ぅ」

去っていく哲也さんの背を見ながら、綿貫先輩が私の背中をぽんと叩く。

「ちょっと……先輩、勘弁《かんべん》してください」

「なに～？　だって、いい話じゃない。望月さんって、入社以来ちっとも浮いた話聞かなかったから。追いかける立場になった紅林君、がんばってるわね。羨《うらや》ましいわ～」

そう言って、身支度《みじたく》を整える私の傍《そば》で、待ってくれている。おそらく、山本さんが来ても二人きりにならないようにとの配慮《はいりょ》だろう。先輩に礼を言い、急いで準備する。

そうして帰り支度《じたく》を整えた私は、もう少し残業するという先輩と別れ、哲也さんとの待ち合わせ場所に向かう。

昨日に引き続き今日も。哲也さんはなぜ、私にこれほどの好意を持ってくれているのだろう。二年前から、と言っていたけど、なにがきっかけだったのか……

私は先日、会議室で先輩とお昼を食べた時のことを思い出す。

＊＊＊

――結婚前は両目で相手のことを見て、結婚後は片目を瞑《つむ》りなさい、って言うじゃない？　だから結婚前のいまのうちに、望月さんの耳に彼の情報を入れておこうと思って。私もそれで結構痛い目見てきたから、アドバイスよ。あのね――

そう言って、綿貫先輩が聞かせてくれた、昔の哲也さんの話。

『紅林君が惚《ほ》れて押してる姿って、私初めて見たのよね～』

お弁当箱に最後に残っていたエビフライをつつきながら、綿貫先輩は当時のことを思い浮かべているようだ。

初めて？　綿貫先輩の言葉に、私は首をかしげる。

『ほら、私と紅林君は同期で、入社して三年は彼も本社にいたって言ったでしょ。だから当時の彼の様子はよく知ってるのよ』

あ、さっきそう言っていたな、と思い出す。哲也さんは当初本社に配属され、いまは各支社を回って腕を磨《みが》いている、と。私の様子を見て、先輩はにんまりと笑いながら話を続ける。

『その当時といったらすごかったわよー。新卒だったからまだ可愛らしくって、職場はもとよりこの近辺の女性たちはこぞって……あー、まあ、それが原因でちょっと押しの強い女性が苦手になったんでしょうね。そのことがあって、彼は女性たちから距離を置くようになったの。それでだいぶ環境はよくなった。支社に行っても同じような騒動《そうどう》は何度か起こったみたいだけど、問題なく対処できていたようよ。んーと、だからなにが言いたいかっていうと、派手な女遊びはしていないし、自分から告白して付き合うほどの相手もいなかった……って、えーと……』

『つまり、それなりにお付き合いはあったけれど、受け身だった……ということですね』

『うっ……ま、まあ、そうね』

先輩は私に気を遣って、『それなりにお付き合いがあった』ことは知らせたくなかったのかもしれない。私がずばり言ったら、目を泳がせ狼狽《うろた》えていた。そしてフォローのつもりか、少し付け足す。

『でもね、安心して。二年前からピタリと噂を聞かなくなったんだから。多分――』

また『二年前』――

はっと息を呑む。

哲也さんが私を好きになった時期と関係があるのかもしれない。

私は先輩を見上げながら、より詳しく聞き出そうとした。

『先輩！　あの、二年前……二年前、なにかあったんですか？　紅林さんも「二年前」という単語を言っていて、気になってるんです。私にも関係あることのようなんですけど、まったく身に覚えがなくて。教えてください！』

『えっ……あー……うん……』

必死に頼むものの、先輩は困った顔をして明後日《あさって》の方向を見た。

黙っているつもりが、うっかり口を滑《すべ》らせそうだったと顔に書いてある。その様子に、私はますます気になって、なにがなんでも聞き出したくなった。前のめりになる私に対し、う一んと唸《うな》った先輩は、小さく溜息《ためいき》を吐いた。

『それは、まあ……。ごめん、口止めされてるんだ。自分で思い出すか、紅林君に聞いてね。でも、ヒントだけこっそり教えてあげる。――二年前、私が望月さんに助けてもらったことに関係があるの。……あ、もう昼休憩《きゅうけい》終わりの時間よ。早く席に戻らなくちゃ！』

そう言って、そそくさと片付けを始めた。

ヒントだけでも教えてくれたのはありがたいけれど、私にはそのことについて記憶がない。自分にとって大したことではなかったから、覚える気がなかったのだろう。どうせなら答えをずばり教えてほしい！

でも、先輩は頑《かたく》なそうな態度だったので、これ以上聞いても無駄だろう。哲也さんに直接聞いたほうがよさそうだ。

――そう思い、すぐに哲也さんに聞こうと思っていたのに、お弁当の発注ミスが発覚したり、山本さんに迫られたりという事件が次々と起こり、そんなことを考えている余裕がなくなってしまったのだった……

6

いつものアパートまでの帰り道。

二人分の足音が、心地いいテンポを刻んでいる。

今夜は、そこそこアルコールが入っているため、気持ちが高揚《こうよう》していた。

「それにしても、よかったですね！」

「ああ、ようやくだ」

会社を出た私と哲也さんは、その足で『てまり』へと向かい、いまはもう帰宅するところ。並んで繁華街のアーケードを歩いていた。

今日も、ほんの少しだけ遠回りとなるけれどイルミネーションの公園を通って帰ろうということになり、アーケード途中の曲がり角を折れる。

公園に着くと、週末の金曜日のわりにあまり人通りは多くはなかった。

木々に飾られた満天の星のようなイルミネーションは、何時間でも見ていられるほど美しい。

今夜は思った以上に冷え込むからか、肌を刺す寒気《かんき》が体を凍《こご》えさせるけど、空気が澄んでいる分、光の美しさが際立《きわだ》っている気がした。

星々のアーチの下を歩きながら、隣を歩く哲也さんに先ほどの喜びをもう一度伝える。

「私もお手伝いした甲斐《かい》があるってもんです」

万理さんと、恋人の杉山さん。二人はようやく紅林家の両親の許しが出て、晴れて公認の婚約者となった。兄妹で説得し、杉山さんと会い、『てまり』の店休日に両家の顔合わせも済ませた、というスピード婚約。

万理さんが『三十歳までに結婚！』を望んでいたことや、杉山さんが三ヶ月後に転勤ということもあり、急ピッチで進められていった。

とはいえ、もう何年も前から当人たちは結婚を見据《みす》えていたため、すっかり準備は万端《ばんたん》だったのだ。結婚式の日取りも、『てまり』の移譲話《いじょうばなし》もまとまり、引っ越しの手続きも済ませたのだという。

万理さんは、『ここまでくれば、どんな状況になってもうちの両親も口出しできないでしょ』と終始ご機嫌だった。

それもこれも綾ちゃんのお陰よ、と涙ぐんで万理さんから言われ、こちらまでもらい泣きしてしまった。

……私なんて、なにもしてないのに。

それどころか、告白もプロポーズもしてもらったのに、返事をしないうちに体の関係を結んでしまって……私はずるいこと、してる。

うしろめたい気持ちを隠し、二人の門出《かどで》を祝った。

私と歩調を合わせて隣を歩く男は、眉目秀麗《びもくしゅうれい》で私より頭一つ分より大きくて、仕事のできる人。

その上、私にとても優しく、甘い。そんな人に好きと言われれば、恋愛に臆病《おくびょう》だった私でさえ惹《ひ》かれて彼の胸に飛び込んでみたくなってしまう。

——いままで何度も真摯《しんし》な想いを伝えてくれて、それでも素敵な彼に自分は相応《ふさわ》しくないと思って、怖くて足を踏み出せなくて。

ありもしないことと頭ではわかっているのに、同期で親しい綿貫先輩との仲を勘ぐったりして嫉《しっ》妬《と》もした。

今日だって……万理さんの結婚が決まったら、私との仮初めの関係を解消しようと言われるんじゃないかって怯《おび》えていた。けれど、結婚の報告を受けた帰り道も、変わらず私の傍《そば》にいてくれるこの人は、本当に私のことを……？

傷付くことから逃げて、彼の想いを踏みにじるような行為は、そろそろやめなきゃいけない。

——それにしても、哲也さんが二年前、私のことを好きと意識したのはなぜだろう。

きっとなにかキッカケが……けれど、私には覚えがない。先輩は、『二年前、私が望月さんに助けてもらったことに関係があるの』と言っていたけど……

「――でいいか？」

「え？」

考えに没頭《ぼっとう》するあまり、話しかけられた言葉に応《こた》えられなかった。

パッと顔を上げると、心配そうに私の顔を覗《のぞ》き込む哲也さんの顔が思ったより近くにあった。胸がぎゅっと絞られるように痛くなる。

「あ、ごめんなさい。聞いていなくて」

いったん顔を上げたけれど、すぐに下を向いて汚れてもいないスカートの裾《すそ》を叩く真似《まね》をした。だって、いまなぜか、無性《むしょう》に恥ずかしくなってしまったから。

「明日、デートしようって言ったんだ。迎えに行くけどいいかなって」

「デ……デート、ですか」

「そう。前に約束した、酒の蔵元《くらもと》へ行こうかなって」

「行きます！　……あっ！」

蔵元《くらもと》と聞いて脊髄反射《せきずいはんしゃ》で返事をしてしまった。

もしいまされたのが、普通のデートのお誘いだったら、私は身構えてすぐには答えられなかったり、恥ずかしさのあまり断ってしまっていたかもしれない。

けれど、ことはお酒だ。お酒は別だ。それなら仕方がない。

そんな私を見て、哲也さんは肩を震《ふる》わせて笑いを堪《こら》え、私の頭をポンポンと叩く。

「デートと言わず、買い出しって誘えばよかったかな」

「いえ、あの……はい」

デートという単語に気負《きお》ってしまったことなど、哲也さんにはお見通しのようだ。私の頭に手を置いたまま私の体を引き寄せる。私があっと思った次の瞬間には、反対の手が腰に回ってきていた。そこで、昨日キスをした場所だ、と気付く。

「今日は冷えるね」

「……そうですね」

「綾香を抱きしめると温かいな」

「哲也さんも……温かいです」

他愛のない言葉をやり取りするけれど、どこか上の空だ。

私は胸がドキドキを超えてバクバクと激しく高鳴っていた。こんなにも自分の心臓の音を意識するのは初めての経験だ。哲也さんに包まれ、哲也さんの香りで満たされることが、とても幸せに感じた。でも――

「ずっとこうしていたい」

「……」

私は答えることができなかった。

いま私がこの胸に抱えている想いが、彼の想いに見合うだけのものであるか、そして同じものを返せるか自信がない。

しかしこの温もりは離れがたいもので、そう思う自分がやはりずるいと感じるのだ。

「急がせているのはわかっている。自分の心に嘘をついてまで受け入れなくてもいい。でも、もし俺をもっと知りたいと思ったら……せめてこの研修期間が終わるまで、じっくり両目で観察して吟味《ぎんみ》してほしい。俺のワガママで悪いけど、せっかくのチャンスだから。……無理を言ってごめん」

――結婚前は両目で相手のことを見て、結婚後は片目を瞑《つむ》りなさい。

綿貫先輩の声がこだまする。

私の正直な気持ちは……

もし人からそう尋ねられたら、憎《にく》からず思っている、と答えるだろう。だって、いまのところ嫌なことをされていない。初めてのエッチだって、勢いでしてしまったけど、嫌いな感情はあとにも先にも抱いていない。

これが、哲也さんを両目で見た結果なら、もしかして……いや、でも……

とにかくこのたった二週間の研修中に一生を決めるのは、少々時間が足りない気がする。それでも両目をめいっぱい開いて哲也さんを、そして自分の心を見極めたいと思う。

「もっと綾香の時間を独占したいけれど、また明日、だね」

哲也さんは私と掌《てのひら》を合わせ、指を絡めて軽く握《にぎ》り込んだ。そしてゆっくりと歩き出す。

今夜はアパートに寄って行かないんですか？　なんて無意識に聞こうとしてしまい、自分を叱咤《しった》した。

昨日は哲也さんてば、うちの玄関でいきなり――！

勝手に熱くなるこの顔をどうにかして欲しい！

赤面を強める私に、哲也さんはクスクス笑いながら「一緒に暮らせれば独占できるのにな」と、私の顔がより赤くなるようなことを言って楽しんでいるようだった。

この日、哲也さんは宣言通り、玄関の前まで私を送ると、そのまま帰ってしまった。

＊　＊　＊

「あれっ……こんなところに酒蔵がありましたっけ？」

翌朝、哲也さんがうちの前まで車で迎えに来てくれて、私たちはドライブに繰り出した。

街道沿いのこの道を、私も何度も通ったことがあるのだけれど、目立った外観をしていないので見落としていたようだ。

というかお酒は好きだけど、酒蔵までは意識していなかったなあ。

私の住む県内には、全国でも有名な日本酒醸造所《じょうぞうじょ》がいくつかある。けれど、わざわざ酒蔵まで来なくても『てまり』に行けば呑めるし、アパート近くの商店街にある酒屋さんも品揃えがいいので、わざわざ訪れようとまでは思い至らなかった。

少し離れた駐車場に車を止め、昔ながらの茅葺屋根《かやぶきやね》で玄関の軒先《のきさき》には青々とした杉玉《すぎだま》をぶら下げた酒蔵の正面入り口を目指す。確かこの杉玉《すぎだま》は、新酒ができたことを知らせる合図ではなかったかな……？

初めて目の前にしてしげしげと眺めていると、先に哲也さんが引き戸を開けて「ごめんください」と挨拶《あいさつ》をしていた。

続けて入ると、哲也さんは奥から出てきた店の人と談笑しながら日本酒の瓶《びん》をケースで受け取り、書類にサインをしていた――と、その時。

鈍く痺《しび》れるような音が突然聞こえてきた。マナーモードのバイブレーション音だろうか。音の出どころは哲也さんらしく、胸ポケットからスマートフォンを取り出すと、私に店内で待っているようにジェスチャーで伝え、店の外に出ていった。

私は店内の陳列棚《ちんれつだな》を眺め、どれを買って帰ろうかと吟味《ぎんみ》する。近所の酒屋さんでは見かけない品種もあり、どんな味がするかな、お酒のつまみはなにがいいかな、と気分を高揚《こうよう》させていた。

しばらくすると、哲也さんが胸ポケットへスマートフォンをしまいながら店内へ戻ってくる。けれど、なにやら難しい顔をしていた。

「どうしたんですか？」

「あー……、うん」

なんとも歯切れの悪い様子に、嫌な予感がする。聞きたくないけれど気になるので、先を促《うなが》すと、二秒ほど天井を見上げてから私に顔を向けた。

「万理たちが午後に来るから、俺も彼女を連れてうちにお茶しに来ないかって……親が」

「……わぁ……」

思わず私も天を仰《あお》いだ。

こうなる可能性は、なくもなかった。けれどいままで会わずに済んでいたから、油断していた。

会ったら間違いなくボロが出る。しかし、万理さんの結婚話がせっかくまとまったばかりなのに、ここで躓《つまず》いたら台無しになりかねない……気がする。

乗りかかった船だ。だいたい私はまだなにも仮の婚約者として役目を果たしていない。いまがその時じゃないか。それが、引き受けた私の責任というものだ。

覚悟を決めて、哲也さんに言う。

「行きます」

「いいのか？」

「う……、でも、万理さんのためだから……」

万理さんの、と強調して言うと、哲也さんは一瞬残念そうな表情を浮かべた。けれど、「まあそうだな」と言って店のレジカウンターに向かい、酒瓶《さかびん》が入ったケースを持ち上げた。

「ありがとうございます」

「こちらこそ。またよろしくお願いします」

店の人に礼を言い、哲也さんは酒瓶《さかびん》を車に乗せるため店を出て行こうとしたので、慌《あわ》てて私は声をかけた。

「哲也さん、ちょっと待って！」

＊　＊　＊

「綾ちゃん！　……なんかごめんね」

哲也さんの実家に着くなり、門のところで出迎えてくれた万理さんに抱き付かれる。そうしてご両親に聞こえないよう、耳元でこっそり謝ってきた。

万理さんも、まさか突然、婚約者込みで実家でお茶会……なんて想定外だったのだろう。

「万理ー、これはどこに置けばいいんだ」

「あ、車庫の隅に！　兄貴ありがと！」

車庫に車を止めた哲也さんが声をかけると、万理さんは彼のもとに駆け寄っていった。あのお酒は万理さんがお店に出すために頼んだものだったようだ。

万理さんはあのお酒をどんな料理を合わせるのかな、と期待を胸に、また近いうち『てまり』に行こうと心に決めた。

お酒の入ったケースを下ろした哲也さんは、今度は私の用意した重い荷物を持ってくれ一緒に門をくぐる。

ここが哲也さんのご実家……私は改めて、塀で囲われた広大な敷地をぐるりと見渡した。

重厚な門扉《もんぴ》をくぐったすぐ先には、シャッター付きの車庫があり、何台も車が置けるようになっている。客用の駐車スペースもあり、立派過ぎて動揺を隠せない。そこから続く庭には花や木が美しく配置されており、煉瓦《れんが》敷きの小道を歩く間、目を楽しませてくれる。その奥に見えるのは、まさにお屋敷――。最近建て替えたのか、和モダンの落ち着いた造りをしていた。

緊張から思わず一歩あとずさりしたら、哲也さんが自然な動作で肩を支えてくれた。そのことで少しだけ気持ちが落ち着き、深呼吸をする。

「両親にあれこれ質問されても、無理して答えなくていいからな」

「う、うん……」

こんなことなら、もっといい服……ううん、スーツのほうがよかったかな!?

哲也さんと休日デート……と意識して、あれでもない、これでもないとクローゼットを引っ掻《か》きまわして選び抜いて決めた今日の服。けれども迷うあまり、結局シャツにセーターにスカート、そして定番のコートという無難《ぶなん》な格好になった。会社に行くスタイルとそう変わらないのを、今更ながら後悔した。

とはいえ大きく外したわけではない、と気持ちを奮《ふる》い立たせ、玄関に立つ。

先に歩いていた万理さんが玄関を開けると、哲也さんと万理さんのご両親とすぐわかる夫婦が、上がり框《かまち》でニコニコと出迎えてくれた。

い、いきなりご登場ですか!

「こ、こんにちは、初めまして!」

きゅっと胃の縮まる思いをしながら、お辞儀《じぎ》をすると、哲也さんのお母さんはコロコロと鈴を転がすような声で笑った。

「まあまあ、そんな緊張しないで。さあ奥にどうぞ。ほら哲也、ぼさっとしてないで彼女のコートを預かりなさいな」

さすがの哲也さんも母親には敵《かな》わないらしく、苦笑しながら私のコートを受け取り、玄関横のクローゼットにしまった。

失礼のないように、失礼のないように……と呪文《じゅもん》のように繰り返し、案内されるまま屋敷を歩いていく。

廊下には飾り棚やら坪庭《つぼにわ》やらがある。とっても気になるのだけれど、眺めて楽しむ余裕がない。

応接間らしいところや客間っぽい和室を通り過ぎ、リビングへと通された。

埋《う》もれそうなほどふかふかのソファに座るよう促《うなが》されるけど、どこが上座《かみざ》なんだっけ!?

社会人のマナーとして知ってはいるけど、いざ目の前にするとたじろいでしまう。すると哲也さんが私の腰を引いて隣に座るよう誘導してくれた。

ガチガチに緊張しているのなんて誰が見てもバレバレだろう。

変な汗をかいて膝《ひざ》に置く私の手に、哲也さんは自分の手を重ねて、大丈夫だよ、と言うように軽く握《にぎ》ってくれた。

哲也さんのお父さんは、目元が万理さんとそっくりだ。そしてお母さんのほうは哲也さんに全体的な配置が似ている。

万理さんは茶菓子をテーブルに並べ、それから先に座って待っていた杉山さんの隣に座った。そこへお母さんがやって来て、お盆に載せたコーヒーカップをそれぞれに配る。

「あっ……ありがとうござい、ます」

手伝わなきゃ、と一瞬腰を上げかけたけど、いやいや初めてお宅に伺《うかが》ったのに手伝いとか余計なことしないほうがいいかな、などと考え、結局腰を下ろす。

というか、立場上そこまでしないほうがいいだろう。

配り終えたお母さんは、お父さんの隣に座る。お父さんとお母さん、万理さんと杉山さん、そして私と哲也さんがコの字になってテーブルを囲み、私以外みんなリラックスムードだ。

「父さん、こちらが望月綾香さん。一年前から結婚を前提に付き合っているんだ」

全員着席したのを見届けてから、哲也さんはゴホンと一回咳払《せきばら》いをして言う。私は居住まいを正した。

「初めまして、望月綾香と申します。哲也さんと同じ会社に勤めております」

一礼して顔を上げたけど、ご両親の目を見る勇気が出ない。しかし、せめて背筋は伸ばしておかねば。

するとお母さんは、可愛らしい声で笑い出す。

「こちらこそ初めまして、哲也の母です。もう哲也ったら、いい人がいるなら早く紹介してってって言ってたのに、一年も黙ってるだなんて酷《ひど》いわねぇ」

「ほんとだよ。兄貴ってば話を振っても、いっつも誤魔化しててさ」

口を尖《とが》らせながら万理さんは哲也さんに文句《もんく》を言う……演技をした。

私にとって万理さんは憧《あこが》れのお姉さんなのだが、やはり家族の前では若干《じゃっかん》気が緩み、幾分《いくぶん》幼く見える。それがなんだか微笑《ほほえ》ましかった。

「だからそれについては悪かった、と謝っただろう」

「……私と博さん、付き合って十二年にもなるのに結婚できなかったのは、どこのどなたのせいだったかしら？」

「まあまあ万理さん、もういいじゃないか」

「やだ、博さんたら優しい！」

キャー！　と言って杉山さんに抱き付く万理さんに、お父さんはゴホンと咳払《せきばら》いをした。

自分の娘が目の前でいちゃつくのを見るのは、複雑な思いなのだろう。

「あー……、博君。私たちのワガママで君を長いこと待たせてしまい、本当に悪かった」

お父さんが杉山さんに頭を下げる。すると杉山さんは「わっ、そんなっ、いいんですよっ」と慌《あわ》ててなぜか自分も頭を下げた。

「私は会社の専務取締役をやっていてね。息子らが幼い頃、会社は倒産の危機を迎えていた。社員一丸となって会社を立て直すのに必死で……家族を二の次にしてしまったのは、反省しきりだ」

お父さんは、厳しい顔でじっとテーブルの一点を見つめ、語る。

「仕事上、自分の息子が独身だと、あちらこちらから見合い話が舞い込んできてしまう。ここだけの話、取り引きに利用しようと持ちかけてくる輩《やから》もいる。かといって無下《むげ》に断るわけにもいかず厄《やっ》介《かい》なものだ」

哲也さんのお父さんの会社名……どこかで聞いたことがあると思ったら、いまや世界規模となった中小企業の星と呼ばれている会社だ。どこかの雑誌の記事で読んだことがある。

そんなにすごい会社の、重要なポジションに就く人がお父さんなのに、哲也さんは同じ会社に就職はしなかった。コネ入社と言われかねないし、そもそも本人がそれを望んでいなかったらしい。

「だから哲也にさっさと結婚しろとせっついたんだけど、どこ吹く風で……。娘のほうは随分《ずいぶん》前から相手を決めていたのに、とにかく先に長男を結婚させなければと頑《かたく》なになっていたのは、悪かったと思っている」

お父さんは膝《ひざ》の上に肘《ひじ》を置き、指を組んだ。

仕事一筋で家庭を二の次にしてしまったお父さん、そしていまは完治しているけど、家族のフォローばかりして三年前に体調を崩してしまったお母さん。進路や生活に口を出され、家を出た哲也さん。ずっと決めた相手がいるのに、結婚を許されなかった万理さん――

そんな風に、それぞれ少しずつ複雑な想いを抱えていた紅林家だけど、今回の件で家族が歩み寄り始めたのだという。

そうそう、『結婚は年長者から』という鉄の掟《おきて》は、ある時から急に頑《かたく》なにお見合い話を拒絶するようになった哲也さんに対して、お父さんが意地になってしまってできたものらしい。妹をダシにして兄が先に行かなければ認めない、と押し通せば、哲也さんは折れるだろうと思っていたんだって。でも、その結果、万理さんを何年も待たせてしまった――

「今回、哲也が結婚したい人がいると言ってきたのを、私たちは少しだけ疑っていた。博君の転勤が持ち上がり、焦《あせ》るあまり代理を立ててくるのではないか、とね」

そう言ってお父さんは、まっすぐに私を見つめる。私は、ぎくり、と心臓が冷えた。

……もしかして、思いっきりばれているのではないか。すぐさま謝って走って逃げ出したくなる気持ちをなんとか堪《こら》え、ぐっと下腹に力を入れた。

「しかし……それは私たちの杞憂《きゆう》に終わったようだ」

「そうよ、だってあの哲也がこんな風に手まで握《にぎ》ってラブラブですもの。ねえ、お父さん」
ラ、ラブラブ……ですか。
改めて自分たちのいまの状況に気付き、頬《ほお》に熱が集まる。

手を握《にぎ》り、寄り添って座る私たちは、明らかに親密な関係を窺《うかが》わせるものだ。ご両親の前でスキンシップするなんて私の身が持たない！　そう抗議《こうぎ》したいけど、いまはぐっと我慢。あとで文句《もんく》を言うことにし、この場はこの状態がベストなのだろうと仕方なく受け入れた。

「とにかく万理は杉山君の転勤を控《ひか》えているから、その前に籍を入れる。そして哲也は支社勤務を終えて本社に戻ってきたら、ということでいいんだな」

「ああ。じきに戻れると思う。この一年間、遠距離で綾香には寂しい思いをさせているけど、あともう少しだから」

「は……はい」

確かに哲也さんは、プレゼンで勝ち取らなくてもいずれは本社に戻ってくる予定になっているようだ。ただいつ戻るかなど詳細は不明のはず。だからその間に私たちが別れたとしても、言い訳が立つだろう。

そうだよね？　と確認する意味で哲也さんを見上げると、やたらと熱の籠《こも》った目で見返されてしまい、冷えた肝《きも》がカッと熱くなる。

それを微笑《ほほえ》ましそうに見ていたお母さんは、お茶菓子をみんなに勧《すす》めつつ「あっ、そうだわ」と手をポンと叩いた。

「おめでたいことだし、みんなでお酒を呑んじゃいましょうか」

えっ、と驚いたのは私だけで、紅林家は当然の成り行きのようにそれに従っている。お父さんは酒瓶《さかびん》をいそいそと選び出し、お母さんはテーブルのセッティング、万理さんはキッチンに行って簡単なおつまみを作り始めた。哲也さんも立ち上がって家の電話機の傍《そば》に置いてある冊子を手に取り、どこかに電話をかけ出した。「特上六人前――」という声が漏《も》れ聞こえたので、寿司の出前をしたようだ。

ぽかんとその様子を見ていた私に、杉山さんは苦笑しながら教えてくれる。

「僕が初めて来た時も、お茶より酒ってなってビックリしたよ。でもね、リビングに通されたってことは身内として認められた……ってことらしいし。いいんじゃないかな、一緒に呑んじゃえば」

万理さんと哲也さんを見ればなんとなく察することができるけど、ご両親ともお酒が好きらしい。お正月などの特別な時には、朝から呑むほどだという。

お酒に大変弱い杉山さんは、最初の一杯だけ付き合うようだ。

万理さんはカナッペやスティック野菜などをあっという間に作り上げ、お母さんと一緒に運んできた。

全員席に着いたところで、お父さんが取り出したのはシャンパン。一見してかなり……という上等なシャンパンを、手際よく開けそれぞれのコップに注《つ》ぐ。そして全員に行き渡ったところで、お父さんが立ち上がった。

「それでは。博君と万理……おめでとう」

それから、私たちのほうを向いてシャンパンを傾ける。

「綾香さん、ありがとう」

……うしろめたい気持ちを抱えず、乾杯ができたらよかったのに。婚約者のふりじゃなくて、本物だったらよかったのに。

私が注《つ》がれたシャンパンをクッと呑み干すと、なぜか喜ばれてもう一杯なみなみと注《つ》がれた。

騙《だま》している自分がすごく嫌になる。でも、この場の雰囲気を壊したくない。

なるべく自然に笑えるように。哲也さんのことを、ふりだけじゃなく、心から愛おしく見つめられるように。

ハジメテの夜みたいに『哲也さんが好き』と繰り返して自分に暗示をかければ、少しは自然な表情ができるかもしれない。

哲也さんが好き、哲也さんが好き、哲也さんが好き――

しかし、これは失敗だったように思う。

彼の名前を心の中で言う度に体温が上がり、鼓動が速くなる。おかしいな、胸が苦しい……変だ……

「綾香、大丈夫か？」

ばくんっ……！

耳元でささやかれ、心臓がありえないほど高鳴る。私は激しく動揺した。

「う、うん、大丈夫！　シャンパン美味《おい》しいね！」

またグイッと呑んで異様なテンションを誤魔化しているうちに、あ、と思い出した。

「そうだ、哲也さん、あれを……」

「ああ、そうだった」

重いので哲也さんが持ってくれていた私の荷物。あの酒蔵で、ここへ来る手土産に日本酒を買ったのだ。とても縁起のいい名前のついた銘柄《めいがら》だったので、結婚祝いに万理さんたちとご両親の分を用意したのだ。

――菓子より酒。

手土産はなにがいいかと相談したら、哲也さんからそう言われて、その場で購入を決めた。その選択は正しかったようだ。

早速ご両親は開栓して呑み出した。万理さんは寿司屋さんから届けられた刺身の盛り合わせの中にあった白身魚のうちの数枚を別の皿に盛り、オリーブオイルと塩をちょいとつけて食べたりしている。

それぞれが自由に呑み食いし、そして会話が弾んだ。

お酒が進んだせいか、私も少しずつ緊張がほぐれ、万理さんと旅行に行った時の話や哲也さんの食の好みなどを話した。

小学生の頃から料理が好きだった万理さんは、お父さんの会社が軌道《きどう》に乗ってからは仕事のサポートに忙しかったお母さんに代わり、食事の用意をするようになったらしい。仕事が忙しくなるにつれて、万理さんが料理の担当をする機会は増えていったそう。周囲からは、かわいそうという声が上がったようだけれど、万理さんは『私の夢は自分のお店を出すことなの。これはその練習だから平気よ』と言って、同情や非難の声を封じた。

——自分の店を持ちたい。そのために、栄養学を学んだり、様々な資格を取ったりと努力してきた万理さん。アルバイトも積極的に飲食店に勤め、資金を貯めて開いたのが『てまり』だった。それを陰になり日向《ひなた》になり支えてきたのが杉山さんで……

「やっぱり、博君が転勤になる前に結婚式をしましょう！」

お母さんが唐突《とうとつ》にそう叫ぶ。すると万理さんは驚きながらも冷静に答えた。

「え、いいよ私は別に」

「いまからでも間に合うわ！　だってまだ三ヶ月もあるじゃない」

「籍は入れても、結婚式は兄貴が先なんじゃなかったの？　それにもし結婚式をするなら、招待客を考えたり呼んだり準備が大変だもん。紅林家の関係者で、お母さんやお父さんが呼びたい人も、どうせ大勢いるんじゃないの？　いまから選定するなんて無理でしょ」

「こちら側のリストなら、もうあるから」

「ええ〜！」

お母さんは、万理さんの結婚式がいつでもできるよう、こっそりと用意をしていたらしい。父の意向に従いながらも、娘を思う母心を感じた。

そのあとは、万理さんとお母さん、哲也さんと杉山さん、そして私とお父さん——なぜかそんな組み合わせで膝《ひざ》を突き合わせて酒を酌《く》み交わし、その場は大いに盛り上がったのだけど……

よりによって私は、なぜお父さんと意気投合してしまったのか。自分の立場を思い出し、あとから二日酔いとは違う頭の痛さを抱えることとなった。

7

翌週の金曜――研修会の最終日。

「まあよかったじゃない？　あちらの家族と打ち解《と》けられてさ」

「う～……」

そう言われると弱る。

珍しいことに今週はずっとお弁当を持参している綿貫先輩と、私はお昼を食べていた。

もう休憩《きゅうけい》時間が終わりそうなので、お弁当を片付けて休憩《きゅうけい》室を出る。

外食派の先輩とゆっくり話ができるのは貴重なので、モヤモヤを吐き出してしまったのだ。

先輩は、私と哲也さんの関係――と言っても、婚約者の『ふり』……という部分は曖昧《あいまい》にしているのだけど――を知っている。その上、『てまり』にも行ったことがあるから万理さんとも親交があり、私のいまの状況を把握《はあく》できる唯一《ゆいいつ》の人物なのだ。

都合の悪いところは濁《にご》しつつ、先週末にあったことをすっかり話してしまった。

いきなり哲也さんのご実家に呼ばれて驚いたこと。お茶だけのつもりが宴会《えんかい》になってしまったこと。お父さんと盃《さかずき》を交わすうちに家の酒瓶《さかびん》が次々と空《から》になり、もともとお酒にとても弱い杉山さんが早々に寝落ちし、しばらくすると万里さんは『てまり』を開けに行き、お母さんが潰《つぶ》れ……ここまで来たらと、哲也さん、お父さん、私で呑み続けたこと。

私は緊張していたためほぼ酔わなくて、最終的にお父さんが潰《つぶ》れた。

私たち二人だけになると、哲也さんはそれぞれを寝室に、杉山さんを客間へ運んだ。

その間、私はリビングを片付け食器を洗い、じゃあさようならと帰ろうとしたところで哲也さんに止められた。

彼はタクシーを呼んでくれようとしたけれど、哲也さんの実家から私のアパートはわりと近いので歩いて帰ると断った。そしたら、一緒に歩いて帰宅することに……

しかも道中、手を繋がれてしまって……その繋いだ手は温かくて、夜風は冷たいのに体が熱くて仕方なかった。

翌日の日曜日はプレゼンの準備をするとのことで、私の家に上がることもなく哲也さんは実家に帰って行った。でも、私はその背中をじっと見て——自分の気持ちに向き合う覚悟を、ようやく決めたのだ。

「ちょっと急展開だったけど、あちらの家族との親睦《しんぼく》が深まってよかったじゃない？　……にしても、初対面で両親潰《つぶ》すって！」

綿貫先輩はアハハと朗《ほが》らかに笑う。

いまでもその時のことを思い出すと地面に埋《う》まりたくなる。ザルな自分が災いしたとしか言えない。

「紅林君のお父さん、潰《つぶ》れるまで呑んだってことは、よっぽど楽しかったんでしょうよ。大丈夫大丈夫」

途中、給湯室に寄ってマグカップにお茶を淹《い》れる。先輩はもう一つマグカップを出してお茶を淹《い》れ、それを鷹森部長の机に持っていった。

私はそれを眺めながら、自分の席に着く。それから、哲也さんたち研修会のメンバーが詰める会議室に目をやった。

今週は月曜日から金曜日まで、研修会を行っている会議室は立ち入り禁止だ。更に期間中、参加メンバーと本社の一般社員は接触禁止という厳戒《げんかい》態勢。中では精神的にハードなやり取りがなされているらしい。

本社の中でも役職付きの社員は、今週は研修会に参加しなければならないようだ。期間が限られているため、話し合いが難航すれば食事休憩《きゅうけい》を取っている暇もなくなる。

ああ、だから今週は部長、食事時間を短縮するためにお弁当持参なのか。

先輩がお茶を置いたところに鷹森部長が戻ってきて、弁当を広げる。それから二人は二言、三言、言葉を交わす。その後、先輩は私のところに来て言った。

「このままなら予定通りに終わりそうね」

「え、そうですか？」

「部長がこの時間に休憩《きゅうけい》に出てきたもの。揉《も》めてたら、もっと遅い時間になるわ」

なるほど、そうやって会議室の中の進行具合を測るのか。

先輩から学ぶべきことが、まだまだたくさんある。私も、こういったさりげない心配りができるようになりたい。

私はメモ帳を取り出して、いま見聞きしたことを書き、次回開催のことに思いを馳《は》せる。

また二年後にこうやって研修会が行われる予定だけれど、哲也さんは参加するのだろうか――

二年連続でいまの支社の代表としてやってきた哲也さん。研修会の中でも特例にあたる連続参加者だ。過去に数例あるとはいえ、よっぽど優秀でなければ認められないので、当然力はあるのだろう。支社にとって期待の新人を披露《ひろう》する場でもあるため、何度もお呼びがかかっても連続参加を辞《じ》退《たい》する人もいるらしい。

哲也さんは、どういうやり取りがあって今回もメンバーになったんだろう。

昼の休憩《きゅうけい》時間はあと少しで終わる……私はそれまで書類整理をしながら、研修会が終わってから哲也さんと話したいことに、思いを巡らせた。

――自分の気持ちと向き合う。

そう決めた先週の土曜日から、毎日毎日、寝ても覚めても哲也さんのことを考えた。

幸《さいわ》いと言っていいのか、哲也さんは日曜日から研修会の準備で忙しく、そして月曜日から金曜日までは接触禁止ということもあり、一人で考える時間はたっぷりあった。

この一週間、研修会の参加者名簿や、去年の研修会のレポートを見たり、万理さんとの関係や、初めて出会った一人慰安《いあん》旅行の時のことに思いを馳《は》せていた。

最初は、万理さんの兄だから、同じ会社の人だから、自分にはもったいないほど眉目秀麗《びもくしゅうれい》で、研修会に特例で連続参加するほど優秀な人だから――と理由をつけては尻込みしていたのだ。

私と哲也さんの関係が、もっとシンプルならよかった。まったく知らない間柄で、縁あって出会って好きになり、告白したりされたりして、お付き合いをする。

でも、いろんなことが複雑に絡み合っていて、本心が見えなくなる。

じゃあ、この関係がシンプルだったら？　それなら私は哲也さんと付き合った？

――答えはＮＯだ。

男性とのお付き合いに消極的だった私は、いきなり告白されたとしても断っていただろう。また、万理さんを除けば、私と哲也さんとの接点は研修会だけということを考えると、接する期間が短過ぎて好きになることはないように思う。

……本当の気持ち。私の本当の気持ちはどこに向かっているんだろうか。

お酒の好みだって、味の好みだって似てる。妹の万理さんも、その結婚相手の杉山さんとも関係は良好で、先日会った哲也さんのご両親とも酒の力を借りてだけど仲良くなれた気がする。か……体の相性だって、多分いい。少なくとも私にとっては。

じゃあ、いまの私の気持ちは？

嫌い？　――嫌いじゃない。

無関心？　――それならこんなに悩まない。

だったら……？

好き――？　好き。……哲也さんが好き。

声にせず、唇の動きだけで『好き』と呟《つぶや》いてみる。そしたら、一瞬のうちに体温が上がり、胸がドキドキして苦しくなる。

あれ？　……もしかして頭で考えるより、体のほうが正直なの？

ああでもない、こうでもない、と自分をがんじがらめにしていたのは、ほかならぬ自分であった。

私は、哲也さんが好き。

認めてしまったら、急に気持ちが楽になった。

あと数時間後には、研修会が終わる。そして、哲也さんは日曜日には支店のある地方へ行ってしまう。

それでも……それでも、好きだ。

気持ちが通じ合ったところで遠距離恋愛なのは確実になるけれど、それでも構わない。とにかく、私は哲也さんと『好き』の気持ちを重ねたかった。

想いを伝えるのは、電話でもメールでもない方法がいい。

私はある手配をして、仕事が終わるのを待つことにした。

＊＊＊

十八時を過ぎ、十九時を過ぎ、長い針が六を少し回ったところで、会議室のドアが開く。

そして社長以下何名かの本社の役職付きが出てきた。

皆一様《いちよう》に笑顔を見せていることから、ようやく終わったのだろう。ずっと閉め切られたままだった扉も、開かれ固定されている。

会場の片付けがあるため残っていた私は、残業しつつ様子を見守っていた綿貫先輩と顔を見合わせ、ほっと息を吐いた。

まだメンバーは出てこないけれど、おそらく鷹森部長が締《し》めの挨拶《あいさつ》をして、そうしたら社外で慰《い》労会《ろうかい》をやり、解散という流れになるのが慣例だ。

その慰労会《いろうかい》のあとに会えないか、哲也さんにメールをしてみようかな。

プレゼン期間は接見も連絡も禁止だったので、私はじっとこの日を待っていた。早速、一通メールを送る。

——研修会、お疲れさまでした。慰労会《いろうかい》のあと、お時間はありますか？

すると、一分も経《た》たないうちに返信が来た。

——もちろん。

その文面を見た私は、ぽーっとしていたようで、先輩が近付いてきたのに気付かなかった。

「こら、私用メール！」

「あっ！　ご、ごめんなさい！」

「冗談よ。仕事が終わったかどうかの確認だもの、仕事のうちでしょ？」

「は、はい」

注意しつつ見逃してくれた先輩に頭を下げたら、先輩が「じゃあ、ちょっとついてきて」と言うので、椅子《いす》を引いてあとを追う。

向かった先は、ずっと気になっていた会議室だ。

中からザワザワと声が漏《も》れ、時折笑い声もする。張りつめていた緊張が、ここでようやく解《と》けた。ことがよくわかる。

会議室のうしろのほうからそっと顔を出して見ると、十五名が大小いくつかの輪になって歓談《かんだん》していた。それに鷹森部長も加わっていて、その和《なご》やかな雰囲気に、私も肩の荷が下りた気がする。

「はー……やっぱかっこいいわね～」

先輩が見ているのは、部長がいる輪だ。私も同じところへ視線を向けると、一人に目が吸い寄せられた。

――哲也さん。

先週の土曜日以来、久しぶりに姿を目にした。

自分の気持ちを固めたいまの私には、眩《まぶ》し過ぎる。胸の奥がきゅうっと切なくなり、ドキドキする心臓の音が外に漏《も》れ聞こえていないか心配になるほど激しくなった。

真面目な顔も、ふっと相好《そうごう》を崩す顔も、甘く響く低音ボイスも、着痩せするその体も、どこを見ても胸が苦しくて仕方がない。

自覚してしまったら、なにもかもが好きになり、自分でも手に負えなくなる。

――ああ、恋とはどうしようもない。

すると、哲也さんがこちらに気付いて微笑《ほほえ》み、こっそりと手を振ってきた。

うわぁ……！

顔が爆発《ばくはつ》するかと思うほど熱くなり、さっと物陰に隠れた。ムリムリ、破壊力あり過ぎる！

「先輩……私、ほかのところを片付けてきますね」

まだ人が残るこの場をあとにし、とりあえずほかにできることをしようと移動した。

もうじきみんな慰労会《いろうかい》の会場へ移動するだろうし、会議室はそれから片付ければよい。こんな大勢の前で、哲也さんに対し挙動不審《きょどうふしん》な姿を見られたら、絶対に怪しまれる。からかわれたりなんてしたら立ち直る自信がないので、とにかくほかのことに意識を集中させた。

＊　＊　＊

「こんなもんかな……っと」

会議室を出た私は、研修会のメンバーが会議以外の時に使用していた作業部屋を片付けていた。

掃除《そうじ》を終えて椅子《いす》と机を定位置に戻し、機械の配線もまとめて収納。関係書類をシュレッダーにかけ、あとは過去の資料を資料庫に置きに行くだけだ。

資料はかなりの量なので、台車に積んで部屋を出る。これをしまえば、ひとまず片付けは終わるので、慰労会《いろうかい》に行っている哲也さんとの待ち合わせには間に合いそうだ。

会社に残っているのは私のほか数名だけで、主に役職付きばかり。今日のまとめと反省、そして発表までのスケジュールなどを話し合うため、奥の小会議室にいる。通例としてその日のうちにそれらを決めるので、今夜はまだもう少しかかるかもしれない。

綿貫先輩も今夜は予定があるようで、また来週ねと言って急いで会社を出て行った。

昼間の喧噪《けんそう》が嘘のように、あたりはしんと静まり返っている。ただでさえ寒い時期なのに、より冷えを感じた。

さっさと片付けを終えて、哲也さんに会いたい。

慰労会《いろうかい》の会場に移動しながら、私にメールを寄越《よこ》した哲也さん。

――二十二時には終わるから、会社のビルのエントランスで待ち合わせしよう。

二十二時か……まだあと一時間近くある。

資料の整頓《せいとん》を終えたらいったん会社を出て、どこかカフェで時間を潰《つぶ》すのもアリかな。きっと待っている間、哲也さんのことばかり考えてしまいそうで、すぐに時間がきそうだ。

会ったら、まずなにを話そうかな……ああ駄目だ、自然と口元が緩んでしまう。

傍目《はため》からするとニヤニヤして大変怪しいことこの上ないが、近くに誰もいないので思う存分頬《ほお》を緩ませ鼻歌混じりで台車を押す。

通路には、非常灯と足元を照らす明かりくらいしかついていないので、ちょっと薄気味悪い。早く終えてしまおう。

資料庫に辿《たど》り着いたので鍵を取り出し、カチャッと音を立てて解錠《かいじょう》する。

中に入ってすぐ傍《そば》の壁にある照明スイッチを押すと、パパパッと一気に明るくなった。書物の匂いが充満《じゅうまん》するその中を、台車を押して歩いていく。

ええと、数年分の研修会資料……と。あとこれはリスクマネジメントに関する……情報セキュリティリスクの……

だいたいの位置は把握《はあく》しているので、台車に載せた資料はあっという間になくなった。

それほど時間は経《た》っていないと思うけど……

資料庫の壁に掛けられた時計を見ると、二十一時二十分——あれっ？

時計の分針を見ていたら、ぷつっと電気が落ちた。あたりは真っ暗になり、数センチ前のものさえ見えない。

停電……かな。でも、それだったら小会議室のほうから、なにか声が聞こえるはず。

とにかくこの部屋を出ないことには状況が掴《つか》めないので、台車はとりあえずそのままに、おそらく出口と思われるほうへ手探りで歩く。

資料庫は四方を同じ形の棚に囲まれている上、あちこち歩き回ったから方角がイマイチ不確かだ。

その時、扉のほうからカチャッという音が聞こえた。まるで鍵を締めた時のような音だったけど……え？

不安で押しつぶされそうになりながらも、とにかく外に出ようと早歩きして——

「見つけた」

「ひっ……！」

ふいにすぐ傍《そば》でかけられた言葉に、喉の奥が引き攣《つ》るように鳴る。

その直後、何者かが私の両手を掴《つか》み、ぐいぐいとうしろに押され、壁に背中がぶつかった。

「いたっ！」

あまりの衝撃で、目の前に火花が散り一瞬息が詰まる。しかしじっとしていい場面ではないので、これ以上ないほど力を振り絞り、押さえられた手をなんとか振りほどいて逃げようとする。けれど、拘束《こうそく》されたままの両手首をうしろ手にまわされた。そして顎《あご》をぐっと掴《つか》んで動きを封じられてしまった。

「綾ちゃん、やだなぁ……僕だよ。待たせて悪かったね」

……この声は、山本さん？

顎《あご》に食い込む指の痛みに、涙がじわりと浮き出る。

しかしどこか雰囲気がおかしい相手を、必要以上に刺激してはならない、と少し冷静になった。

ゴクリ、と生唾《なまつば》を呑み込むのにさえ気を遣う。ゆっくりと深呼吸をし、ほんの少し目が慣れてきたので正面をそっと窺《うかが》うと、そこにはやっぱり山本さんがいた。

慎重《しんちょう》に、状況を把握《はあく》しようと質問をしてみる。

「山本さん、ですか」

「わあ、さすが綾ちゃん。僕のこと、すぐに気付いてくれるんだね、うれしいよ」

「……慰労会《いろうかい》は……まだ終わってないと思うのですが」

「あんな低能な連中に付き合っていられない。いるだけ無駄だよ」

嘲笑《ちょうしょう》しながら、山本さんは吐き捨てるように言った。

「まったく、あいつらはなにもわかっちゃいない。未来にもっと目を向けるべきだと思うのに、本社の連中はいちいち揚げ足を取って……僕の才能に嫉妬《しっと》しているのかもしれないが、その程度じゃ潰《つぶ》れないよ」

ククククッと笑い、私の顎《あご》を掴《つか》んでいた手を開き、掌《てのひら》を私の頬《ほお》にねっとりと当てる。

その掌《てのひら》を、私の本能が『嫌なもの』と認識し、全身が声なき悲鳴《ひめい》を上げていた。

いまこの状況は、非常にまずい。

夜遅い時間、資料庫に二人きり、フロアに残っているのは小会議室にいる数名のみ。そして慰労《いろう》会《かい》が終わるのは二十二時……。さっき一瞬だけ見えた時計は、二十一時二十分過ぎだった。

私が待ち合わせ場所に現れなければ、哲也さんは探すかもしれない。しかしまだそれには四十分もある。この間、私が無事に済むとはとても思えない。

……山本さんは、どうして私なんかに関心があるのだろう。目立つ要素の一切ない、かご盛り一つでいくら、まとめればなんとか売れるという程度の容姿でしかない私を、どうして。

じわりと冷や汗をかき、細かく震《ふる》え出した体を叱咤《しった》して、なんとか気持ちを奮《ふる》い立たせる。

「し……仕事の話だったら、外に出ませんか」

とてもそんな状況でないのはわかっているけれど、無駄なあがきをしてみた。すると、山本さんはクックックッとくぐもった笑い声を漏《も》らす。

「あいつへの体裁《ていさい》のために、そんなこと言わなくていいよ。僕たちの仲だろ？　……婚約してるとか寝言かましてたけど、綾ちゃんは脅《おど》されていたから仕方がなかったんだよね。大丈夫、僕が助けてあげる」

「脅《おど》されて……？」

「ああ、そうさ。僕と綾ちゃんの仲を嫉妬《しっと》して……酷《ひど》いやつだ。しかも綾ちゃんが会社から帰るとき、傍《そば》に張り付いていたりうしろから追っていたり、完全にストーカーだろ。綾ちゃんも綾ちゃんでさ、監視されてることに気付けよ」

頬《ほお》を撫《な》でながら、親指の腹を唇に這《は》わせてくる。

私は恐怖から振り払うこともできず、固まってしまっていた。

なんで私が哲也さんに送ってもらったことを知っているの？

つまりこの人は、そのうしろから見ていたってこと……？

「わた……わ、私が、哲也さんに、頼んで……送ってもらっ……」

喉がカラカラで、うまく言葉が出せない。

「……もう大丈夫だから。僕がいる。僕と一緒に暮らそう。そうだ、あいつになにかされる前に結婚しよう。役所は婚姻届けを二十四時間受け付けているし、いまからでも――」

山本さんは、自分の意思は私の意思みたいに一切なにも聞くことなく、話をどんどん進めていく。

もちろん反論ばかりが浮かぶが、下手に口にしたらなにをされるかわからない。

とにかくこの資料庫を出ないことには、助けを呼ぶことができないため、どうしようか思案に暮れる。

内側からかけられた鍵は、私がサムターンを回して解錠《かいじょう》するか、外から鍵を差し込んで解錠《かいじょう》しない限り開かない。しかし私がこの中にいるのを知っている者は誰もいない。声を上げても、少し離れた小会議室まで届くとも思えない。そして哲也さんとの待ち合わせまで四十分近くある——更に、たったいまスマートフォンもなにも持っていない。

駄目だ。自力で何とかしない限り、この事態を打開できない。

どうしたら外に山本さんの意識を向けられるだろうか。考えを巡らせてもいい突破口《とっぱこう》が見つからず、焦《あせ》りが生まれた。

「その前にさ、僕といいことしようか。君が僕のことを好きなのは知っているけど、ちゃんと愛し合っているって体で確かめ合いたいし」

湿《しめ》った息が顔にかかり、その距離の近さに戦慄《せんりつ》が走る。どうにかして穏便にと思ったけれど、とてもそうは言っていられない状況だ。

先日、更衣室の前で迫られた時は、哲也さんが助けてくれたけれど、いまは一人……自分でなんとかしなければ！

とにかく随分《ずいぶん》と勘違いしているようなので、逆上されないよう、ゆっくりと話してみる。

「や……まもとさん。私、紅林さんから脅《おど》されてなんていませんし、自分の意思で彼とお付き合いをしています。……ええと、その、私に対して……もしかしてなにか、思い違いをなさっているのでは……ありませんか？」

できるだけ気を付けて言葉にしてみたけれど、みるみると空気が変わっていくのを感じた。私の顎《あご》に触れていた山本さんの手に、力が込められていく。

「綾ちゃんて、冗談言う子なんだね」

ひっ、と息を呑んだ。低く唸《うな》るように呟《つぶや》かれた言葉は、なんの抑揚《よくよう》もなく、その分より深い怒りの感情が滲《にじ》み出てきている。まずい……いますぐ逃げなければ……！

「や、やめて——いたっ！」

頬《ほお》に添えられた手とは反対の手が、私のうしろ髪を鷲掴《わしづか》みにし、グッと下に引かれた。それに抵抗すると、更に強く髪を引っ張られ、顔が天井に向く。

「綾ちゃん。僕は嫌がるのを無理矢理っていうのは、好きじゃないんだよ。わかる？」

唇を撫《な》でていた山本さんの親指が、口腔内《こうこうない》に押し入ろうとした。とっさに歯を食いしばり、顔を背《そむ》けるけれど、髪をギチギチに押さえられているため、すぐ元の位置に戻されてしまう。

「そっかあ。綾ちゃんはそういうプレイをお望みかな。だったら——」

ピリッとした空気を感じ、しまったと思った時はもう遅かった。

胸元に手がかけられ、ブラウスを一気に左右へ引き裂かれた。

「き……、きゃあああっ！」

あまりのことに一瞬声が詰まったが、すぐに大きな悲鳴《ひめい》を上げた。

「誰か、誰か助けて！」

滅茶苦茶《めちゃくちゃ》暴《あば》れて逃げ出そうとするけれど、壁に追いつめられている上に真っ暗な空間ではうまくいかない。せめてもの抵抗に、壁を何度も踵《かかと》でゴツゴツ蹴りつける。

どこかに、声が、音が、届いて――！

必死な私をあざ笑う山本さんは、ぐしゃぐしゃになった私の後頭部の髪を整えるように撫《な》でた。

「無駄だよ、綾ちゃん。ここには誰もいない。僕が確認しなかったとでも思う？　さあ、愛し合おうよ」

「嫌……嫌よ……！」

「嫌がるのを無理矢理ってのは嫌いだって、僕、さっき言ったよね？　……聞き分けのない子だな！」

ふ、と鼻先の空気が止まった気がして、思わず顎《あご》を下げた。すると、頭の天辺《てっぺん》にガチッと硬いものが当たり、「ぐえっ！」と悲鳴《ひめい》が上がる。

キスをして来ようとした山本さんに対し、思いもよらず頭突きをする格好となったようだ。このチャンスを逃してはいけない。

掴《つか》まれた手が緩んだので、下にしゃがみ、スッと横にずれる。そして山本さんが怯《ひる》んでいる隙《すき》に、パンプスを脱いで足音を立てないよう細心の注意を払って歩き出した。ここから出入口までの、およその位置は何度も資料庫に来たからわかっている。いまいる書棚の五列先を曲がり、そこから十歩くらい歩いたあと左へ――！

暗闇《くらやみ》で見えないのはお互い様だ。しかし配置図を頭に入れてある私のほうが有利なはず。

呼吸音で居場所を悟《さと》られないよう、細く呼吸を繰り返し、足先で棚の角を確認しながら歩《ほ》を進めていく。

緊張の糸がピンと張りつめ、それがいつ切れてもおかしくないほどギリギリの状態だ。追ってくる気配は自分の心臓の音で聞き取りづらい。それでもとにかく先へ、先へ！

棚の角に触れ、左に曲がり、とうとう足先に壁らしきものが触れた。よし、ここが壁ということは、壁伝いにもう少し右へ……ほっと気が緩みかけたその時。

「みぃつけた」

背後から抱きつかれ、首元に腕が回された。

「きゃあああああっ!!」

上げた悲鳴《ひめい》は、まるで他人事のように聞こえる。しかしまぎれもなく自分の喉から出た声で、それを自覚した途端《とたん》、戦わなくてはとスイッチが入る。

首に回された腕へ思い切り爪を立てて引っ掻《か》き、彼の腕から逃れる。それから、あたりに触れたものをめちゃめちゃになぎ倒して防戦した。

ガシャン！　ドサドサッ！　と大きな音が出るよう力いっぱいしているのは誰かに気付いて欲しいからでもあるし、山本さんが諦《あきら》めて出て行ってくれることを願ってでもある。

スチールラックに載っているなにかを、手あたり次第山本さんのいるらしい方向へ投げ、資料を運び出すのによく使う台車も構わず投げた。

自分の傍《そば》に近付けないよう、軽くなったスチールラックを倒すと、それが山本さんの体のどこかに当たったらしく、「ぐあっ！」と悲鳴《ひめい》が聞こえた。

それを聞いて、私は四《よ》つん這《ば》いになり、部屋の奥に行こうとした。真っ暗なのを逆手に取り、簡単には探れない場所へ……スチールラックの棚の中でもどこかの隙間でも、とにかく隠れようと考えたのだ。

しかし——そんな私をあざ笑うかのように、小さな光が、床に触れる私の手を照らした。ハッと光の元に顔を向けると、そこには能面のような顔の山本さんが、私を見下ろして立っている。

絶体絶命というよりも、エンドマークを突き付けられた。

体中の血液が、すべて床に吸い込まれるかのような感覚が全身を襲う。

「綾ちゃん？　いい加減にしないと、僕怒っちゃうよ」

掌《てのひら》に収まるほどの小さな懐中電灯を指で摘《つ》まんで私を照らし、フンと鼻で笑うとその懐中電灯を床に放り投げた。

「せっかく優しくしようと思ったのに、綾ちゃんが逃げ回るから台無しだよ。遊びは終わり。もう遠慮《えんりょ》はいらないよね？」

「いや！　離して、離して！」

「僕、我慢するの嫌いなんだけどな」

思い通りにならない私に苛立《いらだ》ったのか、山本さんは私を床に押し倒して馬乗りになる。私はひたすら悲鳴《ひめい》を上げてなんとか逃れようと暴《あば》れるが、腰の横をガッチリと膝《ひざ》で挟《はさ》まれ動けない。

「綾ちゃん、僕がどれだけ君を好きかわからせてあげる」

裂かれたブラウスの隙間から掌《てのひら》が入り込む。

哲也さんとは違う異性の掌《てのひら》は、ただひたすら気持ちが悪くてくらくらする。

肌の上を滑《すべ》らせ、胸の膨《ふく》らみを確かめるその手は、哲也さんだったら触れられる度《たび》にその場所が熱くなるのに、いまは冷たく凍っていくようだ。

もう駄目だ……絶望の黒い染みが、心の中に広がる。この窮地《きゅうち》をなんとかしようとあがいたけれど、所詮《しょせん》男女の力の差には敵《かな》わない……ということか。

「た……たすけ……て……哲也さん、助けて……」

無意識に、愛しい人の名を呟《つぶや》いていた。

「あいつの名前を呼ぶなよ、汚《けが》らわしい。だいたい僕たちは会社でも公認の仲だろう？ ここに来てから僕を特別扱いしなかったのは、さすが社会人だなって感心したけど、そういうのはもういいから」

ここに来てからとか言われても、ここに来る前もいつだって特別扱いした覚えはない。まったく覚えていない私は、ただひたすら悲鳴《ひめい》を上げるしかなかった。

哲也さんしか知らない私の体……ブラジャーの端から指がそっと入ってくる――

「やめて！」

私が叫ぶのと、ドアがガツンと大きな音を立てたのは同時だった。

「綾香！」

……この声は⁉

「哲也さん！」

「大丈夫か⁉」

必死に声を上げると、ドア越しに愛しい人の返事があり、じんわりと涙が浮かぶ。

しかしまだ助かったわけではない。叫ぶ私の口を塞《ふさ》ごうとする山本さんの手をかわしながら、短く伝える。

「助けて！」

「よし、待ってろ！」

「哲也さ……っ！」

バチンッ！

言い終わらないうちに、私は頬《ほお》を平手で打たれた。右頬《ほお》が感電したかのように、ジンジンと痺《しび》れる。その手を振るったのはもちろん私に馬乗りになっている山本さんだ。

「困るなぁ……なんでそういうこと言うの？　僕たちの仲を引き裂く張本人だろう？」

鍵がない限り、ここの資料庫は開かない。その余裕からなのか、山本さんは私の体を手で探る。

それはまるで蛇《へび》にでも這《は》いまわられているかのようで、とても気持ちが悪くなる。

「僕の綾ちゃん……」

ふたたび、鼻先で空気が淀《よど》む。くちづけを仕掛けるに違いない！　と顔を逸《そ》らそうとしたら、顎《あご》を掴《つか》まれ固定された。ぐっと身を乗り出す気配に、絶望の二文字が浮かんだその時――

カチャッ。

眩《まぶ》しい光が差し込んだ。

「綾香！」

眩《まぶ》し過ぎてきつく目を閉じたら、ふっと体が軽くなり、直後にズダン、となにかが床に叩きつけられる音がする。

こわごわ薄目を開けると、山本さんが床に転がった状態で哲也さんに手首を捻《ひね》られ、あっという間に関節技をきめられ取り押さえられていた。

「望月さん！」

もう一人の声がして、仰向《あおむ》けになったままそちらに顔を向けると、綿貫先輩が駆け寄ってきた。

先輩は一瞬泣きそうな顔をしてから「紅林君、ジャケットを寄越《よこ》して」と言い、脱いで寄越《よこ》した哲也さんのジャケットを受け取り、ふんわりかけてくれる。

「……あ」

そうだ、私はボタンを引きちぎられて胸元が露《あら》わになったままだった……

先輩から受け取ったジャケットをもたもたと押さえて上体を起こし、ぶかぶかのそれを羽織《はお》ると前身頃《まえみごろ》を交差するようきつく寄せる。

「あの……どうして、ここに……」

助かったのはわかるけれど、どうして哲也さんと綿貫先輩が、そしてどうして鍵が。訳がわからず呆然《ぼうぜん》としていたら、鷹森部長が入ってきた。

「……っ！」

「まだ入っちゃ駄目！　あっち行ってて！」

私が驚くのと綿貫先輩の叱責《しっせき》が飛ぶのは同時だった。

先輩の剣幕《けんまく》に、一瞬だけ顔を出した鷹森部長はすぐに扉の外へ引っ込んだ。

先輩……普段はきちんと敬語を使っているのに、部長に向かって大丈夫なの？　と若干《じゃっかん》心配になっていたら、綿貫先輩はハッと気付いたようで、私に対し照れ笑いをしながら「実は彼と付き合っているの」と告白した。

「……えっ！　あの、えっと、うちの部の……鷹森部長、ですか？」

「とにかく、ここにずっとはいられないから私と更衣室へ行きましょう。紅林君、いいわね？」

「ああ。綾香を頼む」

「了解」

山本さんを取り押さえたまま、哲也さんは綿貫先輩と話し合った。

哲也さんのところへ真っ先に行きたかったけれど、いままさに襲われていた相手と同じ空間にはこれ以上いたくない。それなので素直に頷《うなず》き、先輩に肩を抱かれながら歩き出す。

扉のところに部長がいたけれど、こんな状態では顔を合わせづらく、俯《うつむ》いたまま小さく会釈《えしゃく》をして通り過ぎた。

そして明るく電気を灯された更衣室に入り、扉が閉まったところで、先ほどの資料庫のあたりが騒《ざわ》めく。

おそらく、小会議室にも事態が知らされたのだろう。

……その前に連れ出してくれて、本当によかった。

ホッとするのと同時に、涙腺《るいせん》が緩み、ぼたぼたと涙が溢《あふ》れて止まらなくなる。

哲也さんや綿貫先輩の顔を見て、張りつめた気持ちが一気に緩んだのだ。

「怖かったよね……ごめんね……」

私を抱き寄せ、頭を撫《な》でてくれる。先輩が謝ることなど一つもないし、そもそも助けてくれたのに。優しく私を労《いたわ》ってくれて、その優しさに涙が零《こぼ》れる。

堪《こら》え切れず声を上げて泣く私に、綿貫先輩は頭を撫《な》で、背中を優しく叩いてくれた。

しばらくずっとそうしていてくれたけど、徐々に気持ちが落ち着いてきたら、急に恥ずかしくなってきた。

「先輩……あの、ありがとうございます」

ぐずぐずの顔のままで礼を言うと、「馬鹿ね」と苦笑された。

「いいのよ、お礼なんて。一人にしてしまった私が悪かったわ」

「え？　そんな……」

「それに、伝えてなかったこともあるし……本当にごめんなさい」

綿貫先輩は、更衣室の隅に置いてあったパイプ椅子《いす》を二脚ガタガタと並べ、私に座るよう促《うなが》すと、これまでのことを話し出した。

「……この研修会が始まってすぐに、紅林君は山本さんの言動に危険なものを感じたらしくてね……初対面のはずなのに、やたらとあなたのことを彼女だと自慢しだして、研修会のメンバーにも少し距離を置かれていたって聞いたわ。だから紅林君は、望月さんの婚約者ってあえて公表したり、それとなく見張ったり、望月さんが無事家に帰るのを毎日見届けたりして、彼なりにガードしてたみたいだけど」

そう……なんだ。

私と山本さんは、正直研修会に関してのメールや電話しか接点がない。当然その内容はほかのメンバーと同じであり、特別になにか計らうなどした覚えもない。なにが彼の心の琴線《きんせん》に触れたのかさっぱりわからなかった。

そして哲也さんは……ずっと私を守っていてくれたんだ。

ただ私は告白をされ、その流れで家まで送ってくれているとだけ思っていた。まさか警護《けいご》の意味があったとは思わず、更に毎日私の帰りを見届けてくれていたってことは接触禁止の一週間も、私に告《つ》げることなく帰宅を見守っていてくれていたわけで……

膝《ひざ》の上で組んだ手を見つめていると、そこへ先輩の手が重ねられた。

「紅林君がね、私に望月さんとのことを真っ先に言ってきた理由は、たぶんこれね」

そう言って、先輩は首に掛けていたチェーンを引っ張り出す。その先には、リングが掛かっていた。

「これ、婚約指輪なの。私、彼と近いうち結婚するんだけどね、会社にいつ伝えようかって相談していたところだったの……」

「……鷹森部長と？」

「そう、鷹森部長。きっと紅林君は私たちの関係に気付いていて、私に言っておけば、私が彼に話を通すと思ってたんでしょ。当たりよ。資料庫の鍵を持っているのは鷹森部長だったから、あなたが閉じ込められたと気付いてから鍵を借りるまでの話が早くて助かったわ」

その後、資料庫に来た経緯も聞いた。

「慰労会《いろうかい》の席で、山本さんが急にいなくなったことに、紅林君が気付いたらしいの。お手洗いならすぐ戻るはずだけど……って思ったけど帰ってこなくて、慌てて途中で席を立って会社に戻ったらしいわ。私は彼とデートだったから、一階のエントランスで待ち合わせていたのよ。そこにちょうど紅林君が血相変えて飛び込んで来たの。『綾香は？』って……。山本さんが慰労会《いろうかい》に行ってるから安心、って思い込んでいた私の失態《しったい》ね。それで会社に入ったら、資料庫のあたりでなにか音が聞こえて……あとは知っての通りよ。あ、そうだ。望月さん、着替え持ってる？」

「あ、はい、あります」

先輩はぎゅっと私の手を握《にぎ》ったあと、ポンポンと叩いて、立ち上がった。

それから私のロッカーを開け、予備に置いておいたブラウスを見付け、取り出して私に寄越《よこ》す。

「山本さんの一件は、このまま終わりってわけにはいかないわ。色々と聞かれることもあって辛いかもしれないけど、一緒にがんばりましょうね。……大丈夫、私たちが付いているから」

哲也さんたちはどうしているだろう。

ついさっきまで自分のことで精一杯だったけれど、泣いたせいか冷静になって状況を確かめたくなった。

「――行きます」

ブラウスを着替え、すうっと息を吸って、背筋を伸ばす。その背中を、綿貫先輩がぽんと叩き、二人で更衣室を出た。

数メートルも歩けば件《くだん》の資料庫があり、出入り口付近で数名が中の様子を窺《うかが》っていた。しかし私たちの姿に気付くと、なにも言わず場所を空けていく。

とはいえ、ついさっき危険な目に遭《あ》ったばかりの部屋に、いますぐ入る勇気はない。

先輩が部屋の中ほどに立ち、資料庫内とのやり取りを仲介してもらうことになった。

山本さんは、暴《あば》れることもなく何名かに付き添われて、すでに小会議室に移動したようだ。

姿を見ないで済むことに、ホッと胸を撫《な》で下ろす。

私が投げつけたファイルや本、それにスチールラックを倒した室内の惨状《さんじょう》は、どの程度だろう。

そう聞くと、綿貫先輩の傍《そば》に立っていた鷹森部長が答えてくれた。

「確認したが、どれも壊れていない。壊れていたとしても、正当防衛だから仕方がないさ。気に病《や》むことはない」

だから大丈夫だ、と私を安心させるよう言ったあと、「それから――」と言葉を続けた。

……どうやら、山本さんが私に固執していた理由がわかったらしい。

なんでも、自分がした、どんな小さな質問にもちゃんと答えるし、電話越しに笑ってくれる。そこから、もしかして自分に好意を持っているのではないかと思い始めたらしい。そして前回参加者に話を聞くと、いまその彼女は二十八歳。そんな年齢になるまで会社にいるというのは、自分と結婚するために待っていたに違いないと確信した――のだと。

聞けば聞くほど頭が痛くなる。どうして会ったこともないのにそう思えるのか。勘違いにもほどがあり、とりあえず私に非がないことはみんなに証明された形になった。

そして、警察に届けるかどうかの話になり……

確かに、閉じ込められて襲われそうになった。すごく怖い思いをしたし、それ相応《そうおう》の罰《ばつ》を受けてほしい。

とはいえ結果的には未遂《みすい》で終わり、山本さんの在籍する支店は飛行機を使わないとおいそれとは行けない距離。研修会は今日で終わりだし、そしてもう二度と会うこともないだろう。

会社を辞めさせてそれも含めて逆恨《さかうら》みされてはたまったものじゃないし、それなら閑職《かんしょく》にでも就けて、きっちり管理してほしい――と希望した。

警察沙汰《ざた》にしたほうがいいのはわかっている。でも、社員同士の揉《も》め事として内々に片付けて早々に手打ちにしたかった。

鷹森部長から、とりあえず今夜はこれで終わるけれど、月曜日にまた面談すると言われ、解散になった。先輩は、「本当にそれでいいの？」と不満げではあったが、私はそれでいいと返す。

「……わかった。でも、今後のこともあるから記録は取るわよ。それは了承《りょうしょう》して」

異論はなく頷《うなず》くと、哲也さんが急ぎ足でこちらに歩いてくるのが見えた。

「あっ……」

私がパッと顔を上げたのを見て、先輩も誰が来たのか気付いたらしく、ちょっとちょっとと耳元でささやいた。

「で、もう研修会終わっちゃうけど、二年前のことは思い出した？」

「え……あ、そういえば、全然思い出せなくて困ってたんです」

「じゃあ、私からこっそり大ヒント。……二年前、私は望月さんに助けてもらったって言ったわよね？　あれは望月さんと同じくお弁当の発注で失敗したの。その時、近くにいた望月さんが持っていたお弁当を――」

「あっ！」

そこまで言われて、ようやく思い出した。そうだ、お弁当……私のお弁当！

「じゃ、あとはよろしく～」

「ああ、悪かったな」

私がずっとずっと思い出せなかった二年前の記憶について呆然《ぼうぜん》としているうちに、綿貫先輩は帰り、私の目の前には哲也さんが立っていた。

「綾香……」

じっと私を見下ろしてくる哲也さん。ああ、私の好きな人だ……

唯一無二《ゆいいつむに》の相手だと確信する。

「あの――きゃっ！」

声をかけようとしたら、がばっと抱え込まれた。

「ちょ、ちょっと、あの、てつ……紅林、さん！」

会社でなんということを！　しかも、しかも、よりによってお偉いさんたちばかりいる場で！

私は焦《あせ》っているのに、周りにはなぜか『よかったな』というムードが漂《ただよ》っている。助けを求めてあたりを見渡すと、鷹森部長が両手を合わせてごめん、というポーズをした。

……まさか、哲也さんと婚約しているとか、バラしたんですか……！

それならば、この空気も納得できる。婚約者が襲われ、間一髪助けられたのを喜ぶ姿だと認識されたのだろう。

あんなことがあったばかりで、さっきまで荒《すさ》みきっていた空気が、哲也さんの過保護ぶりによって少しだけ明るくなった。

「綾香が無事で本当によかった……」

心からの言葉にハッとする。

「うん……ありがとう、紅林さん」

「もう名前でいいだろ。俺は仕事上がってるし」

「私はまだですし、だいたいここは会社で――」

「そうか。愛しているよ、綾香」

「……！」

好奇の視線をものともせず、しれっと愛の言葉を吐き出す哲也さんの心臓は鋼鉄か！

この場の雰囲気が、とてもじゃないけどいたたまれない。顔を熱くしながら、とりあえず周囲の人に「お先に失礼します！」と頭を下げ、哲也さんの袖口《そでぐち》を引っ張りながら足早に会社を出ていった。

まさかこんな時にまで、外堀を埋《う》めるような真似《まね》しないと思ってたのに！

これで週明け出社したら、私が哲也さんの婚約者だという噂が広まっていることは確定だろう……

8

まるで墨《すみ》を零《こぼ》したように黒い空に、小さな光がいくつか瞬《またた》いている。

普段は街の明かりで見えづらいが、喧噪《けんそう》を離れ、条件がいい日に眺めれば四等星まで肉眼で見られそうだ。

道路の左右に立ち並ぶ商店街の上に広がる夜空を見上げ、はぁっと息を吐くと、息は真っ白に広がり、夜空に溶け込むようにすうっと消えた。

今夜は足元から冷え込む。飲み会の一次会を終えたらしいグループは、足早に次の店へ、または帰路を急ぐ。

商店は時間帯的にほとんどがシャッターを下ろしているが、飲食店やカフェは週末ということもあり、まだまだ賑《にぎ》わっている。

私と哲也さんは、そんな人の流れに乗って、私のアパートへと歩いていた。

会社を出てからずっと無言で、少し気まずい。

だけど、哲也さんとしっかり繋いだ手の温もりは、じんわり安心する。

商店街の道の途中を折れた場所にある公園に寄ると、今日もイルミネーションが点灯されていた。前に来た時よりも今日は時間が遅く、おまけに週末の金曜日ということもあり、どこか大人の雰囲気だ。

だって……カップルだらけ。

通り沿いの目立つところでは、若い男女がイルミネーションを背景に自撮りを楽しんでいるけれど、あとは光る木々や、建物の陰にひっそりと隠れ、愛を語り合っているようだ。

……ああ、あの二人、やけに距離近くないですかね。うわ……キ、キス、してる?

ドギマギしながら、なるべく見ないように視線を地面に留《とど》める。

自分の靴先が、コートの裾《すそ》から右、左、と交互に飛び出していく。

すると、哲也さんが突然歩みを止めた。それに気付かなかった私は、哲也さんの体へ強《したた》かに鼻をぶつけてしまった。

「いたっ……哲也さん！」

「しー。もう始まるよ」

抗議《こうぎ》の声を上げた途端《とたん》、哲也さんがそれを制し、痛む鼻をさすりながら前を見る。すると、ちょうど噴水《ふんすい》ショーが始まったところだった。

週末だから遅い時間までやっているらしい。とはいえ今日は、これで最後のショーになるようだ。

以前哲也さんと見た時は、まだ早い時間だったから、学生など若干《じゃっかん》年齢層が低めだったけれど、この時間は私たちと同世代が大半を占《し》めていた。

ショーのプログラムは前回と同じだったけれど、自分の恋心を自覚したいま、感慨《かんがい》はひとしおだ。

隣に立つ哲也さんと、この美しい景色を共有できてうれしいという感情も芽生《めば》えた。

手を繋いだまま、光と水の共演に、目を奪われる。

水音が、光の乱舞《らんぶ》が、それに合わせて流れる音楽が、私の心を穏やかにしていく。

哲也さんはどんな表情で見ているのだろうか。

ふと気になって隣を見上げると、哲也さんも私を見ていて、視線が絡み合う。

「綺麗《きれい》だ」

ショーのこと？　それとも……？

尋ねるのも野暮《やぼ》な気がして微笑《ほほえ》み、一歩、近くに距離を詰める。

少しだけ開いていた二人の間が埋《う》められ、哲也さんの体と接している部分が熱くなり、じわじわと愛しさが込み上げてきた。

好きになるって、すごい。

ドキドキするだけじゃなくて、きゅっと切なくなるだけじゃなくて、ほんの些細《ささい》なことでも幸せになれる魔法だ。

普段の夜の空気はきりりと肌に刺さるような冷たさだが、いまはなぜか妙にぽかぽかと温かく感じた。

ショーが終わると、あたりには一瞬だけ暗闇《くらやみ》と静寂《せいじゃく》が訪れる。けれどすぐに、常夜灯がふわりと照らした。

集まっていた大勢の観覧者は、それを機にそれぞれ目的の場所へ散っていく。哲也さんも、私を家に送り届けようと一歩踏み出したけど、私はその場から動かない。

「……綾香？」

不審《ふしん》に思った哲也さんは、私の顔を覗《のぞ》き込む。

しかし私は、ある決意を胸に、なけなしの勇気を振り絞っていた。よし、言うぞ！

「て……哲也さんっ」

「ん？」

「あの……えっと……」

ああ、そんな麗《うるわ》しい顔で小首をかしげないで！　落ち着け、心臓！

「ですから……」

ドキドキが止まらなくて口から心臓が飛び出してしまいそうだ。

言い淀《よど》む私に、哲也さんはじっと待ってくれているが、それがよりいっそう焦燥感《しょうそうかん》を生んでしまう。

「……い……つも、家まで送ってくださって、ありがとうございます。プレゼンのあった期間も、見守ってくれてた……って聞いて……」

意気地なし。

自分で言うって決めたのに、口から先に出たのは感謝の言葉だった。

もっとも、これも伝えたかった一つだから、言い出せてよかったけれど。

「山本の執着は目に余るものがあったからな。俺ができることといったら見送ることだけで……。

しかし今日は本当に肝《きも》が冷えた。本当に……間に合ってよかったよ」

心から私を想ってくれるのが、視線と気持ちと声と、そして繋いだ手から伝わってくる。

一番悪いのは勝手な思い込みで暴走した山本さんだけれど、私も迂闊《うかつ》だった。もっと想像力を働かせて、注意をすべきポイントがたくさんあったのだから。

結果、哲也さんをこんなにも心配させて……

「ごめんなさい、哲也さん」

「綾香はなにも悪くないだろ」

「ううん、もっと早く私が……」

気持ちを決めていたら、と続けようとして止めた。

その言葉は、こんな勢いに任せた場所でじゃなく、きちんと言いたい。大事に取っておこう。

「違う、いま、そういうこと言いたいんじゃなくて……え、と……哲也さん、明日空《あ》いてますか？」

「明日？」

ようやく切り出せた本題に、緊張は少しだけほぐれる。

しかし哲也さんは、にっこりと微笑《ほほえ》みながら「明日は一日、予定があるんだ」と、私が欲しかった返事とはかけ離れたことを言った。

そうだよね……前もって約束なんかしていないし、突然言われても困るよね……

思わず肩を落とすと、哲也さんは「違う、違うって！」と慌《あわ》てて訂正した。

「明日は綾香と一緒に過ごすから、って言おうとしたの！　……その、ごめん」

「紛《まぎ》らわしいです！」

「本当に悪かった。なんでもするから許して！」

誤解させるような言い方をしたことを、ちょっと強めに怒ったら、哲也さんはやり過ぎたと焦《あせ》ったようだ。だから、タイミングを計っていた台詞《せりふ》を叫ぶ。

「なんでもいいんですね？　じゃあ、私とデートしてくれますか」

「……え？」

無理難題を突き付けられるかと覚悟していたのか、哲也さんは目を丸くして呆《ほう》けた。その様子を見て、意味が通じていないかと心配になり、もう一度伝えてみる。

「私とデートしてください、哲也さん。でも、ただのデートじゃありませんが……いいですか？」

デート、と三回も言ったことが、なんだか無性《むしょう》に恥ずかしくなった。

顔から湯気《ゆげ》が出るんじゃないかと思うくらいに、熱くて仕方ない。

「もちろん。綾香からデートに誘われて……うれしいよ」

哲也さんは両手を広げて私を抱きしめようとしたけれど、その隙《すき》に一歩下がって距離を取った。

「綾香？」

その行動の意味を推し量ろうとする哲也さん。私が下がった分一歩進むと、私はそれに合わせて二歩下がる。

「哲也さん、ただのデートじゃありませんよ。デートはいまからもう始まります」

「どういうことだ?」

「今夜はこのまま解散です」

「……家に送るのはいいだろ?」

「触らなければ、いいです。それで、明日は駅で待ち合わせしたいのですが、いいですか?」

「車では駄目なのか?」

「はい。バスで移動します。あと荷物ですが……一泊の御準備を」

「泊まりがけ?」

「……お泊まりデート、です。宿の予約は取ってあるので……哲也さん、二人で慰安《いあん》旅行に行きませ――」

「行く!」

言い終えるかどうかのタイミングで、哲也さんは即答し、二人で顔を見合わせ笑った。

＊＊＊

昨日は色々あって、喜怒哀楽《きどあいらく》を一生分使い果たしたと思うほど疲れた。

夜は哲也さんにアパートまで送ってもらったあと、泥《どろ》のようにベッドに倒れ込んで、そのまま寝てしまった。

そうしていま目覚めて時計を見たら、時刻は出勤する時と同じ。

デートの待ち合わせの時間には充分余裕がある。だから、洗濯や掃除《そうじ》、ほかにも働いていると休日しかできないことをやって……やって……

うわあ……もう、なにかしていないと、落ち着かない！

アイロンもすべてかけてしまったし、排水溝の掃除《そうじ》もしたし、持っていくボストンバッグの中身なんて三回も確認した。身に着けた下着も……上下合わせたし……

下着のことに考えが及ぶと、見せる相手になる哲也さんの顔が思い浮かんでしまい、まだ会ってもいないのに動悸《どうき》が激しくなって止まらない。

見せるというシチュエーションは……つまり、する、のよね……

もう二回も『した』。

二週間前まで経験皆無《かいむ》だった私が、もうすでに二回もしたのである。

そして今回、哲也さんを誘ったお泊まりデートということは……三回目をきっと……

昨晩公園でデートに誘った時にも、それ込みで、と自分から匂わせた。

哲也さんは三十二歳という年齢からか、元カレのように欲望に突っ走って求めてくるのではなく、とにかく私を大事に労《いたわ》りながら体を重ねてくれる。

痛くないか、苦しくないか。様子を窺《うかが》いながら……

人生二十八年での経験値は、二回。その二回で、元カレと付き合っていた大学生の自分が、いかに幼い思考をしていたか理解した。精神的な繋がりだけじゃ足りない。大人には、確かに大人の付き合い方があるのね、と。

そうなると、気になってくるのが自分の体の手入れだ。

まあいいかと特に気を使ってこなかったボディクリームを少しいいものに替えたり、髪をトリートメントしたり、爪の手入れもした。

下着だって、着心地しか重視していなかったけれど、解《ほつ》れていないか、捩《よ》れていないか、見栄《みば》えのチェックをしてから身に着けるようになった。

ハジメテの時は想定外だったから、その辺を気にしていなかったけど、旅先ということもあり一応それなりの下着だった。しかし二回目はどうだった？　あの、アパートの玄関でしちゃった時……色々気にする余裕がなくて、妙なスイッチが入ってしまった。自分が自分でなくなるような、本能での結びつきを無意識的に求めるような……

駄目だ、だから考えちゃいけないのよ！

ふと立ち止まると、どうしても哲也さんとあんなことやこんなことをするのかな、と妄想《もうそう》が暴走してしまう。

気付けば家を出ないといけない時間が差し迫っていて、荷物を抱えてバタバタとアパートをあとにした。

＊　＊　＊

今日は繁華街でなにかのイベントがあるらしく、電車から降りて改札を抜けていく人は一定方向に流れていく。しかし私が用があるのは、駅に隣接したバスターミナルだ。何台ものバスが電光掲示板と同じ乗り場に着き、乗客を乗せて出発する。

サラリーマンや老夫婦、親子連れなど様々だ。それぞれに目的があり、それぞれに人生があるんだな、と思うと、妙に胸の奥が切なくなった。みんないろんな思いを抱え、そして社会と関わり、人生を過ごしていく。

見慣れた風景なんだけど、好きな相手ができただけで、こうも違って見えるものなのだろうか。ともにありたい、ともに過ごしたいと思う相手ができ、そして二人でいる未来を想像したからこそ、一人でいる寂しさを知ってしまった。

哲也さんも、こういう気持ちを持ったことがあるのかな。

今日の旅行は、二人きりでたくさん話したくて計画したものだ。

行き先はまだ告《つ》げておらず、ただお泊まりデートというだけで待ち合わせをしている。哲也さんが車を運転してくれると言ったけど、今日は私のワガママでバス移動にしたのだ。

「哲也さん！　……ごめんなさい、遅くなりました」

「いや、俺もちょうどいま来たところだから。荷物持つよ……っと、重いな。なにが入っているんだ？」

「内緒です」

待ち合わせ場所に着くと、哲也さんはこちらに軽く手を振り、さりげなく私のボストンバッグを持ってくれた。中身について尋ねられたけれど、それはまだ教えられない。

それにしても……。こんな会ってすぐでも、私の胸は甘酸っぱくときめく。

チャコールのコートにVネックのニット、その下には格子模様のシャツを着込んでいる。そしてストレッチの利いたベージュのチノパンでカジュアル感を出しつつショートブーツで固く締《し》める感じ……うう、格好よ過ぎるよ、哲也さん。

一方私はと言えば、ショート丈のアイボリーのPコートに、黒の膝丈《ひざたけ》プリーツスカート。そして黒のタイツに黒のブーティを履《は》いている。残念ながら今年買ったものではなくて、どれも数年前に買った定番のものだ。首元にはワインレッドのマフラーをぐるぐる巻きで寒さ対策済み。

……デート、デート、と呪文《じゅもん》のように繰り返して選んだ服だけど、隣に立つには中身も併《あわ》せて、やっぱりつり合っていない気がしてきた。

しかしそんな不安な気持ちを察したのかわからないけれど、哲也さんは私の頭をぽんぽんと叩いて「可愛い」と言ってくれた。

その瞬間、私の中にあった不安があっという間に霧散《むさん》する。恋というのは毒にもなるし薬にもなる。感情がジェットコースターのように目まぐるしく変化し、本当に困ったものだ。

「それで、今日はどこに行くんだ？」

「えっと……あっ、ちょうど来た！　あのバスに乗ります！」

視界の端に、停留所に来たバスが映った。乗り遅れたら一時間待ちは確実なので、慌《あわ》てて走り出す。急いだお陰で、ドアが閉まる前に乗り込めた。それほど乗客がいないので、私たちは一番うしろの席に座り、その直後、バスが出発した。

……二週間前は一人慰安《いあん》旅行に向かうため、こうやってバスに乗っていたのに……なんだか不思議な気分だ。

いま、隣には哲也さんがいる。そして、二人だけで出かけるという、休日。

まさかこんなことになるなんて、二週間前には考えもしなかった。どんな出会いがあるかわからないものだ。

バスは、多くの車が行き交う商業地から市街地へ、そして道路が片側二車線から一車線、交互通行へとどんどん道が狭くなっていく。それにつれ、住宅はまばらになって、田畑、そして木々が鬱《うっ》蒼《そう》と茂る山裾《やますそ》を走っていく。

やがて私が目的とする場所に着き、二人でバスを降りた。

しかし道路は舗装《ほそう》されているとはいえ、周りには民家すら見えない場所で、哲也さんはあたりを窺《うかが》いながら私に尋ねた。

「バス停があるってことは……ここに、なにかあるのか？」

「はい。こちらです！」

荷物を持たせたままで申し訳ないと思いつつ、砂利道《じゃりみち》へ足を踏み入れた。靴越しにでこぼこした感触がするけれど、粒が整っているのでそれほど不快《ふかい》に感じない。

頭上はまるでトンネルのように常緑樹の枝葉が覆《おお》っているものの小道に雑草はなく、端に季節の草が慎《つつ》ましく生えている。

昔からここを大事にしている人たちが、ちょくちょく手入れしているようで、紅く燃えるような紅葉《もみじ》や楠《くすのき》の黒い実、ヤブコウジの赤い実、そして少し開けた場所には十メートルはありそうな大きなクロガネモチが、真っ赤な実を枝葉全体に付けていて、まるでイルミネーションのように美しかった。

私がこれはなんの葉で、この木はなんという名前、と言うと、哲也さんは興味を持ち、スマートフォンで写真を撮ったりして道中楽しく過ごした。やがて、ザーという雨が強くなった時のような音が聞こえてくる。

「……もしかして、滝？」

「正解です」

小道を抜けると、滝が見えてくる。ゴツゴツとした岩肌に数条の清水が流れ落ちていく。豪快《ごうかい》とまでは言わないけれど、水の流れ落ちる様はなぜか気持ちを穏やかにさせた。

水はいったん滝つぼに集まったのち、さらさらと小川となって流れていく。その小川の間には小さな橋も掛けられ、滝を見渡せる場所に東屋《あずまや》がいくつか点在していた。

この場にいるのは私たちだけかと思ったら、何組か先客がいるようだ。お互いの会話は、滝の音にかき消されて聞こえない。

「哲也さん。この滝はね、願い事が叶《かな》うって言われているの」

私たちが立っている傍《そば》に、手書きの立て看板《かんばん》がある。滝に願いを託《たく》すと叶《かな》えられるだろう、と書かれている。

ここは、いつも泊まる民宿の女将《おかみ》さんから聞いた、知る人ぞ知るパワースポットだった。

私は滝に向かい、目を閉じて秘めた想いを心の中で唱える。

――……どうか、願いを聞き届けてください。そして、私に勇気を。

ふと見上げると、哲也さんも目を閉じてなにかを願っているようだった。

しばらく滝の傍《そば》で水音を聞き、次に東屋《あずまや》に哲也さんを連れていく。そこはテーブルと椅子《いす》があり、軽く落ち葉など払ったあと、横に並んで座った。そして哲也さんに持っていてもらったボストンバッグを開く。

「ここでお昼にしましょう。まずは、これなんてどうですか」

こん、こん、とテーブルに置いたのはワンカップの日本酒を二つ。

「お、いいね。早速、乾杯といこう」

二人で金属蓋をぱこんと開け、乾杯、とワンカップのガラスをコツンと当てた。一口呑むと、口いっぱい、胸いっぱいに日本酒の芳醇《ほうじゅん》な香りが広がる。そして、もう一口呑んでテーブルに置く。

「……っ、ん〜！　美味《おい》しいですね！」

「これは先週の酒蔵の？」

「はい。自分用にも欲しくなって、近所の酒屋さんに聞いたら仕入れてくれたんですよ！　一升瓶《いっしょうびん》でいきたいところだったけれど、あまりの美味《おい》しさから自制できず一人で呑み干してしまったら困ると思い、あえてワンカップにした。

「こういう時にも持ち運びにちょうどいいですね。体が温まるかなって思って、持ってきたんです」

「いいね。俺たちにぴったりだ」

俺たちに。つまり、哲也さんと私の二人。その言葉だけで頬《ほお》に熱が集まるが、お酒のせいにしておこう。

そして弁当箱に詰めたおかずと、アルミホイルに包んだおにぎりを取り出す。

いつも使っている弁当箱なので、哲也さんには小さく感じるかもしれないが、おにぎりを三個用意したから、それで我慢してもらおう。

雑誌のように洒落た要素は一切ない。けれど、私の気持ちが届きますようにと、うんと心を込めて作ったお弁当だ。竹を削って作られた割り箸《ばし》を添えて、弁当箱を差し出した。

「これ、よかったら食べてください」

「お弁当……か。これ、作ってきてくれたのか？」

「はい。お口に合うといいのですが」

哲也さんは、弁当の包みを開き、蓋《ふた》を開ける。その時の顔は、まるで朝日が昇《のぼ》ってくる空のように、じわじわと輝くような喜びに満ち溢《あふ》れていた。

「この、弁当って……あの時のと一緒だ。綾香、覚えていたのか？」

哲也さんが驚きの声を上げる理由――それは、私がずっとわからずにいた『二年前』の出来事だった。

――二年前の研修会。哲也さんは初参加で、本社のサポートとして綿貫先輩が付いていた。

研修中、先輩は確認不足でお弁当の発注を一つ間違えてしまい、困っていたらしい。その時、たまたま昼休憩《きゅうけい》に行こうとしていた私は、事情を聞いて、持っていたお弁当を先輩に差し出したのだ。

綿貫先輩は、私が万理さんのお店に通って料理を習っているのを知っていたから、じゃあその兄貴ならいいかと同期の気安さで渡したようだ。

結果、私の味付けは哲也さんの好みとものすごく一致していたらしく、哲也さんは私のことをずっと探してくれていたらしい。そして情報を集めたりして、今回の研修会にも参加できるよう支店で猛アピールした……と。

「そもそも、誰に渡したのか知らなかったんです。人の手製弁当は苦手って人もいるし、大丈夫だったか気になったけど、弁当箱が空《から》になっててほっとしたんですよね。でもそういうことがあったなんて、すっかり忘れていました」

その日のお昼は綿貫先輩のオゴリで美味《おい》しいものを食べに行けたので、私はなおさらまったく気にしていなくて記憶から抜けおちていたのだ。

「綾香の味は……俺の知ってる味と同じで、なんていうかな……胃袋を掴《つか》まれたのかもしれない。お腹から綾香に惚《ほ》れたというか……今回の研修会のメンバーにも選ばれて、事前の打ち合わせだなんだと接点が増える度《たび》にもっと好きになった」

『話が合って、食の好みが似て、一人を謳歌《おうか》している。そういう人が好みだからな。丁寧に書類を整え、資料にはわかりやすく図をつけるなど気配りができ、更にはとてもかわいらしい声ではきはきと話す。そんな彼女に会ってみたかったし、こうして実現できたのはうれしい』

初めて民宿で会った夜、こういう告白を受けたのは、つまりお弁当が始まりだったということで……

だから、あえて今日はその時と同じメニューにした。二年前はまだ、お弁当作りにいまほど慣れていない時期だったから、作ったお弁当を毎日スマートフォンで撮影していたのだ。だから、写真フォルダを調べれば、当時渡したお弁当はすぐに特定できた。

「その中の一つ、豚肉とごぼうの甘辛煮……私の部屋で秋刀魚《さんま》を食べた時にも出したんですが、あんなに喜んでいたのは、だからだったのかなって」

私も大好きな料理の一つだ。たくさん作り置きしてある。お弁当の時はそのままに、夕飯にするときは卵でとじたりアレンジをする。そういうことができるようになったのも、万理さんの教えてくれた基礎があってこそだ。

「……あの時、褒《ほ》められてうれしかったです」

美味《おい》しいって、ご飯をおかわりしてくれた時、なんだかすごく気持ちが満たされたのだ。この幸せなひとときを、いつでも何度でも、哲也さんと過ごしたいと……

「それに、私が知らなかった世界を見せてくれました」

噴水《ふんすい》ショーを一緒に見た時の感動、守られる安心感、そして、肌を重ねることの喜び。

「もっともっと、私はそういう世界を見ていきたいです……哲也さんと」

「綾香……」

私は体をずらし、哲也さんをまっすぐに見る。そして、深呼吸を一、二、三……

「まだあの時の約束が有効なら……」

私は、哲也さんが膝《ひざ》の上に置いていた手に自分の手を重ね、緊張する心を落ち着かせようとした。

ああ、ちゃんと伝えられるだろうか。大きな和太鼓を激しく打つような心臓の音が、やたらと煩《うるさ》い。

喉がカラカラになり、ごほん、と空咳《からぜき》をして、生唾《なまつば》を呑み込んだ。

「哲也さん、あの……聞いてください」

私の決心が伝わったのか、哲也さんは真剣な顔でこちらを見ている。その瞳は、緊張でがちがちになった私の姿をはっきりと映していた。

「す……、す……」

好きです、と伝えようと思ったけれど、恥ずかしさが限界点を超えた。どうしても先が続かず、す、の口で止まる。

そんな私を、哲也さんは目を細めて笑顔で見つめる。その様子に余裕を感じてなんだか妙に悔《くや》しくなった。

「綾香、す、の続きは？」

「す……、もうっ！　私がなにを言いたいかなんて、わかってるくせに！」

「いやわからないな、声に出されないと」

「哲也さん酷《ひど》い！」

私はワンカップのお酒を持ち、ぐうぅぅぅっと一気に呑み干し、タンッとテーブルに置いた。そして、スッと息を吸って、勇気を振り絞る。

「色々考えた結果、初めて会ったあの日から好きだったと思います！　どうしてくれるんですか！」

「どうしてくれるって……え？」

「もっと、気持ちって時間をかけて育《はぐく》むものだと思っていたんですよ！　それが……それが、哲也さんがいきなり、だって、わたし、でも……なんで！」

興奮のあまり、なにを言いたいのかわからなくなってきた。気持ちが膨《ふく》らみ過ぎて、整理できなくなる。

「綾香、綾香……落ち着いて」

「哲也さんのせいなのに落ち着けると思ってるの……！」

ぶわっと涙が浮かび、激情を哲也さんにぶつけた。

『婚約者のふりをする間に、私が紅林さんを好きになれたら、付き合ってもいいです』

こんな台詞《せりふ》を言った当初、まさか本当に好きになるとは思わなかった。いや、本当はもうその時から、好きになっていたのかもしれない。

頭でガチガチに理屈で考えていて、心に塀《へい》を作っていたけれど、色々とっぱらって真っ先に欲しいものはと思い浮かんだのが、哲也さんだった。

支離滅裂《しりめつれつ》になりながらも、だいたいはこれと同じことを言ったと思う。

哲也さんは神妙な面持《おもも》ちで頷《うなず》きながら、私の頭を撫《な》でてくれた。

それが泣きたくなるほど気持ちよくて、より涙が溢《あふ》れるという悪循環。

「そうか……綾香、俺のせいで俺のことを好きになってくれたんだな。ありがとう」

「そうですよ！　哲也さんのせいなんだから！」

「責任取るから」

「言いましたね？　責任、ちゃんと取ってください！　……ん？　あれ？」

言質《げんち》取った！　と言わんばかりに身を乗り出したけれど、なにかおかしいことに気付く。

あれれ？　と首を捻《ひね》っていたら、哲也さんは恭《うやうや》しく私の左手を取り、薬指にくちづけた。

「これで、『ふり』はもうおしまいだ」

ふり……婚約者の、ふり。本当の意味での、婚約者ということに……なるの？

「や……でも、ほら、ええと、私は、お付き合いを始めましょう、ということが言いたくて……」

「結婚を前提とした、が抜けているぞ」

「え……いや、まあ、その……」

「俺の親にも会社にもすでに周知の仲だし、問題ないだろう？」

「う……」

もはや自分がどんな顔をしているかわからない。

哲也さんからの攻撃に、早くも白旗を掲げたくなった。哲也さんは上機嫌にククククッと笑いながら、ワンカップに入っていたお酒を、空《から》になった私の瓶《びん》に半分分けた。

「さあ、俺たちの将来に乾杯だ」

なんでこうなった……

なんだか上手に丸め込まれた気する。外堀はとっくに埋《う》められているし、私は彼の恋の包囲網から、もう逃げられそうにない。でも、それも悪くないなと思える自分がいた。

＊＊＊

昼食を終え、ふたたびバスに乗る。

この先の終点はこの市の有名温泉地が軒《のき》を連ね、大勢の観光客が訪れる場所だが、その二つ手前のバス停で降りる。そこには、いつも利用している民宿があった。

「予約してあるんです。さ、行きましょう」

通い慣れた砂利道《じゃりみち》を歩き、哲也さんと民宿に入ったら、奥から出てきた女将《おかみ》さんに、「まあまあまあ！」と満面の笑みを浮かべられた。

その視線の先を辿《たど》ったら、私の左手……わっ！　手を繋いだままだった！

二週間前は別々に宿泊した私たちが、それほど間が空いていないうちに、こうやって二人で泊まりに来たこともあり、女将《おかみ》さんはたいそう喜んでくれてなんだか無性《むしょう》に照れくさい。

いつも私が利用している部屋を今回も取ったわけだけど、こうなると一人だから静かな場所がいいと選んでいた一番奥の部屋というのが別の意味を持ってしまうような気がして、一人赤面する。

フロントで夕飯は十八時からと確認し、宿泊棟のあるほうへ歩き始めた。

宿泊の受付が十五時で、それとともにチェックインをした私たちは、鍵を受け取り一番奥の部屋を目指す。

夕飯まで時間があり、それまで温泉を楽しんだり地酒を呑んだりしようかと話していたけれど、なぜか会話は上滑《うわすべ》りして続かない。

飛び石を越える度《たび》、次第に口が重くなり、ついにはふたりとも無言になり、心ここにあらずといった感じになる。それでも、前へ前へと歩《ほ》を進めた。

部屋について鍵を開け、靴を脱ぎ、コートを玄関脇にあるハンガーに掛けて内鍵を締めた途《と》端《たん》――哲也さんが私を背後から抱きしめた。

そして、玄関横にある洗面台に連れ込まれる。

「ん……っ！」

顎《あご》をくいと持ち上げられ、そこに唇が下りてきた。厚い舌が私のわずかに開いた隙間に入り込み、口腔内《こうこうない》を暴《あば》れまわって私の舌先を絡めとっていく。

「ん、んっ……ふ……ぅ」

嵐に翻弄されるような性急なキス。私は哲也さんの衣服を必死に握《にぎ》りしめる。

くちゃ、ぴちゃ、と交わる舌先から零《こぼ》れる音が、室内の雰囲気を淫靡《いんび》なものに染めていった。

「てつ、や……さ……」

「ごめん、待てない」

顔が離れたと思ったら、プリーツスカートの裾《すそ》を一気に捲《めく》られ、私は小さく悲鳴《ひめい》を上げた。お尻の谷間に指が滑《すべ》り込み撫《な》でられると、ぞわぞわと震《ふる》える。

こっちに、と洗面台に手をつくよう誘導された。そうしたほうが確かに体勢は安定するが、哲也さんにお尻を突き出す格好になって恥ずかしい。

哲也さんの左手は、私のコートを器用に脱がし、中に着ていたシャツのボタンを上から順に外すと、開いた隙間から手を滑《すべ》り込ませる。

「ひゃっ！」

冷えた掌《てのひら》が肌に触れて思わず背筋を逸《そ》らすと、ブラジャーごと掌《てのひら》に包まれ、揉《も》みしだかれる。柔《やわ》らかく、強く、交互にやってくる刺激に、私の呼吸は次第に荒くなってきた。

そして今度はブラのカップをずり下げ、左右の乳房が露《あら》わになる。隠すものがなくなって急に心細くなった。

「や……こんな、いきなり……んんっ！」

先端の尖《とが》りを指で捏《こ》ねられ、ひくんと震《ふる》える。

哲也さんは腰までたくし上げられたプリーツスカートの裾《すそ》をウエスト部分に挟《はさ》み、スカートが落ちてこないようにしてからタイツとショーツを一気にずり下げた。

「待って、……っ、んあっ」

膝《ひざ》あたりまで下がり、足の力が抜けそうなのを必死に堪《こら》える。

少しざらついた掌《てのひら》でお尻の丸みを撫《な》でられると、その先をねだるような気持ちが湧き上がっていった。

そして、もう一度哲也さんの指の腹は、お尻の谷間へ下りていき――

くちゅ……

そこからは充分に潤《うるお》った水音がした。更に蜜口に触れると、もっと大きな音がする。

「もうこんなに濡れてる……綾香」

「い、言わないで……やだぁ……」

自分でも信じられないくらい、そこは粘液で溢《あふ》れていた。

哲也さんが指の腹で襞《ひだ》を撫《な》でてから二本の指で掬《すく》い絡め取ると、粘りの強い粘液が太い糸となり、指との間に垂れてぷつりと切れた。

……わかっている。あの滝で告白してから、多分だけど……お互い、早く体を欲しがっていた。

哲也さんので、私の足りないところを埋《う》めて欲しくなった。

だからどこか上の空で、ずっと頭の中はこうしたいって思ってたんだ。

私はちゃんと温泉で体をきれいにしてから……って、そこまでは理性があった。

でも哲也さんは堪《こら》えられなかったようで、いきなりこの場で事に及んだようだ。この状況は、私の淫《みだ》らな気持ちを加速させた。

「ん……ああっ……っ、あ……っ！」

ぐちゅぐちゅと指で秘壺を掻《か》きまわされ、膝《ひざ》がガクガクする。

それなのに唐突《とうとつ》に攻撃の手を離されてしまう。肩で息をしていた私は、なんとかこのチャンスに呼吸を整えようと深い深呼吸を繰り返した。

すると――愛撫《あいぶ》を繰り返したぬかるみに、避妊具をつけた滑《なめ》らかな尖《とが》りが宛《あて》がわれる。

哲也さんのそれは、私から滲《にじ》み出た粘液を絡めるように秘裂を前後し、やがて蜜口へひたりと当てられた。

「——あ、ああああっ!!」

ぐ、ぐうっと肉壁に押し入り、一気に最奥まで突かれ、背中がくねる。

哲也さんの形をすっかり覚えていたそこは、容易《ようい》に付け根まですべてをずぶずぶと咥《くわ》え込んだ。

哲也さんのがスムーズに入ったのは、私の蜜液が多く分泌されたせいもあるだろう。

痛みという負担はなく、快楽だけが訪れる。

哲也さんは両手で私の腰を掴《つか》み、ゆっくりと腰を動かす。

私のナカは、剛直が抽送《ちゅうそう》される度に擦《こす》られ、その一回一回が脳天をつくような強い刺激となって突き抜ける。

「あっ、あん、あっ、っ、ん、んっ」

呼吸をしようとした口は、息を吸い込むのと同時に意味のない言葉を繰り返す。

彼の先端が、内部を擦《こす》り、引き抜かれる度に大きくエラの張った部分が引っ掻《か》く。

訳のわからない感情が胸いっぱいに膨《ふく》らみ、いまにも弾けてしまいそうになる。

すると、哲也さんは私の腕をぐいと引っ張って、上体を上げさせた。背中が反り、つい正面に顔を向けると、そこには半裸の女性がいた。

——私だ。

とろんと蕩《とろ》けそうな顔をして、頬《ほお》は上気し、はだけたシャツから二つの双丘が見え隠れしていた。

こんな顔をしているの……？　私、こんな……

「いやらしい顔してる」

耳元でぼそりとささやかれた言葉と、乱れた自分の姿を目の当たりにし、下腹がきゅうっと切なくなる。すると、哲也さんは小さく息を呑んだ。

「っ、綾香！　もう……！」

「ん……、あっ……んんっ！」

ぐぐっ、と硬さが増し、先ほどまでの緩やかなものから一転し、激しく腰を打ちつけてきた。

パンッ、パンッ、と肌が合わさる音と、切なくなった拍子《ひょうし》にまた溢《あふ》れ出た蜜の卑猥《ひわい》な音とが重なる。

「やああっ！　んっ、ああ、あっ、あああっ、あっ！」

いままでにないほど大きな波が寄せてきて、呑み込まれてしまいそうだ。

はっ、はっ、と喘《あえ》ぐ声の合間に酸素を吸う。鏡の中の私も、眉根を寄せて必死でなにかを堪《こら》えている。突き上げられる度、乳房が翻弄されて大きく揺れた。

「あっ……だ、だめ……やっ、も、……だめっ！」

切なさと快楽と、様々なものが一気に突きぬけ、ナカがきゅうっと締《し》まり弾け飛ぶ。

すると、哲也さんも私の腕を持ち直し、全速力で追い上げる。速度を増した律動《りつどう》は、最奥を突き立てたあと、ぐっと膨張《ぼうちょう》し——爆《は》ぜた。

捕まれていた腕を離され、ガクガクと震《ふる》える体で洗面台に縋《すが》る。

「……っ、く……はっ、はっ……」

全速力で走ったように、息が苦しい。

繋がったままだった秘部から、ゆっくり抜かれると、急に寂しさを感じた。そこにあるモノがない。……ないのが当たり前なのに。

急にけだるさがやってきた頭で、ぼんやり考える。

避妊具を外した哲也さんは、私の頭をくしゃくしゃっと撫《な》でた。

「お風呂行くか？」

「う、ん……」

返事をした自分の声が、驚くほど掠《かす》れていた。

……まあそうよね、あんなに攻めたてられて、呼吸なのか喘《あえ》ぎ声なのかわからない酸素の取り方をしていたから。

洗面所で、服を着たまま行為に及んでしまった。どこか背徳的《はいとくてき》な香りがして羞恥《しゅうち》を煽《あお》る。

どこをどう隠そうとしても衣服のすべてが乱れていて、非常に困った。

「お、お先にお風呂どうぞ」

哲也さんが入っている間に、服を直して、それから浴衣《ゆかた》の支度《したく》をして……と考えていたら、腰に手が回された。

「一緒に、だよ」

「えっ」

「恋人同士だろ、俺たち」

「え、ま、まあ、そうなります、かね？」

「じゃあ問題ないな」

力の入らない私を、これ幸《さいわ》いとばかりに、哲也さんは連れ出す。

この離れの部屋には専用の露天のお風呂がある。掃き出し窓の縁側に脱衣所、そしてほかの離れに泊まる宿泊客から、目につかないよう配置された檜《ひのき》造りの湯船が置かれていた。源泉かけ流しを謳《うた》うだけあり、その湯船には絶《た》え間なく湯が注《そそ》がれている。

「本当は脱がせたくないけど、お風呂だから仕方ないか」

哲也さんは、なぜか残念そうに言った。それはどういう意味なのか聞こうとしたら、私の下着に手をかけられたので、慌《あわ》てて「自分でやるから先に入っててください！」と断った。

「はいはい」

明るい時間に全裸を見せるだなんて、ハードル高い……

私がもじもじしている間にも、哲也さんはスパッと衣服を脱ぎ、備え付けの籠《かご》にそれらを入れて風呂に向かった。

――広い背中。

着痩せするのか、服を着ている時より一回り大きく見える。肌に触れた時、思った以上に筋肉質で、それが男というものを意識させた。

とりあえず、使い物にならなくなったショーツやタイツを脱ぎ、体液で汚した箇所を内側に隠すよう折り畳《たた》んで籠《かご》に置く。あとで軽く手洗いしておかなくちゃ。

スカートもせっかく綺麗《きれい》にアイロンをかけたプリーツが皺《しわ》だらけになった。これから浴衣《ゆかた》を着るし、明日の服も持ってきているからいいけれど、もしなかったら……敷布団で寝押しするという手を使わないといけないところだった。

うん、やっぱり宿泊にしてよかった。もし日帰りだったら、この皺《しわ》だらけの服で帰宅しなければならず、その道中いろんな人の視線に晒《さら》されてしまう。それだけは勘弁《かんべん》してほしいところだ。

肌触りのいいニットを脱ぎ、ブラジャーを外し、すべてを脱ぎ捨てた。髪はくるりとスティックでまとめ、そして体を隠すようにタオルを縦にして体の前で持ち、露天風呂へ向かう。

……思えば、ここで初めて体を重ねた時も、結局浴衣《ゆかた》は脱がないままだった。

今更だけど裸になるというのが妙に恥ずかしくて、引き戸に手を掛けたもののしばらく迷う。

すると「早く入って来いよ」と焦《じ》れた声が飛んできた。

そ、そうよ。もう今更よ。全裸どころか、もっといろいろ見られているじゃないの。そう、もっといろいろ……。自分を励ますつもりが逆に意識し過ぎて辛くなる。

「綾香？」

「はははいっ！　いま行きます！」

先ほどの洗面所の鏡越しに見た自分の姿を思い出してしまい、顔を火照《ほて》らせながら引き戸を開けて湯船に近付く。

哲也さんは逞《たくま》しい上腕を風呂の縁《ふち》に置き、どっぷりと湯に浸《つ》かっていた。ここの温泉は少し薄めの乳白色で、湯船の中があまりよく見えないのは幸《さいわ》いだ。うっかり哲也さんのアレと対面したら、どんな態度をとっていいかわからなくなるし。

まずは掛け湯をと、手桶《ておけ》で何度か肩から湯を浴びる。すると、哲也さんがざっぱりと湯から上がり、私のうしろに回った。

「洗うのを手伝おう」

「えっ！　い、いいですよ！　自分でできますから！」

「俺が綾香を洗いたいの」

上機嫌で哲也さんは石鹸《せっけん》を泡立て始め、それを見たら、断固拒否と言いにくくなってしまった。

ここに座ってと言われるまま風呂椅子《いす》に座り、手で押さえていたタオルはあっさりと外される。

両胸をなんとか片手で隠し、わずかな茂みも反対の手で隠す。

そんなささやかな抵抗に、哲也さんはクスクスと笑った。その空気の震《ふる》えと声の色気が私のうなじを刺激し、ぞくっと背になにかが這《は》い上がる。

「ん……っ」

まったくその気はなかったのに、体の奥にはまだ熾火《おきび》があったようで、哲也さんの声によってふたたび欲情の炎が燃え上がる。胸や腰などに触れられた感触が蘇《よみがえ》り、かあっと頬《ほお》が熱くなった。

そんな私に気付いているのかわからないけれど、哲也さんはもこもこに泡立てた石鹸《せっけん》を、私の背中に付けて肌を滑《すべ》らせていく。

首から背中、そして腕と、大きな掌《てのひら》はまるで壊れ物を扱うかのように、丁寧に、そして優しく洗ってくれる。

しかし、どうにも落ち着かない。ただ洗ってくれているというのはわかるけれど、裸同士であり、哲也さんはうしろにいてどんな表情をしているか見えないため、非常に落ち着かない。

なにか会話をして気を紛《まぎ》らわせようと口を開いた瞬間、哲也さんの両手が私の背後から腕と脇の間を滑《すべ》り、わしっと両胸を掴《つか》んだ。

「きゃあっ！」

「おっと、手が滑《すべ》った」

わざとじゃないと言っているけれど、この両手はどう見ても私の胸を優しく揉《も》み始めている。視線を自分の胸に下げると、そこにはゴツゴツと男らしい手の甲があり、私の乳房二つを覆《おお》っていた。

「つ……哲也さ……、ちょっと……」

石鹸《せっけん》の泡と一緒に触れられると、その滑《すべ》る感触がまた淫《みだ》らな感情を押し上げていく。

「ん？　どうした」

いたずらを誤魔化すような口調で私に聞くけど、お願いだからそれ耳元で言わないでほしい。その吐息は鼓膜《こまく》を震《ふる》わせ、私の胸はきゅうっと切なくなる。

哲也さんの掌《てのひら》が胸でゆるゆると円を描くようにし、そして人差し指で先端をくにくにと爪弾《つまはじ》く。

柔《やわ》らかな蕾《つぼみ》があっという間に硬くしこり、指先の動きに翻弄される。

私の呼吸が熱っぽくなり、先端を捏《こ》ねられる度《たび》にビクンと体が跳ねるのを見た哲也さんは、なにを思ったか突然私の耳をぱくりと食《は》んだ。

「ひっ……う、ん……んっ、」

唇で柔《やわ》らかく挟《はさ》まれ、くにくにと耳朶《じだ》をいたずらする。そして吐息とともに舌先が伸ばされ、私の耳を舐《な》めた。

「やあっ！　み、耳……や……っ」

はぁっ、と息がかかる度に体が震《ふる》え、熱い舌先がぴちゃっと音を立てる度に秘部の奥が切なく疼《うず》く。耳という離れた場所を刺激されているのに、淫《みだ》らな気持ちはそこにどんどん蓄積されていく。早く、そこに触れて欲しい。

そんなはしたないことを頼めるわけもなく、私はじっと耐えていた。

哲也さんの手は、両手を置いていた胸から移動し、背中を撫《な》で、脛《すね》やふくらはぎ、爪先までを丁寧に泡立てた石鹸《せっけん》で洗う。次に太腿《ふともも》を大きな掌《てのひら》で擦《こす》る。

「綾香、こういうのは好き？」

「んぁ……っ！　や、やだ……ぁ」

甘いバリトンボイスが鼓膜《こまく》を直撃し、背筋に震《ふる》えが走った。

「じゃあ、これは？」

ぬるりと太腿《ふともも》の間に手が忍び込み、恥毛の先の粒に触れる。

「……っ！」

びくん、と体が跳ね、大きな快感の波が押し寄せてきた。

哲也さんの指の腹は正確に私の敏感《びんかん》な粒を捕らえ、くりくりと捏《こ》ねる。すると、私はあっという間に意識が高く高く押し上げられていき、切なくて涙ぐむ。

嫌だと言いつつ、体が望んでいるみたいで、全身がかあっと熱くなった。

「綾香」

「ふっ……、そこ、ん、んっ……あ、だ、だめ……」

「ここが悦《い》いんだな」

「ちが……っ！　ああっ！　やっ、あっ！」

石鹸《せっけん》の泡が滑《すべ》りをよくし、私の陰核を執拗《しつよう》に攻め立てる。切なくて苦しくて堪《たま》らないのに、哲也さんはその手を緩めることはなく、更に反対の手で私の胸を揉《も》みしだいた。

「っ！　んんっ！」

淫《みだ》らな気持ちになってしまう敏感《びんかん》なところを、二ヶ所同時に嬲《なぶ》られ、自分ではどうにもならないくらいに乱れる。

「綾香、もっといやらしい声を聞かせて。俺で乱れて」

「てつ、や、さ――」

「綾香」

「――っ!!」

耳元で熱い吐息とともに放たれた言葉には、明らかな欲望の色が感じられた。

それを意識した途端《とたん》、私は声にならない悲鳴《ひめい》を上げ、ガクガクと痙攣《けいれん》した。

「っ、は……！　はぁっ、はっ……」

目の前に火花が散ったように一瞬視界が白くなり、体中の血液がざわざわする。胸がドキドキと激し鼓動し、荒い呼吸を繰り返した。

全身から力が抜けて、ぐったりと背にいる哲也さんに体を預ける。

「可愛い、綾香」

彼は、ちゅ、と音を立てて私の頭の天辺《てっぺん》にくちづけると、私の体を支えながら洗い場のシャワーで石鹸《せっけん》を流した。されるがままの状態だけど、とても自分でやると言える状況じゃない。

泡を流し、膝《ひざ》と背中を支えられたかと思うとふわっという浮遊感がした。えっ、と周りを見ると、視界が高い……

「暴《あば》れるなよ？　湯に浸《つ》かろう」

「は……はい……」

いわゆるお姫様抱っこという形で湯船に運んでくれるようだ。哲也さんのしっかりした腕と厚い胸板に身を任せ、やがてじんわりと熱めの温泉に肩まで沈む。

「……あったかい、です」

洗面所で、洗い場で……二度も達してしまい、さすがに疲れた。

言い表しようのない気持ちよさを知り、確かによかったけれど、初心者に対してやり過ぎだろうと言いたくなった。

しかし愛されているのは肌を通して実感できているし、初心者じゃなければ哲也さんの行為にもっと応《こた》えられ、彼を満足されられたかもと思うので、文句《もんく》を言うのは控《ひか》えた。

「どこか痛むところはないか？」

「強《し》いて言えば……喉です」

「ああ。いい声だったな」

哲也さんを見ると、ザッと髪を掻《か》き上げたところだった。普段きちんと整えている髪がうしろに流されている上に、濡れ髪は堪《たま》らなくセクシーで私の心臓が跳ねる。

「て……哲也さんの声のほうが素敵です」

ときめいたのを誤魔化すように俯《うつむ》く私を、哲也さんは抱き寄せた。

「こういう声？」

耳に、ゼロの距離で放たれた弾丸。

「ん……っ！」

熱い温泉に入っているはずなのに、ぞくぞくっと全身に鳥肌が立った。哲也さんのこの声は、私にとっての弱点だ。いくらでもガードが外れてしまい、すべてを差し出してしまいたくなる。

すると哲也さんは、私の内腿《うちもも》へ手を伸ばし、いきなり秘裂に指を這《は》わせた。

「あっ、そこは……！」

私の制止も聞かずに哲也さんは花弁の奥へ中指を押し入れる。するとそこには、私自身も自覚するほど、ぬめるものがあった。

「さっき体を洗ったのにね？　綾香」

うれしそうな声に聞こえるのはなぜだろう。私は温泉の熱と恥ずかしさで、体中が煮えてしまうと思うくらい熱くなった。このままでは、のぼせてしまいそうだ。

「哲也さん……んっ、ま、まって……私、のぼせちゃう」

「熱い？　じゃあとりあえず湯船の縁《ふち》に座って冷まそうか」

このあとも、もう少しお湯に浸《つ》かりたい気持ちがあったので、その言葉に従い、私は檜《ひのき》風呂の框《かまち》に腰掛けた。ちょうど背もたれによさそうな屋根の柱があってよかった。

チェックインの時間からそう経《た》っていないので、まだ他の宿泊客が来ていないらしく、葉擦《はず》れの音や少し離れた場所にある沢の水音という自然の音しか聞こえてこない。

だから——ホッと胸を撫《な》で下ろす。だって、周りを気にせず、声を上げてしまったから。

聞く人が聞けばなにをしているか明々白々であり、夕食時に大広間で顔を合わせるから、気まずいどころでは済まない。

そんな私の内心などお構いなしに、哲也さんは私の正面に体を向けた。温泉に浸《つ》かっている哲也さんを、高いところに座って見下ろしている私。やけに挑戦的に私を見上げる哲也さんに、なぜか嫌な予感がする。

すると、私の両膝《りょうひざ》をがばりと左右に割り、その瞬間哲也さんの黒い髪が私の内腿《うちもも》に触れ——

「やっ！　な、なにを⁉　哲也さ——あああっ！」

くちゃ、と音がした。

私の体の一番奥にある、秘された箇所へ……。哲也さんの舌先が触れた音だった。

「んんぅ……や、ぁ……だめ……っ、汚……い……」

足を閉じようにも、間に彼の頭がある。しかも絶《た》えず強烈な刺激が襲ってくるため、抵抗すらできない。縋《すが》るように哲也さんの髪に触れ、必死に耐えた。

ぐにぐにと花弁を抉《えぐ》り、恥ずかしいほど溢《あふ》れた淫《みだ》らな蜜を、舌で絡めとり、秘裂の上にある蕾《つぼみ》をぺろぺろと舐《な》めた。

自分でもそんなところをじっくり見たことがないのに、哲也さんは両手で花弁を広げ、顔を近付けて、しかも舐《な》めるだなんて……そんな卑猥《ひわい》な行為を、いま自分がされていると思うだけで、恥ずかしくて死んでしまいそうだ。

「汚くないよ。それに綾香の体、とても美味《おい》しいから」

「美味《おい》しいって！　……やああっ、んっ、ああ！」

蜜口でささやかれたら駄目だ。

吐息が掛かり、声の振動も当たるため、刺激が強くてもういっぱいだ。

しかしそこで攻撃の手を緩めず、哲也さんは小さな入口に指を当て、奥へ侵入する。

洗面所で一度哲也さんのものを埋《う》められたそこは、指一本をたやすく受け入れるけれど、かといって刺激に慣れているわけではない。

壁を擦《こす》られると、私の体は簡単に跳ねる。ぐちゅぐちゅと音を立てながら抜き挿しし、指先で膣道のどこかを探しているようだ。

そうしている間にも、いよいよ気持ちが昂《たか》ぶり、少しでも声を抑えようと自分の掌《てのひら》で口を塞ぐ。

そんなわずかな努力を笑うかのように、哲也さんは舌の動きを秘蕾に集中させた。

小刻みに転がされ、唇で挟《はさ》まれて、強くこりこりと食《は》まれると、気持ちいいとか苦しいとか、そういう次元を超えたなにかが襲ってくる。

「んんん……っ！」

哲也さんの指の腹が、蜜壺の天井に触れた瞬間、私の爪先がピンと張った。なぜそこなのかわからないけれど、触れただけでどうにかなってしまいそうだ。

私の反応を見た哲也さんは、執拗《しつよう》にそこをくいくいと擦《こす》り、秘蕾を攻め立てる。

私は迫りくる大きな波に、いよいよ堪《こら》えられなくなった。

「あっ……あっ!!」

びくん！　と一度大きく体が跳ね、それから小刻みにビクビクと痙攣《けいれん》する。

「……う、ん……」

くたりと力をなくした私を、哲也さんは抱き留め、立ち上がった。部屋に連れていき休ませてくれるのかと思ったら……様子が違った。

「え……！」

立ち上がった、いや勃ち上がったのは、ソコもだったのだ。

「も、無理……」

「ごめん、でも綾香に挿《い》れたい」

「……」

熱の籠《こも》った目で見つめられ、まるでそれに応《こた》えるように下腹部がきゅんとする。早く欲しいとばかりに疼《うず》き、性欲に翻弄される自分が恥ずかしくてたまらない。けれど、好きな人に求められているというのに喜びを感じ、無意識にこくりと頷《うなず》いた。

哲也さんは、私が背を預けている柱の陰から四角いパッケージを取り出し、ピッと封を切った。……避妊具？

「哲也さん、それ……」

いつの間にそこに置いていたのか。というか、そもそものつもりで露天風呂に持ち込んでいたとしか思えない。

私の問いに、哲也さんは自身にそれを装着しながら答える。

「備えあれば憂《うれ》いなし、って言うだろ」

あ、合っているような、そうでないような？

準備のよ過ぎる哲也さんに慄《おのの》いていると、遠くからガヤガヤとした人の声が聞こえてきた。もしかして、他の宿泊客が来たの？

「てつ……、んぅっ!!」

ほかに気を取られた隙《すき》に、哲也さんは私の蜜口からぐううっと一気に押し入った。呼びかけようとした私の口からは、喉の奥が締《し》め付けられたような声が漏《も》れる。

慌《あわ》てて自分の口を手でふたたび覆《おお》い、声が出ないように押さえたけれど、哲也さんは気にせず腰を動かし始めた。

「ん、んっ……」

下から上へ突き上げられる度《たび》に、さっき哲也さんの指で擦《こす》られた箇所が敏感《びんかん》に反応し、またあの時の爆発《ばくはつ》するような気持ちで頭の中がいっぱいになる。

接合部に彼の体が接する度に、ぐちゅくちゅと粘りのある水音と、ちゃぷちゃぷという熱い湯の音が交じり合う。

捩《よじ》り、擦《こす》り、穿《うが》たれる私の秘壺は、細かく痙攣《けいれん》を始めた。

哲也さんの熱い昂《たか》ぶりが圧迫感を増し、最奥へ照準を合わせていく。

大きく体を揺さぶられ、振り落とされないように哲也さんへ抱き付いた。

「ん……、い、く……っ！」

私の声を聞き、哲也さんも階段を駆け上がるように抽送《ちゅうそう》を加速させる。

「綾香、好きだ……！」

「っ……！」

ぐ、ぐ、と膨張《ぼうちょう》した哲也さんのそれが、薄い膜越しに私の最深部へと熱い飛沫《ひまつ》を放った。私は大きく痙攣《けいれん》をしながら、それを受け止める。

二人で呼吸を整えてから、ゆるゆると力を抜き、そして――

もう一度湯船に浸《つ》かってから出ようと思っていたのだけれど、それは叶《かな》わなかった。

あのあと、なんとか哲也さんにお風呂から出してもらった私は、夕飯の時間までぐったりと横たわって過ごした。

まさかあんなに濃いことをするとは思わず、腰は痛むわ股関節《こかんせつ》は痛むわで体中がガタガタしている。

無理をさせたことを自覚しているらしい哲也さんは、甲斐甲斐《かいがい》しく世話を焼いてくれるけれど、どれだけ体力オバケなのだろう。むしろ元気が増したように見える。


数時間後。広間での夕食の時には、囲炉裏《いろり》の鍋を二人でつつき、どんどん酒を空けていく。

女将《おかみ》さんは私の酒量や好みを知っていて、予約を入れるとたくさん仕入れてくれるから、遠慮《えんりょ》なく注文する。哲也さんも私と同じか、それ以上に呑む人なので、私たちのテーブルはあっという間に空《から》の酒瓶《さかびん》が並び、ほかの宿泊客から注目を浴びてしまう始末。なぜか客たちと一緒に呑んだりという一幕もありつつ、非常に楽しい時間を過ごした。


――で、部屋に戻ったらやっぱり……

「て、哲也さん……！　さっきあんなにしたんですよ？　また今度にしませんか？」

部屋には布団が敷かれ、さてゆっくり寝ようかと思ったのに。

「嫌だ。だって好きな女が目の前にいて、更に二人きりで、こんなうなじを見せてるのに我慢しろって言うほうが無理だろ」

浴衣《ゆかた》を着る私のうなじに唇を寄せ、更に浴衣《ゆかた》の袷《あわせ》に手をするりと潜《もぐ》り込ませた。

「ひゃ……！」

「好きだよ、綾香……好きだ……」

「哲也さん……んっ……わ、私も……好きです……けどっ！」

とにかくこの日の夜は、散々愛の言葉をささやかれ、体中に鬱血痕《うっけつこん》を残され、男性の体力のすごさを思い知り……

翌朝、腰が立たなくなったことも含め、私たちの初めての旅行は忘れられない思い出となった。

9

そしてまた、日常がやってくる。

研修会が終われば仕事は通常業務に戻り、いままでと同じ日々が始まる。

ただ私は、気付けばいないはずの会議室のほうに視線を向けたり、休み時間になると物思いに耽《ふけ》ったりする回数が増えた。

あれから……あの研修会から、もう三ヶ月が経《た》った。

山本さんの処分については、すべてが済んでから私に報告があった。当事者だけど、何度もその時のことを思い出したくなくて、自分からそうお願いしたからだ。

調べた結果、支店のほうでも、未遂《みすい》ではあるが同様の事件を起こしたことが発覚した。

しかしそれは私生活でのことで、会社で起こしたものではなかったらしい。会社は何度も話し合いを重ねた結果、山本さんを降格させた上、支社内で監視しながら仕事に集中させよう、という結論を出したそうだ。

そして、私はそれでいいと返事をした。支社と本社はとても遠いし、支社内で管理してくれるのであれば、野放しにされるより危険は少ないだろう。

私自身、未遂《みすい》で済んだから、それほど心にダメージを負っていないこともあり、会社の顧問《こもん》弁護士が作成した『次はないぞ』という書類にサインさせるという形で、この件は終わった。

哲也さんとは、ほぼ毎日連絡を取っている。メールであったり、電話であったり、それは仕事の状況により様々だけど、甘い言葉から笑い合う冗談まで、話が尽きなくて困る。

休みの度《たび》にこちらに来たいと言ってくれるけれど、休日出勤があったり、急な出張で前泊になったりと慌ただしく、なかなかゆっくりする時間がとれなかった。それでも日帰りで、とんぼ返りになっても会いに来てくれたりしてるのだけど。

寂しくもあるけれど、いまは万理さんの件がある。杉山さんの転勤先へ付いていくための引っ越し作業や、『てまり』の引継ぎのうち、私が手伝える範囲で手伝っているのだ。

「えへへ……綾ちゃんがお義姉《ねえ》ちゃんになるのか～。うれしいな」

『ふり』じゃなくて本物の婚約者になったことを、万理さんは自分のこと以上に喜んでくれた。それ自体はありがたいけれど、とりあえず、お義姉《ねえ》ちゃんはやめて、いままで通り名前で呼んでとお願いをした。

引っ越しまで間がないから式は挙げないと言っていたけれど、やっぱりけじめはつけたいという杉山家と紅林家によって、ごくごく内輪の結婚式が行われ、哲也さんと、そしてその婚約者である私も出席した。万理さんは純白のドレスを着て、幸せいっぱいの笑みを浮かべて杉山さんと腕を組んでいた。

「綺麗《きれい》……」

杉山さんと付き合って十二年。ようやく結ばれた二人に、涙が滲《にじ》んだ。すると、隣に立っていた哲也さんが、私の左手を握《にぎ》り、指の腹で私の薬指を撫《な》でた。そこには、哲也さんから贈られた指輪がはめられていたのだ。耳元で甘くささやかれたバリトンボイスは、私の熱を上げるのに充分だった。

「綾香のドレス姿、楽しみだな」

「……ま、まだ早いわよ」

ぎこちなく言う私の顔は、鏡を見るまでもなく真っ赤だろう。

私は、この指輪を贈られた時のことを思い出し、どんどん周りを固められていく恐ろしさに身を震《ふる》わせた。

——そう、それは二人きりの慰安《いあん》旅行の翌朝。哲也さんが突然、私の実家に行きたいと言い出した時のこと。

『今日これから、綾香のご両親に挨拶《あいさつ》に伺《うかが》いたいんだけど……ご在宅かな？』

自分の存在を知ってもらうことで、下手に見合い話とか持ってこないようにするための予防線だったようだ。

哲也さんのご両親とはすでに顔を通してあるので、じゃあ次は、となったらしい。

いや、両想いになった昨日の今日で、そんな話は早過ぎませんか哲也さん、とあれこれ言ってみたけれど無駄だった。紅林家が承知していることをうちの両親が知らないのはよくない、と押し切られてしまったのだ。

結局、その日の午後に訪問が決まった。更に、せめてそれまでゆっくりしようと思っていたのに、哲也さんは早々にチェックアウトを済ませ、私のアパートの最寄駅近く、哲也さんの車を預けてある場所まで連れていかれた。そして彼の車に乗せられ、次についた場所は――

「え、嘘……」

「婚約指輪。綾香の好きなの選べ。値段は見なくていいから」

「いや、見ますけど！　っていうか別の意味で見たくありませんけど！」

そこに並んでいるのは、キラキラと輝くどう見てもどう考えても高級品の指輪たち。これなどお似合いでは、と店員さんに次々ショーケースから出されるけれど、恐ろしくて指にはめられない。

だって、値札がさっき、チラリと見えたんだけど、ゼロの数が、その……

「……早く決めないとここでキスするし、綾香のことを思う存分のろけるぞ」

「ひっ」

やりかねない。いまの哲也さんだったらやりかねない。

脅《おど》し文句《もんく》に震《ふる》え上がった私は、中でもできるだけシンプルなデザインの指輪を選んだが、後日その指輪を見た綿貫先輩にブランド名と値段を教えられ、気を失うかと思った。

ちょうど合うサイズがあったので、そのまま持ち帰りとなり、その流れで私の実家へと向かう。

私の実家は会社のある市の二つ先にある。

家につき、中に通されるなり哲也さんは、お父さんに結婚の挨拶《あいさつ》に来ましたと先走って宣言した。

午前中に、ただお付き合いをしている人を紹介に……と私が電話で伝えていた両親は呆気《あっけ》にとられ、私といえば、ただひたすらこの状況を誰かに助けてほしくて祈っていた。

哲也さんはそれから、頼んでもいないのに持参した釣書《つりがき》や婚約指輪などを見せながら、あれよあれよと話を進めていった。そして話が終わる頃には、両親はすっかり哲也さんを私の婚約者として認めるまでに。

傍《はた》から見るとそれはまるで絶対取りたいコンペでする気合いの入ったプレゼンのようでした、と綿貫先輩に言ったら大爆笑されたけど。

とはいえ、付き合うにあたり、最初にきちんと挨拶《あいさつ》してくれたのは誠実かな？　と少々強引な気もするけれど、惚《ほ》れた弱みで許してしまう。

こうして『私の』地盤固めをしたあと、哲也さんは支店へ戻り、私も日常生活に戻った。

人生で一番慌ただしい、そして一番翻弄された二週間だったかもしれない。


今日も何事もなく終業時間を迎えた。

タイムレコーダーに社員証をかざし、ピッという認証音を確認して更衣室に向かう。自分のロッカーを開け、上着をかけたハンガーに手を伸ばし、ふと止めた。

もうこんな季節だっけ……？

哲也さんと会った時は、冬が本格的になり、コートが手放せなくなる時期だった。街や公園にはイルミネーションが輝き、寒い季節だったのにいつも心は温かかった。

いまは年度納めの三月下旬。

朝晩は冷え込むものの、カーディガンなど羽織物《はおりもの》が一枚あれば大丈夫な程度の気候だ。いつの間にか季節はまわり、そういえば日の出が早くなったな、とふと気付く。

哲也さんは、いずれ本社勤務に戻ると言われているけれど、それが何年先になるかはわからない。そうなると私も哲也さんの勤務地へ転勤願いを出したほうがいいのだろうか。最近の私は、哲也さんと一緒に将来を過ごすための人生設計を立て始めていた。

綿貫先輩は、ゴールデンウィークを利用して、鷹森部長と籍を入れたのちに新婚旅行へ行くと報告があった。ごく一部どころか、誰にも知られていなかった社内恋愛の二人に、驚きの声と祝福の拍手が朝礼の席で響き渡った。先輩たちは、結婚式は執《と》り行わないらしく、そういう席での発表と相成《あいな》ったようだ。

私は、来年度に二十九歳となる。……万理さんがあんなにも焦《あせ》っていた気持ちが、いまは少しだけわかる気がする。数字の十の位が一つ変わるだけなのに、漠然《ばくぜん》とした焦燥感《しょうそうかん》はどこからやってくるのだろう。

そんなことを考えながら上着を羽織《はお》り、バッグを肩にかけ更衣室を出た。

週末だけど、今日は少し早い時間だから、商店街で魚を買って帰って焼こうかな。ついでにあの美味《おい》しい食パンを買って……

考えに没頭《ぼっとう》し、急に廊下で行く手を塞がれても気付かず、思い切りぶつかってしまった。

「きゃあっ！」

「こら、前を見ろ」

「すみませ……え？　哲也さん？　哲也さん？　え？」

突然目の前に現れた哲也さんに、私は呆然《ぼうぜん》と名前を繰り返す。

「何度も呼んでたんだけど、ちっとも気付いてくれなくてさ。俺の愛情が足りないのかと心配になった」

「た……足りなくなんてないです。あの、どうしてここに」

「それは……」

するると哲也さんはきょろきょろと周りを見渡し、私の耳の傍《そば》に片手を添えて、内緒話をした。

「内示が出た。――来年度から本社勤務だ」

一瞬、時が止まった。

内示……来年度、ということは、もう来月……そして、本社勤務……本社……

「来年度……えっ！」

「こら！　内緒だって！」

「え、だって、来年度ってもう来月……来月……！」

「ああ。だから、本社でも下準備があるし、アパートをこの土日で決めてしまいたいんだ」

このタイミングで転勤の辞令が下りるということは……もしかして。

私の表情に気付いたのか、哲也さんはにやりと笑って親指をぐっと立てた。

「プレゼン優勝。随分《ずいぶん》前にコンペの結果は知らされてたんだけど、正式に決まるまでは内密にって言われてたんだ。早く綾香に言いたくて仕方なくってさ！　あ、これから俺主導で企画が動くから、本社勤務になった。よろしく」

その笑みに、私はなんだか誇《ほこ》らしい気持ちでいっぱいになった。

二年連続で研修会のメンバーになるため、猛勉強して支社での成績を上げて。更に選ばれたあとも企画資料を研究して誰よりも見やすくわかりやすく作っていた哲也さん。二回目だからこそ出せた、即実現可能で業績に結び付く現実的な内容が評価されたらしい。

哲也さんの案は、一歩抜きんでていたらしく、満場一致で優勝が決定したようだ。優勝者は、企画のリーダーに任命され、そして本社勤務となり、給料も上がるという。

私と哲也さんは、会社を出てエレベーターホールで扉が開くのを待ちながら、配属先や公示はいつになるかなどを話した。

その時、急に哲也さんは真面目な顔で私に尋ねた。

「あのさ」

「はい？」

「……一緒に住まないか？」

「……一緒に……えっ!?」

「どうせ部屋を借りるなら、綾香と住みたい」

「え、でも私、いま住んでいるところ、商店街が近くて気に入っていますし……」

「その周辺でいいから。俺は綾香と二人で暮らしたい。それで毎日あんなことやこんなことを……」

「こ、こんなところで発情しないでください！」

「発情とは失礼な。俺はただ綾香を抱き潰《つぶ》したいと思っただけで」

「アウト！　哲也さん、アウト！」

そんなことを言っているうちに、エレベーター扉の上にある階数表示がわが社の数字を示し、扉が左右に開いた。二人してぎゃいぎゃい言いながら乗り込み、そしてゆっくりドアが閉められる。幸《さいわ》いなことに先客は誰もおらず、密室ということもあって遠慮《えんりょ》なく話を続けた。

「だいたい、いきなり一緒に住むってどういうことですか！」

「同棲《どうせい》ってことだよ、とりあえずは」

「そう意味じゃなくって！　――きゃっ！」

哲也さんは、私の腰を攫《さら》って自分に引き寄せ、柔《やわ》らかく抱きしめた。たったそれだけのことで、私の追撃の手は弱まってしまう。

「指輪」

私の左手薬指を手に取られ、哲也さんがなにを言いたいのか気付いた。

「うん、ずっとしていますよ。だって、哲也さんと繋がっているって、目で見て安心できるから」

哲也さんも、私と同じ場所に指輪を着けている。これがあるのとないのとでは大違いだ。両想いになったのはいいけど、哲也さんのいる支店とはかなり距離が離れているから、不安や寂しさを感じることも多かった。でも、ふとした時に目に入るこの薬指の証《あかし》。これを見て、これに触れて、哲也さんを恋《こ》い慕《した》うことができるので、心の拠《よ》り所となっていた。

「目だけじゃ安心できないんだ、俺が」

「安心？」

「いずれ家かマンションを買うとしても、いまは急だから賃貸にするとして、とりあえず一緒に見に来てくれないか？　綾香が気にいる所にしたい」

「……え、と……つまり」

「俺たちの結婚に関して、そろそろ具体的な相談をしたい……って、全部言わせるなよ！」

ぷいっと横を向く哲也さんの耳は真っ赤に染まり、哲也さんも緊張することがあるんだとわかって、つい笑みが零《こぼ》れる。

「だから住むところ、一緒がいいって言ったんですか？」

「……ああ」

強引と言っていいほど、私に手を出してきた男だけれど、やはり具体的な結婚話となるとそれなりに覚悟がいるようで、その態度になぜか胸がときめいてしまう。いつも余裕そうに見えるのに、私に隙《すき》を見せてくれるのが妙にうれしかった。

「ところでエレベーター、動いていないな」

「えっ」

なかなか地上階に辿《たど》り着かないから、ちょっと変だとは思ってた。ふと操作パネルを見たら、なにも点灯していない。

「あれっ？　やだ、ボタン押していませんでした！」

抱き潰《つぶ》したいとか妙なことを言われながらだったため、うっかりボタンを押し忘れたのだ。改めて地上階を押すと、一瞬の浮遊感ののちに、すぅーっと下がる感覚がした。電光掲示板の大きい数字から小さい数字へ変わっていくのを見上げていたら、哲也さんが顔を近付けてきて、ちゅ、と軽くキスをする。

「……！　ちょっと、不意打ちです！」

「可愛い顔見せるからだろ」

「だいたい！　私、前から聞きたかったことがあるんですよね！」

食ってかかる私に、哲也さんは聞く姿勢を見せながらもどこかうれしそうにしている。

「前から聞きたかったこと？」

「ええと、あの時……あ、温泉の時は別ですけど、いつも私、あの時に……あれする時に、服を着てますよね？　もしかしてそれ——趣味なんですか？」

「あの時？」

「いっ、言わせないでくださいよ！」

「あ～……うん。あれ、趣味」

さらりと言ってのけた哲也さんの性癖に衝撃を受けていたら、ちょうど地上階に着き、ドアが左右に開いた。

「ほら、行くぞ」

エレベーターの中で呆然《ぼうぜん》と突っ立っていた私は、哲也さんに手を引かれて外に出された。引っ張られるまま歩き、ビルのエントランスを抜け、夜の街へと飛び出した。

春の兆《きざ》しは感じるものの、まだ朝晩は肌寒いので、ブラウスにカーディガンだけだった私は寒さで小さく震《ふる》える。そこへ、ふわりと大きな腕が私の肩に回り、体を温めてくれた。私はぴったりと哲也さんに寄り添う。

……確かに温かいけれど、これでは恥ずかしいわ。

羞恥《しゅうち》で火照《ほて》り始めた私の耳元に、哲也さんは顔を近付けささやいた。

「ちなみに綾香は、俺の声フェチだろ？　お互い性癖が合ってよかったじゃないか」

――気付かれていた！

確かに出会った当初から、哲也さんのバリトンボイスにきゅんと胸が高鳴っていたけれど、本人に伝えたことないのに！

そう聞いてみたら、「そりゃ……」と、なぜかニヤニヤされた。

「あの時、話しかける度にぎゅって締《し》められるんだから、さすがに気付くって」

「〜〜〜っ！」

「今夜は、綾香の家に泊めて欲しいな。それから綾香の今日の服、すごくいいよ」

「ばっ……、ばかーー!!」

出会いから二週間で、性格も体の相性も最高の彼氏――を飛び越えて、婚約者ができた私。

でもちょっと……体がもつか心配です。

原作：丹羽庭子《Niwako Niwa》 漫画：千花キハ《Kiha Chihana》

BL漫画が大好きで腐女子なユリ子。
ある日、会社に持ってきていた同人誌用の
漫画原稿を課長に見られてしまった。
しかもそれは彼をモデルに描いた
BL漫画だったため、あえなく原稿は没収。
そして原稿を返して欲しいなら
一ヶ月課長の家で
住み込みメイドをしろと命じられて——!?

B6判　定価：640円+税　ISBN 978-4-434-20927-7

聖女として生まれ、小さな村の教会で暮らすセレナ。ある日、美貌の吸血鬼レオンスと恋に落ちたものの、聖女には「恋愛も結婚も禁止」という掟《おきて》がある。思い悩むセレナに、「必ず乗り越えてみせる」とぐいぐい迫ってくるレオンス。その上、彼の牙には催淫《さいいん》効果があるらしく、噛み付かれたセレナの身体は超敏感になってしまい——!?

定価：本体1200円+税　　Illustration：天城望

豪華声優陣による
胸きゅんボイスをGETしよう!!

きゅんPON!

きゅんっ!とする恋愛を
PON!と届けるスマホアプリ登場!!

小説のイケメン達とのシチュエーションを
実際に体験できたら……

そんな乙女の妄想がゲームになりました!
アルファポリスから出版している人気女性向け
小説からあなたの乙女心にきゅんっ! とくる
シチュエーションを厳選! 豪華な声優さん達により、
魅惑のささやきを完全再現しました。
甘いヒトトキをたっぷり堪能してください。

アクセスはこちら!

丹羽庭子（にわ にわこ）
静岡産・静岡育ち。都会のことが分からず、物語の舞台は大抵地元。2010年よりweb小説を書き始める。恋愛とファンタジーが好み。鳥が好きで、鳥グッズをついつい集めてしまう。

イラスト：森嶋ペコ

絶対《ぜったい》レンアイ包囲網《ほういもう》

丹羽庭子（にわ にわこ）

2016年 2月29日初版発行

編集－斉藤麻貴・宮田可南子
編集長－塙綾子
発行者－梶本雄介
発行所－株式会社アルファポリス
〒150-6005 東京都渋谷区恵比寿4-20-3 恵比寿ｶﾞｰﾃﾞﾝﾌﾟﾚｲｽﾀﾜｰ5F
TEL 03-6277-1601（営業） 03-6277-1602（編集）
URL http://www.alphapolis.co.jp/
発売元－株式会社星雲社
〒112-0012東京都文京区大塚3-21-10
TEL 03-3947-1021
装丁イラスト－森嶋ペコ
装丁デザイン－ansyyqdesign
印刷－大日本印刷株式会社

価格はカバーに表示されてあります。
落丁乱丁の場合はアルファポリスまでご連絡ください。
送料は小社負担でお取り替えします。

ISBN978-4-434-21689-3 C0093